Raftul Denisei

Colecție coordonată de
DENISA COMĂNESCU

Alain de Botton

Ce se întâmplă în iubire

Traducere de
RADU PARASCHIVESCU

HUMANITAS
fiction

Redactor: Ștefania Nalbant
Coperta: Angela Rotaru
Tehnoredactor: Manuela Măxineanu
Corector: Cristian Negoiță
DTP: Corina Roncea, Carmen Petrescu

Tipărit la Master Print Super Offset

Descrierea CIP a Bibliotecii Naționale a României
BOTTON, ALAIN DE
Ce se întâmplă în iubire / Alain de Botton; trad. din engleză de Radu Paraschivescu. –
București: Humanitas Fiction, 2017
ISBN 978-606-779-169-3
I. Paraschivescu, Radu (trad.)
821.111-31=135.1

EDITURA HUMANITAS FICTION
Piața Presei Libere 1, 013701 București, România
tel. 021 408 83 50, fax 021 408 83 51
www.humanitas.ro

Comenzi online: www.libhumanitas.ro
Comenzi prin e-mail: vanzari@libhumanitas.ro
Comenzi telefonice: 0723 684 194

Lui John Armstrong,
mentor, coleg, prieten

ROMANTISM

Îndrăgostiri

Hotelul stă pe o lespede de stâncă, la o jumătate de oră est de Málaga. A fost proiectat pentru familii și dezvăluie, mai cu seamă la ora mesei, ce provocări presupune apartenența familială. Rabih Khan are cincisprezece ani și e în vacanță cu tatăl său și cu mama vitregă. Atmosfera dintre ei este mohorâtă, iar conversația, anevoioasă. Se fac trei ani de când mama lui Rabih a murit. În fiecare zi se organizează un bufet pe o terasă cu vedere spre piscină. Uneori, mama vitregă a lui Rabih spune ceva despre *paella* sau despre vântul care bate cu putere dinspre sud. E de loc din Gloucestershire și-i place să grădinărească.

O căsnicie nu începe cu o cerere în căsătorie și nici măcar cu o primă întâlnire. Ea începe mult mai devreme, când se nasc ideea de iubire și îndeosebi visul unui suflet pereche.

Rabih o vede pentru prima oară pe fată lângă toboganul cu apă. E cam cu un an mai mică decât el, cu părul castaniu tăiat scurt, băiețește, piele măslinie, brațe și picioare suple. Poartă o bluză marinărească în dungi, pantaloni scurți de culoare albastră și niște șlapi galbeni ca lămâia. Are o fâșie subțire de piele la încheietura mâinii drepte. Se uită la băiat, îi zâmbește cam fără chef și se instalează mai bine pe șezlong. Cinci ore de-acum încolo, se uită gânditoare la mare, ascultând muzică la căști și, din când în când, rozându-și unghiile.

E la mijloc între părinți, cu mama răsfoind un exemplar din *Elle* și cu tatăl citind un roman de Len Deighton în franceză. După cum va afla mai târziu Rabih din cartea de oaspeți, e din Clermont-Ferrand și o cheamă Alice Saure.

N-a mai simțit niciodată în viață ceva cât de cât asemănător. Senzația îl copleșește din prima clipă. Și nu e ceva care să depindă de cuvinte – pe care oricum n-o să le schimbe niciodată. E ca și cum ar fi cunoscut-o dintotdeauna, ca și cum ar deține răspunsul la propria lui existență și mai cu seamă la o zonă de durere derutată dinăuntrul lui. În zilele următoare, o observă de la distanță în jurul hotelului: la micul dejun, într-o rochie albă cu un motiv floral pe poale, luându-și un iaurt și o piersică de la bufet; pe terenul de tenis, scuzându-se în fața instructorului pentru reverul nereușit, cu o politețe mișcătoare și într-o engleză cu un puternic accent francez; și în cursul unei plimbări (aparent) solitare în jurul terenului de golf, oprindu-se să se uite la cactuși și hibiscuși.

Certitudinea că o altă ființă omenească e sufletul tău pereche poate apărea foarte repede. Nu e nevoie să vorbim cu aceste ființe; nu trebuie nici măcar să știm cum le cheamă. Cunoașterea obiectivă n-are nici un rol aici. Contează, în schimb, intuiția: un sentiment spontan, care pare din ce în ce mai precis și mai vrednic de respect, fiindcă ocolește procesele obișnuite ale rațiunii.

Îndrăgostirea se cristalizează în jurul mai multor elemente: un șlap care atârnă nonșalant de un picior; o ediție broșată din *Siddhartha* lui Hermann Hesse, lăsată pe un prosop lângă loțiunea de plajă; niște sprâncene bine conturate; răspunsurile în doi peri date părinților; și un fel de a-și sprijini obrazul în palmă când ia înghițituri mici de spumă de ciocolată la bufetul de seară.

Din instinct, el asamblează o întreagă personalitate din aceste amănunte. Uitându-se la palele de lemn ale ventilatorului din tavanul camerei, Rabih scrie în minte povestea vieții lui cu ea. Va fi melancolică și descurcăreață. Se va încrede în el și va râde de ipocrizia celorlalți. Uneori va fi neliniștită în legătură cu petrecerile și cu alte fete de la școală – simptome ale unei personalități sensibile și profunde. Va fi fost o însingurată până atunci și nu va fi avut încredere deplină în nimeni. Se vor așeza pe patul ei și-și vor înlănțui degetele în joacă. Și nici ea nu-și va fi închipuit vreodată că ar fi cu putință o asemenea legătură între doi oameni.

Pe urmă, într-o dimineață, fără să-l pună în gardă, ea pleacă, iar la masa ei se așază o pereche olandeză cu doi băieți mici. Ea și părinții au părăsit hotelul în zori ca să prindă cursa Air France înapoi spre casă, explică recepționerul.

Întreaga întâmplare e neglijabilă. Cei doi urmează să nu se mai întâlnească niciodată. Ea nu e atinsă deloc de gândurile lui. Și totuși, dacă povestea începe aici, este din cauză că – deși Rabih se va schimba mult și se va maturiza cu timpul – felul lui de-a înțelege iubirea va păstra, timp de câteva decenii, exact structura pe care a perceput-o din capul locului în hotelul Casa Al Sur, în vara celui de-al șaisprezecelea său an. Va continua să creadă în posibilitatea înțelegerii și a empatiei rapide și totale între două ființe omenești și în șansa de-a pune definitiv capăt singurătății.

Va tânji la fel de dulce-amar după alte suflete pereche zărite în autobuze, printre rafturile supermarketurilor și în sălile de lectură ale bibliotecilor. Va avea exact același sentiment la douăzeci de ani, în timpul unui semestru de studiu în Manhattan, pentru o femeie așezată în stânga lui în metroul de pe linia C, cu capătul în partea de nord, la douăzeci și cinci de ani, într-un birou de arhitectură din Berlin, unde acumulează experiență de lucru, și la douăzeci și nouă de ani, în timpul unui zbor Paris–Londra, după o scurtă conversație deasupra Canalului cu o femeie pe nume Chloe: sentimentul de-a fi nimerit peste o parte a propriului său eu, pe care-o pierduse cândva demult.

Romanticul are de făcut un pas foarte mic de la zărirea unui străin la formularea unei concluzii maiestuoase și substanțiale: că acel străin (sau acea străină) poate fi un răspuns cuprinzător la întrebările nerostite ale existenței.

Intensitatea poate părea banală, ba chiar comică, și cu toate acestea venerarea instinctului nu e deloc o planetă neînsemnată în cosmologia relațiilor. Ea e de fapt soarele aflat în centru și în jurul căruia se rotesc idealurile contemporane ale iubirii.

Credința romantică trebuie să fi existat dintotdeauna, dar abia în ultimele secole a fost considerată altceva decât o boală; abia în ultima vreme căutării unui suflet pereche i s-a dat voie să-și asume un statut apropiat de statutul unui scop al vieții. Un idealism îndreptat până atunci spre zei și spre duhuri a fost redirecționat spre ființele omenești – un gest din cale-afară de generos, dar comportând în același timp consecințe grave și delicate, fiindcă nu-i deloc simplu pentru o ființă omenească să prețuiască, pe întreaga durată a unei vieți, perfecțiunile la care ar fi putut face trimitere în prezența unui observator imaginar de pe stradă, din birou sau de pe locul alăturat din avion.

Rabih va avea nevoie de mulți ani și de dese eseuri de îndrăgostit ca să ajungă la câteva concluzii diferite, ca să admită că tocmai lucrurile pe care le considera romantice la un moment dat – intuițiile nerostite, dorul instantaneu, încrederea în sufletele pereche – te împiedică de fapt să înveți cum să-ți consolidezi relațiile. El va conchide că iubirea poate să reziste doar când nu ești fidel ademenitoarelor ei ambiții inițiale; și că dacă vrei ca relațiile să meargă bine, trebuie să renunți tocmai la sentimentele prin care ai ajuns să le închegi. Va trebui să afle că iubirea e mai degrabă deprindere decât entuziasm.

Inimă sacră

În primele zile ale căsniciei lor, ba chiar și mulți ani după aceea, lui Rabih și soției lui li se pune mereu aceeași întrebare: „Cum v-ați cunoscut?“, însoțită de obicei de o agitație jucăușă, pe care adresantul întrebării o simte în locul destinatarului. Cei doi se uită de fiecare dată unul la celălalt (uneori cu o anume sfială, după ce toți mesenii se opresc din ce fac și ascultă), ca să decidă cine-ar trebui să răspundă de data asta. În funcție de auditoriu, ei pot alege varianta replicii spirituale sau tandre. Iar replica poate fi condensată într-un rând sau poate umple un întreg capitol.

Începutul se bucură de această atenție disproporționată fiindcă nu e considerat o simplă fază ca atâtea altele; pentru romantic, el conține într-o formă concentrată tot ce este semnificativ în ceea ce privește iubirea în ansamblu. Iată de ce, în atât de multe povești de iubire, singurul lucru care-i rămâne de făcut naratorului cu un cuplu care a depășit cu succes anumite obstacole este să-i rezerve un viitor fericit și neclar – sau să-l ucidă. Ceea ce numim de obicei iubire este doar începutul iubirii.

E ciudat, observă Rabih și soția lui, cât de rar sunt întrebați ce s-a întâmplat cu ei după ce s-au cunoscut, de parcă povestea adevărată a relației lor nu ar aparține unei zone de curiozitate legitimă sau rodnică. Cei doi nu au avut parte niciodată în public de singura întrebare care-i preocupă cu adevărat: „Cum e să fii căsătorit de-atâta timp?“

Poveștile despre relații ce rezistă decenii întregi, fără nenorociri sau o fericire evidentă, rămân – fascinant și îngrijorător – excepții între narațiunile pe care îndrăznim să ni le spunem despre pașii pe care-i face iubirea.

Iată cum se întâmplă, iată începutul care atrage prea multă atenție: Rabih are treizeci și unu de ani și locuiește într-un oraș pe care aproape că nu-l cunoaște și nu-l înțelege. Înainte trăia la Londra, dar s-a mutat de curând cu serviciul la Edinburgh. Fostul lui birou de arhitectură a concediat jumătate dintre angajați după pierderea neașteptată a unui contract, iar rămânerea fără loc de muncă l-a silit să-și întindă antenele profesionale mai departe decât i-ar fi plăcut – ceea ce l-a făcut în cele din urmă să accepte o slujbă într-un studio de amenajări urbane din Scoția, specializat în piețe și intersecții mari.

Trăiește singur de câțiva ani, de la destrămarea unei relații cu o proiectantă. S-a înscris la o sală de fitness din zonă și pe un site de matrimoniale. A luat parte la inaugurarea unei galerii unde erau expuse artefacte celtice. A fost prezent la o serie de evenimente mai mult sau mai puțin legate de munca lui. Totul în zadar. De câteva ori a simțit o legătură intelectuală cu o femeie, dar nu și una fizică – sau invers. Sau, și mai rău, un licăr de speranță, urmat de menționarea unui partener care stătea de obicei la celălalt capăt al încăperii și avea expresia unui paznic de închisoare.

Cu toate acestea, Rabih nu renunță. E un romantic. Iar în cele din urmă, după multe duminici pustii, iată că se întâmplă, aproape exact cum a fost învățat – în mare parte cu ajutorul artei – că o să se întâmple.

Giratoriul este pe drumul A720 care pleacă din centrul spre sudul Edinburgh-ului, legând șoseaua de o fundătură în care se găsesc reședințe mari și aspectuoase, care dau spre un lac și un teren de golf – o comandă pe care Rabih o preia nu atât din interes, cât din cauza obligațiilor care vin la pachet cu locul lui modest în ierarhia și în importanța firmei.

Din partea clientului, rolul de administrator este repartizat inițial unui membru vechi din echipa de topografi a primăriei, numai că în ziua de dinainte de lansarea proiectului omul are parte de un mare necaz, iar locul lui e luat de cineva mai tânăr.

Cei doi își strâng mâinile pe șantier, într-o dimineață noroasă de la începutul lui iunie, puțin după ora unsprezece. Kirsten McLelland poartă o jachetă fosforescentă, cască și cizme groase cu talpă de gumă. Rabih Khan nu aude mai nimic din ce-i spune – nu doar din cauza vibrațiilor repetate ale unui compresor hidraulic din apropiere, ci și din cauză că, așa cum va ajunge să descopere singur, adeseori Kirsten vorbește foarte încet, cu accentul ei de Inverness care-o face să lase sfârșitul propozițiilor în suspensie, ca și cum ar fi descoperit la jumătatea enunțului o obiecție la ceea ce spunea, sau pur și simplu i s-ar fi părut că existau alte lucruri mai importante.

În ciuda felului cum e îmbrăcată (la drept vorbind, chiar *datorită* acestui fel, măcar în parte), Rabih remarcă imediat la Kirsten o serie de trăsături – psihologice și fizice – la care e sensibil. El observă modul ei amuzat și netulburat de-a reacționa la atitudinea condescendentă a celor doisprezece constructori musculoși, conștiinciozitatea cu care verifică toate lucrurile pe care le are pe listă, precum și indiferența încrezătoare față de tendințele modei și față de mica imperfecțiune a dinților superiori din față.

Odată încheiată întâlnirea cu constructorii, clientul și antreprenorul se așază împreună pe o bancă din apropiere, ca să studieze contractele. Însă după câteva minute începe să plouă cu găleata și, cum nu au loc să se ocupe de hârțogăraie în biroul șantierului, Kirsten propune să meargă până la strada principală și să găsească o cafenea.

În drum spre local, sub umbrela ei, cei doi încep să vorbească despre drumeții. Kirsten îi spune lui Rabih că încearcă să plece din oraș ori de câte ori are ocazia. De fapt, n-a trecut mult de când a fost la Loch Carriagean, unde, după ce și-a ridicat cortul în mijlocul unei păduri izolate de pini, a simțit o pace extraordinară și a văzut cu totul altfel lucrurile, prin simplul fapt că s-a distanțat de oameni, de tentații și de frenezia vieții citadine. Da, s-a dus de una singură, îi răspunde la întrebare; el are o imagine a ei sub foaia de cort, desfăcându-și șireturile ghetelor. Când ajung pe strada principală, nu găsesc nici o cafenea în apropiere, așa că aleg să se refugieze la Taj Mahal, un restaurant indian sumbru și pustiu, unde comandă ceai și (la îndemnul proprietarului) un platou cu pituțe tradiționale. Întremați, parcurg apoi contractele și conchid c-ar fi bine să aducă betoniera abia în a treia săptămână, urmând ca pavelele să fie livrate în săptămâna de după.

Rabih o examinează pe Kirsten cu o atenție de medic legist, încercând totuși să fie discret. Îi vede pistruii delicați de pe obraji, un amestec curios de îndrăzneală și reținere în expresie, părul des, roșcat, lung până la umeri și pieptănat într-o parte, precum și obiceiul de a-și începe frazele cu „Fii atent ce chestie…“

În mijlocul acestei discuții practice, el reușește totuși să întrezărească din când în când câte ceva de natură mai personală. Când o întreabă de părinții ei, Kirsten răspunde, cu o notă de stânjeneală în glas, că a fost crescută la Inverness doar de mamă, fiindcă tatăl își pierduse interesul pentru familie când ea era foarte mică.

— N-a fost chiar începutul care să mă facă să-i privesc cu speranță pe oameni, spune ea cu un zâmbet crispat (el își dă seama că dintele puțin înclinat e cel de sus, din stânga față). Poate că tocmai de asta n-am pus niciodată preț pe „fericiți până la adânci bătrâneți“.

Remarca nu-l destabilizează pe Rabih, care își amintește de maxima conform căreia cinicii sunt doar niște idealiști cu standarde neobișnuit de ridicate.

Pe ferestrele mari de la Taj Mahal, el vede norii care se mișcă repede, iar în depărtare, un soare șovăielnic care-și trimite razele pe cupolele vulcanice negre de la Pentland Hills.

Ar putea să se mărginească la a o socoti pe Kirsten o persoană relativ cumsecade, cu care să petreci o dimineață rezolvând câteva probleme supărătoare, care țin de administrația municipală. Ar putea să se abțină să vadă ce profunzimi de caracter ascund părerile ei despre viața profesională și politica scoțiană. Ar putea să accepte că e foarte puțin probabil să-i ajungă fără probleme la suflet doar cercetându-i paloarea și curbura gâtului. S-ar putea mulțumi să conchidă că pare destul de interesantă și că va avea nevoie de douăzeci și cinci de ani ca să afle mai mult.

În loc de asta, Rabih e convins că a descoperit pe cineva înzestrat cu cea mai frumoasă combinație de calități vizibile și lăuntrice – inteligență și bunătate, umor și frumusețe; cineva de care i s-ar face dor dac-ar ieși din încăpere, chit că habar nu avusese de existența ei până în urmă cu două ore; cineva ale cărui degete – care acum trasează niște linii imprecise cu o scobitoare pe fața de masă – tânjește să le mângâie și să le strângă într-ale lui; cineva cu care vrea să-și petreacă restul vieții.

Îngrozit să n-o jignească, neștiind precis ce gusturi are, conștient de riscul de-a o înțelege greșit, îi arată o solicitudine extremă și o atenție desăvârșită.

— Iartă-mă, vrei să-ți ții singură umbrela? o întreabă pe când se întorc la șantier.

— A, mi-e totuna, răspunde ea.

— Aș fi fericit să ți-o țin eu – sau nu, insistă el.

— Fă cum vrei, zău.

Rabih se cenzurează la sânge. Oricât de mari ar fi plăcerile dezvăluirii, încearcă s-o țină departe pe Kirsten de felul lui de-a fi. În faza asta, divulgarea adevăratului eu nu i se numără deloc printre priorități.

Se întâlnesc și săptămâna următoare. Pe când se întorc la Taj Mahal pentru un raport despre buget și stadiul lucrărilor, Rabih o întreabă dacă poate s-o ajute cu geanta cu dosare pe care-o cară, la care ea râde și-i spune să nu mai fie atât de sexist. Nu pare momentul potrivit să-i declare c-ar ajuta-o la fel de bucuros să se mute în altă casă – sau că ar avea grijă de ea dacă s-ar îmbolnăvi de malarie. Pe de altă parte, entuziasmul lui Rabih e cu atât mai mare cu cât ea nu prea pare să aibă nevoie de ajutor la nimic – slăbiciunea fiind, în cele din urmă, o perspectivă încântătoare mai cu seamă pentru cei puternici.

— Chestia e că jumătate dintre cei de la mine din departament au fost puși pe liber, așa că, de fapt, fac munca a trei oameni, îi spune Kirsten după ce se așază. Am terminat abia pe la zece jumătate noaptea, deși asta a fost în primul rând din cauză că, așa cum poate că ți-ai dat seama deja, vreau să am absolut totul sub control.

El e atât de înfricoșat c-ar putea să spună ceva nepotrivit, încât nu găsește nici un subiect de conversație – cum însă cine tace poate să treacă drept plicticos, nu-și permite pauze lungi. În cele din urmă, îi face o prezentare amănunțită a felului în care se realizează deplasarea din sensurile giratorii spre ieșiri, urmată de o analiză comparată a felului cum se frânează pe suprafețele ude și uscate. Barem stângăcia lui e întâmplător un semn de sinceritate: avem tendința să nu ne neliniștim foarte mult când seducem oameni de care nu prea ne pasă.

La fiecare întorsătură de frază, își dă seama cât de puțin probabil e să-i țină trează atenția lui Kirsten prin ceea ce spune. Felul cum îi percepe libertatea și autonomia îl sperie și în același timp îl incită. Își dă seama că n-ar exista nici cel mai mic motiv pentru care ea să-i arate vreodată afecțiune. Înțelege perfect că n-are dreptul să-i ceară să-l trateze cu amabilitatea pe care-o reclamă numeroasele lui constrângeri. În perimetrul vieții lui Kirsten, el este umbra unei umbre.

Iar pe urmă vine schimbarea decisivă, aceea de-a ști dacă sentimentul e reciproc – un subiect de o simplitate copilărească, dar care e capabil să susțină interminabile studii teoretice și ipoteze psihologice de finețe. L-a complimentat pentru pardesiul gri. L-a lăsat să plătească ceaiul și pitutele. Atâta doar că a părut stingherită – ba chiar puțin iritată – în cele trei rânduri când el a încercat să aducă vorba despre relațiile ei din trecut. Și nici n-a marșat la aluzia de-a merge la film.

Aceste îndoieli nu fac decât să aprindă dorința. După cum și-a dat seama Rabih, oamenii cei mai atrăgători nu sunt cei care-l acceptă imediat (se îndoiește de judecata lor) sau cei care nu-i dau nici o șansă (indiferența lor sfârșește prin a-i displăcea), ci cei care, din motive imposibil de deslușit – poate un alt imbroglio romantic sau o fire mai precautǎ, un neajuns fizic sau o inhibiție psihologică, un crez religios sau niște obiecții de natură politică –, îl lasă să se învârtă un pic în bătaia vântului.

Tânjirea se dovedește, în felul ei, rafinată.

În cele din urmă, Rabih îi caută numărul de telefon în actele primăriei, iar într-o dimineață de sâmbătă îi transmite prin SMS părerea că mai târziu s-ar putea să iasă soarele. „Știu", vine aproape instantaneu răspunsul. „Facem o plimbare la Botanică? Pupici."

Și iată cum ajung, trei ore mai târziu, să se plimbe prin dreptul câtorva dintre cele mai neobișnuite specii de copaci și de plante ale Grădinii Botanice Regale din Edinburgh. Văd împreună o orhidee chiliană, sunt frapați de complexitatea unui rododendron și se opresc între un brad din Elveția și un uriaș sequoia din Canada, ale cărui frunze late se mișcă în bătaia vântului slab care vine dinspre mare.

Rabih nu mai are destulă energie să formuleze comentariile fără noimă care preced de obicei asemenea întâmplări. Așa că, mai degrabă din disperare decât din aroganță, sau fiindcă simte că ar avea dreptul s-o facă, o întrerupe pe Kirsten la jumătatea unei fraze citite de pe o plăcuță cu informații – „Arboretul alpin nu trebuie confundat cu..." –, îi ia fața în mâini și își apasă cu blândețe buzele pe ale ei, la care ea răspunde închizând ochii și îmbrățișându-l strâns pe după șale.

O furgonetă cu înghețată de pe Inverleith Terrace zdrăngăne înfiorător, o stăncuță cârâie pe creanga unui copac transplantat din Noua Zeelandă și nimeni nu observă doi oameni, ascunși parțial de pomii neindigeni, în una dintre mișcările cele mai tandre și mai pline de urmări din viețile lor.

Și totuși, s-ar cuveni să insistăm, nimic din toate astea n-are încă legătură cu o poveste de iubire. Poveștile acestea nu încep când ne temem că s-ar putea ca celălalt să nu vrea să ne mai vadă, ci când decide că n-ar avea nimic împotrivă să ne vadă tot timpul; nu când are o mulțime de ocazii s-o ia la goană, ci când a promis solemn c-o să ne țină – și o să se lase ținut – prizonieri toată viața.

Felul în care înțelegem iubirea a fost deturnat și păcălit de primele sale momente derutant de mișcătoare. Le-am îngăduit poveștilor noastre de iubire să se încheie mult prea devreme. Se pare că știm mult prea mult despre felul cum începe iubirea și nesăbuit de puțin despre cum ar putea să continue.

La ieșirea din Grădina Botanică, Kirsten îi spune lui Rabih s-o sune și recunoaște, cu un surâs în care el vede dintr-odată cum arăta la zece ani, că săptămâna următoare o să fie liberă în toate serile.

Întorcându-se la locuința lui din Quartermile, croindu-și drum prin mulțimea ieșită pe străzi sâmbăta, Rabih e atât de emoționat, încât îi vine să oprească la întâmplare diverși străini și să le spună ce noroc a dat peste el. A reușit să facă față cu brio, și fără să știe cum, celor trei mari provocări pe care le implică iubirea romantică: a găsit persoana potrivită, și-a deschis inima în fața ei și a fost acceptat.

Cu toate acestea, încă n-a ajuns, firește, nicăieri. El și Kirsten se vor căsători, vor suferi, își vor face adeseori griji în privința banilor, li se va naște mai întâi o fată, iar apoi un băiat, unul din ei va avea o aventură, vor exista perioade de plictiseală, uneori le va veni să se omoare unul pe celălalt și, în câteva rânduri, să se sinucidă. Abia *asta* va fi adevărata poveste de iubire.

Iubind

Kirsten propune o plimbare la Portobello Beach, la o jumătate de oră de mers cu bicicleta, pe data de întâi a patra. Rabih e nesigur pe bicicleta lui, închiriată dintr-un centru de lângă Princes Street pe care-l știe Kirsten. Ea are bicicleta de-acasă – un model roșu-aprins cu douăsprezece viteze și etriere de frână de ultimul tip. El face tot posibilul să se țină bine. La jumătatea coborârii unui versant schimbă viteza, dar lanțul protestează, sare și se învârte neputincios pe lângă butuc. Simte cum urcă în el frustrarea și o furie familiară. O să dureze mult până o să ajungă înapoi la magazin. Dar Kirsten nu lasă lucrurile așa.

— Uită-te la tine, încurcă-lume botos, îi spune ea.

Întoarce bicicleta cu roțile în sus, readuce schimbătorul de viteze în poziția inițială și potrivește derulorul din spate. Nu trece mult și se murdărește de ulei pe mâini, iar o dungă unsuroasă i se întinde și pe obraz.

Iubirea înseamnă admirație pentru acele calități ale persoanei iubite care promit să ne corecteze slăbiciunile și dezechilibrele; iubirea este o căutare a desăvârșirii.

S-a îndrăgostit de calmul ei, de convingerea ei că totul va fi bine, de faptul că nu se simte persecutată, de absența fatalismului – acestea sunt virtuțile noii și neobișnuitei sale prietene scoțiene, care vorbește cu un accent atât de puternic, încât trebuie să-i ceară lămuriri de trei ori cu privire la folosirea cuvântului „temporar“. Iubirea lui Rabih este reacția logică la descoperirea punctelor tari complementare și a câteva însușiri pe care și le-ar dori și el. Rabih iubește dintr-un sentiment al incompletitudinii – și din dorința de-a fi ajutat să se întregească.

Nu e singurul care procedează așa. Chiar dacă e vorba de alte zone, Kirsten încearcă și ea să-și depășească neajunsurile. A ieșit din Scoția abia după ce a terminat universitatea. Toate rudele ei vin din aceeași părticică a țării. Acolo spiritele sunt obtuze, culoarea predominantă e griul, atmosfera e provincială, iar valorile se autodizolvă. Drept răspuns, Kirsten e atrasă puternic de lucrurile pe care le asociază sudului. Vrea lumină, speranță, oameni care trăiesc în armonie cu propriile lor corpuri, cu pasiune și emoție. Adoră soarele și în același timp își detestă albeața pielii și disconfortul pe care-l simte în fața razelor. Pe peretele ei se află un afiș cu medina din Fez.

O incită ce-a aflat despre originea lui Rabih. I se pare straniu că e fiul unui inginer civil libanez și al unei stewardese germane. Îi spune povești despre copilăria petrecută la Beirut, Atena și Barcelona, povești în care existau momente de strălucire și de frumusețe, precum și, din când în când, momente de pericol extrem. Vorbește arabă, franceză, germană și spaniolă; cuvintele lui de alint (rostite în joacă) au multe arome. Are pielea măslinie, prin contrast cu a ei, care e alb-rozalie. Își încrucișează picioarele lungi când se așază, iar mâinile lui surprinzător de delicate știu să-i prepare *makdous*, *tabbouleh* și *Kartoffelsalat*. O hrănește cu lumile lui.

La rândul ei, și Kirsten caută iubirea care s-o reechilibreze și s-o întregească.

Iubirea este, de asemenea, în egală măsură, despre slăbiciune, despre felul cum te mișcă fragilitățile și necazurile celuilalt, mai cu seamă când (așa cum se întâmplă în primele zile) nu riscăm deloc să fim considerați răspunzători pentru ele. Faptul că ne vedem persoana iubită disperată și în criză, înlăcrimată și incapabilă să facă față situației, poate să ne ofere certitudinea că, în ciuda calităților, nu este alienant invincibilă. Uneori e și ea derutată și la ananghie, iar când înțelegem asta, sprijinul nostru devine mai mare, ne rușinăm mai puțin de propriile noastre inadecvări și ne apropiem mai mult unul de celălalt, uniți de experiența durerii.

Iau trenul până la Inverness, ca s-o vadă pe mama lui Kirsten. Ea insistă să-i aștepte la gară, deși asta implică un drum cu autobuzul de la celălalt capăt al orașului. Îi spune lui Kirsten „mielușica ei“ și o îmbrățișează strâns pe peron, cu ochii închiși până în pragul durerii. Îi întinde ceremonios o mână lui Rabih și-și cere iertare pentru condițiile din perioada asta a anului: e două și jumătate după-amiaza și aproape că s-a întunecat. Are aceiași ochi vioi ca fiica ei, deși ai săi par să aibă în plus o fixitate care-l face să se simtă destul de incomod când se opresc asupră-i – iar asta urmează să se întâmple de multe ori, fără un motiv anume, pe durata șederii lor.

Locuința este o casă cenușie dintr-un șir de case asemănătoare, cu două niveluri, îngustă și așezată chiar vizavi de școala primară unde mama lui Kirsten predă de trei decenii. Peste tot în Inverness trăiesc adulți care acum dețin magazine, redactează contracte sau fac recoltări de sânge și care-și amintesc că au deslușit bazele aritmeticii și poveștile din Biblie cu ajutorul doamnei McLelland. Lucrul pe care și-l aduc aminte cel mai bine este felul în care le transmitea nu doar cât de mult le plăcea de ei, ci și cât de ușor le era s-o dezamăgească.

Cinează tustrei în sufragerie și se uită la televizor, la un concurs de întrebări și răspunsuri. Desenele făcute de Kirsten la creșă urcă pe peretele de lângă scară, înrămate în cadre simple și lucioase. În vestibul se găsește o fotografie de la botezul ei; în bucătărie, un portret al ei în uniformă de școală, delicată și cu strungăreață, la șapte ani; iar pe un raft de bibliotecă, un instantaneu de când avea unsprezece ani și era subțire, ciufulită și energică, în pantaloni scurți și tricou, pe plajă.

În dormitorul în general neschimbat de când s-a dus la Aberdeen să-și ia licența în drept și contabilitate, se găsesc haine negre în șifonier și rafturi ticsite de cărți broșate în ediții pentru elevi. În ediția Penguin din *Mansfield Park*, o versiune adolescentină a lui Kirsten a scris: „Fanny Price: virtutea omului de rând excepțional". Un album cu poze împins sub pat scoate la iveală o fotografie de amator a ei și a tatălui, postați în fața unei furgonete cu înghețată la Cruden Bay. Are șase ani și se va mai bucura de prezența lui încă unul.

Potrivit folclorului de familie, tatăl lui Kirsten a plecat pe nepusă masă într-o dimineață, cu o valijoară în care-și pusese cele necesare, pe când cea care-i era soție de zece ani era la școală și preda. Singura urmă a fost un petic de hârtie lăsat în vestibul, pe care a mâzgălit în grabă „Iertare". După aceea s-a tot plimbat prin Scoția, lucrând cu ziua pe la câte-o fermă și ținând legătura cu Kirsten doar printr-o carte poștală pe an și un cadou cu ocazia zilei de naștere. Când a împlinit doisprezece ani, a primit un pachet care conținea un cardigan bun pentru o fată de nouă. Kirsten l-a trimis înapoi la o adresă din Cammachmore, împreună cu un bilet prin care expeditorul era încunoștințat de speranța ei sinceră că avea să moară în scurt timp. De atunci n-a mai primit nici un cuvânt de la el.

Dac-ar fi plecat cu o altă femeie, n-ar fi făcut decât să-și încalce jurămintele maritale. Dar să-ți lași soția și copilul doar ca să rămâi singur, tu cu ale tale, fără să-ți motivezi cât de cât acțiunile – iată o respingere mult mai profundă, mai abstractă și mai devastatoare.

Kirsten stă în brațele lui Rabih în timp ce-i povestește. Are ochii roșii. Iată un alt lucru care-i place la ea: slăbiciunea unei persoane altminteri deosebit de capabilă și de competentă.

În ce-o privește, simte cam același lucru pentru el – iar în trecutul lui există situații la fel de dureroase. Când Rabih avea doisprezece ani, după o copilărie marcată de violență sectară, baraje rutiere și nopți petrecute în adăposturi antiaeriene, a plecat cu părinții din Beirut la Barcelona. Însă la doar o jumătate de an după ce-au ajuns acolo și s-au instalat într-un apartament de lângă docurile vechi, mama lui a început să se plângă de dureri în zona abdomenului. S-a dus la medic și, cu o bruschețe care avea să dea o lovitură iremediabilă credinței fiului ei în soliditatea a aproape tot, a primit diagnosticul de cancer la ficat în fază avansată. A murit după trei luni. La nici un an după aceea, tatăl lui s-a recăsătorit cu o englezoaică distantă, cu care duce și astăzi o viață retrasă într-un apartament din Cádiz.

Kirsten vrea, cu o intensitate care-o surprinde, să-l consoleze pe băiatul care avea atunci doisprezece ani. Mintea ei se întoarce mereu la o fotografie a lui Rabih și a mamei lui, făcută cu doi ani înainte de moartea ei, lângă pista aeroportului din Beirut, cu un avion cu reacție Lufthansa în spate. Mama lui Rabih era stewardesă pe unele zboruri spre Asia și America, servindu-le masa în zona business a aeronavei unor oameni de afaceri înstăriți, având grijă să-și fixeze cu toții centurile, turnându-le de băut și zâmbindu-le străinilor, în timp ce fiul ei o aștepta acasă. Rabih își amintește de emoția mare, aproape provocatoare de grețuri, pe care o simțea în zilele când mama lui trebuia să se întoarcă. Din Japonia i-a adus o dată câteva agende făcute din fibră de dud, iar din Mexic, figurina vopsită pe față a unei căpetenii aztece. Semăna cu o actriță de cinema – cu Romy Schneider, spuneau oamenii.

În centrul iubirii lui Kirsten stă dorința de a închide rana provocată de pierderea suferită de Rabih, o pierdere îngropată de mult și pomenită foarte rar.

Iubirea atinge apogeul în clipele când se dovedește că persoana iubită înțelege, mai limpede decât au fost vreodată capabili ceilalți, ba poate chiar și noi înșine, acele părți din noi care sunt haotice, stânjenitoare și rușinoase. Faptul că altcineva își dă seama cine suntem, iar apoi ne oferă deopotrivă compasiune și iertare, scoate în evidență întreaga noastră capacitate de-a avea încredere și de-a dărui. Iubirea este un dividend al recunoștinței față de felul cum deslușește persoana iubită sufletul nostru confuz și tulburat.

— Iar ești supărat-și-umilit-dar-ciudat-de-tăcut, îi pune ea diagnosticul într-o seară, după ce site-ul firmei de închirieri auto pe care l-a folosit Rabih ca să rezerve un microbuz pentru el și patru colegi i se blochează la ultima afișare, făcându-l să nu știe precis dacă i s-au înțeles intențiile și i s-au oprit banii de pe card. Cred c-ar trebui să urli și să vorbești urât, iar pe urmă să vii în pat. Nu m-ar deranja. Ba chiar aș putea să sun la firma de închirieri mâine-dimineață.

Într-un fel, îi percepe corect neputința de a-și exprima furia; recunoaște procesul prin care Rabih transformă dificultatea în apatie și scârbă de sine. Fără să-l pună în situații delicate, poate să depisteze și să numească formele pe care le îmbracă uneori nebunia lui.

Cu aceeași acuratețe, îi descifrează frica de-a părea nevrednic în ochii tatălui său și, prin extensie, în ochii celorlalte figuri bărbătești ale autorității. În drum spre prima întâlnire cu tatăl lui la Hotelul „George“, îi șoptește pe nepusă masă lui Rabih:

— Gândește-te că nu contează ce crede despre mine – și nici chiar despre tine.

Pentru Rabih e ca și cum s-ar întoarce cu un prieten în plină zi într-o pădure în care a mers doar singur și numai noaptea, dându-și seama cu ocazia asta că siluetele de rău augur care-l băgaseră atât de rău în sperieți nu fuseseră, în realitate, decât niște bolovani la care nu se uitase cum trebuia.

Există, în perioada de început a iubirii, o doză de ușurare pură, fiindcă reușești în fine să dezvălui atât de mult din ceea ce trebuia ținut ascuns de dragul convențiilor. Putem recunoaște că nu suntem atât de respectabili, de sobri, de echilibrați sau de „normali" pe cât ne consideră societatea. Putem fi copilăroși, inventivi, nesăbuiți, plini de speranță, cinici, fragili și toate la un loc – persoana iubită e capabilă să ne înțeleagă și să ne accepte în toate aceste ipostaze.

La unsprezece noaptea, după ce-au cinat deja o dată, o fac din nou, luând de data asta coaste la grătar de la Los Argentinos, pe Preston Street, pe care le mănâncă la lumina lunii, pe o bancă din Meadows. Își vorbesc cu accente ciudate: ea e o turistă rătăcită, care vine de la Hamburg și caută Muzeul de Artă Modernă; el nu-i poate fi de mare folos întrucât, ca simplu pescuitor de raci din Aberdeen, nu-i înțelege intonația neobișnuită.

S-au întors la ghidușiile copilăriei. Țopăie pe pat. Se duc pe rând în cârcă. Bârfesc. După ce merg la o petrecere, sfârșesc prin a le găsi cusururi tuturor celorlalți invitați, iar loialitatea reciprocă le e întărită de lipsa tot mai mare a loialității față de ceilalți.

Se revoltă împotriva ipocriziilor din viața lor de zi cu zi. Se eliberează unul pe celălalt de compromisuri. Se decid să nu mai aibă secrete unul față de altul.

În mod normal, trebuie să răspundă la numele care le sunt impuse de restul lumii, folosite în documentele oficiale și în birocrația statului, dar iubirea le dă ghes să-și caute porecle care se vor potrivi mai bine cu sursa tandreții pe care-o simte fiecare. Astfel Kirsten devine „Teckle“, un cuvânt scoțian familiar, cu sensul de „mare“, care i se pare lui Rabih șăgalnic și ingenuu, vioi și hotărât. La rândul lui, Rabih devine „Sfouf“, după prăjitura libaneză neînsiropată, cu aromă de anason și curcumă, la care o dedulcește într-un magazin de delicatese din Nicolson Square și care exprimă perfect, pentru ea, blândețea rezervată și exotismul levantin al băiatului cu ochi triști din Beirut.

Sex și iubire

Pentru a doua întâlnire, după sărutul din Grădina Botanică, Rabih a propus o cină la un restaurant thailandez de pe Howe Street. Ajunge primul și e condus la o masă de la subsol, lângă un acvariu îngrijorător de plin de raci. Ea întârzie câteva minute și apare îmbrăcată foarte obișnuit, cu o pereche de jeanși vechi și teniși, fără machiaj și purtând ochelari în locul obișnuitelor lentile de contact. Conversația începe stângaci. Rabih nu pare să știe cum să se recupleze la intimitatea sporită de la întâlnirea lor precedentă. E ca și cum s-ar fi întors la stadiul de simple cunoștințe. Vorbesc despre mama lui și despre tatăl ei, precum și despre câteva cărți și filme pe care le știu amândoi. Dar el nu îndrăznește să-i atingă mâinile, mai ales că ea și le ține oricum mai mult în poală. Pare logic să-și închipuie că s-a răzgândit.

Și totuși, imediat după ce ies pe stradă tensiunea se risipește.

— Vii la mine la un ceai – ceva de plante –, întreabă ea. Nu-i departe.

Așa că merg pe jos cam un cvartal până la blocul ei și urcă la ultimul etaj, unde ea are un apartament cu două camere micuț, dar frumos, cu vedere la mare și cu pereții împodobiți cu fotografii pe care le-a făcut în diferite locuri din Highlands. Rabih aruncă un ochi rapid spre dormitor, unde un vraf de haine stau îngrămădite pe pat.

— Am încercat cam tot ce aveam și pe urmă mi-am zis „Dă-o dracu' de treabă", cum se întâmplă! strigă ea.

E în bucătărie și pune de ceai. El intră după ea, ia cutia și observă cât de ciudat arată cuvântul „mușețel“ scris în partea de jos.

— Remarci lucrurile cele mai importante, glumește ea afectuos.

Lui i se pare că vede aici un fel de invitație, așa că se apropie de ea și o sărută cu blândețe. Sărutul se prelungește. În spate se aude ceainicul care șuieră și apoi se oprește. Rabih se întreabă cât ar mai putea să îndrăznească. Îi mângâie ceafa lui Kirsten și pe urmă umerii. Își ia inima în dinți pentru o mângâiere ușoară a pieptului și așteaptă degeaba o reacție. Mâna lui dreaptă face o incursiune discretă pe jeanșii ei și urmărește conturul coapselor. Rabih știe că s-ar putea să fi atins limita a ceea ce-i este îngăduit la a doua întâlnire. Totuși riscă și-și coboară mâna din nou, frecând-o de data asta ceva mai apăsat de jeanși și apăsându-i-o între picioare.

Așa începe unul dintre cele mai erotice momente din viața lui Rabih, căci în clipa când Kirsten îi simte mâna apăsând-o prin jeanși, se împinge puțin în față ca s-o întâmpine, iar pe urmă puțin mai mult. Deschide ochii și-i zâmbește, iar el îi întoarce zâmbetul.

— Acolo, spune ea, aducându-i mâna în locul acela foarte bine delimitat, din partea de jos a fermoarului.

O țin așa cam un minut, după care ea întinde mâna, o ia pe a lui și-l îndeamnă să-i descheie nasturele. Îi deschid împreună jeanșii, iar ea îi prinde mâna încă o dată și-i face loc înăuntrul bikinilor ei negri și elastici. El îi simte căldura și, după o clipă, umezeala aceea care înseamnă o excitație și o primire fără echivoc.

La început, atracția sexuală poate părea un fenomen strict fiziologic – rezultatul hormonilor treziți la viață și al stimulării terminațiilor nervoase. Numai că, de fapt, nu e vorba în principal de senzații, ci de idei – dintre care cea dintâi e ideea de acceptare, însoțită de promisiunea că se va pune capăt singurătății și rușinii.

Acum jeanșii lui Kirsten sunt larg desfăcuți și ei sunt amândoi roșii la față. Din punctul de vedere al lui Rabih, atracția sexuală, care e un amestec de ușurare și excitație, izvorăște parțial din felul în care ea i-a oferit atât de puține indicii într-un timp atât de îndelungat despre faptul că s-ar fi putut gândi la asemenea lucruri.

Îl duce în dormitor și aruncă grămada de haine pe jos. Pe noptieră ține romanul pe care-l citește – o carte de George Sand, de care Rabih n-a auzit în viața lui. Mai sunt acolo câțiva cercei și o fotografie a lui Kirsten în uniformă, în fața școlii primare, ținându-și mama de mână.

— N-am avut când să-mi ascund toate secretele, spune ea. Dar bagă-ți nasul pe unde vrei, nu te jena.

Aproape că e lună plină, iar ei lasă perdelele netrase. În timp ce stau încolăciți în pat, el îi mângâie părul și-i strânge mâna. Zâmbetele lor dau de înțeles că nu și-au învins complet sfiala. El se oprește din mângâiat și o întreabă când s-a hotărât pentru prima dată să facă asta, impulsionat nu de vanitate, ci de un amestec de recunoștință și eliberare, din moment ce niște dorințe care ar fi putut să pară pur și simplu nerușinate, agresive sau jalnice dacă nu li s-ar fi răspuns, s-au dovedit salvator de reciproce.

— La drept vorbind, din capul locului, domnule Khan, spune ea. Mai pot să te ajut cu ceva?

— Da, mai poți.

— Continuă.

— Bun. Când anume ai simțit pentru prima dată… cum să spun… mă rog, că s-ar putea să…

— Să ne futem?

— Cam așa ceva.

— Abia acum pricep unde bați, îl tachinează ea. Drept să-ți spun, a început chiar când ne-am îndreptat prima dată spre restaurant. Am observat că ai un fund frumos și m-am tot gândit la el cât timp ai bătut apa-n piuă despre cât aveam amândoi de lucru. Iar mai târziu, noaptea, mă întrebam, întinsă chiar pe patul ăsta în care stăm acum, cum ar fi să te prind de... Mă rog, acum o să mă apuce sfioșenia și pe mine, așa că mulțumește-te cu atât deocamdată.

Faptul că un om care arată respectabil poate nutri în sinea lui diverse fantezii explicite și formidabil de carnale, deși aparent pare să fie interesat doar de niște tachinări prietenești, este pentru Rabih chiar și acum un concept cu totul surprinzător și de-a dreptul minunat, având puterea imediată de a-i atenua vinovăția uriașă pe care-o simte față de propria lui sexualitate. Ideea că fanteziile nocturne ale lui Kirsten ar fi putut fi legate de el, deși i se păruse atât de rezervată, precum și atitudinea ei de acum, atât de nerăbdătoare și de directă – toate aceste dezvăluiri fac din momentul respectiv unul dintre cele mai bune din viața lui Rabih.

Oricât s-ar vorbi despre emanciparea sexuală, adevărul este că secretomania și o anumită doză de jenă față de problema sexului continuă să se facă simțite la fel de mult ca înainte. Încă nu putem spune în gura mare ce vrem să facem și cu cine. Rușinea și reprimarea impulsurilor nu sunt doar niște lucruri de care s-au agățat strămoșii noștri și anumite religii foarte stricte din motive obscure și inutile: ele sunt condamnate să arate la fel în toate erele, și tocmai asta conferă o putere atât de mare puținelor momente (s-ar putea să existe doar câteva pe durata unei vieți) când un străin ne invită să lăsăm garda jos și recunoaște că-și dorește exact lucrurile după care tânjiserăm noi înșine, în mod vinovat și tainic.

Când cei doi termină, e două noaptea. O bufniță țipă undeva în întuneric.

Kirsten adoarme în brațele lui Rabih. Pare încrezătoare și în largul ei, lăsându-se cuprinsă cu grație de undele somnului, pe când el rămâne pe mal, protestând împotriva sfârșitului acestei zile miraculoase și repetându-i momentele de răscruce. Se uită la buzele ei care tremură ușor, de parcă ar citi o carte în cine știe ce limbă străină a nopții. Uneori pare să se trezească preț de o clipă și, cu o expresie de uimire și teamă, cere ajutor; „Trenul!" strigă ea sau, cu o îngrijorare sporită: „E mâine, l-au devansat!" El o liniștește (au timp să ajungă la gară; și-a repetat toate subiectele pentru examen) și o ia de mână, ca un părinte care se pregătește să meargă cu copilul pe o stradă aglomerată.

Ar fi o formulare mai mult decât sfioasă dac-am spune despre ei că „au făcut dragoste". Nu a fost vorba doar de sex; și-au transpus sentimentele – apreciere, tandrețe, recunoștință și capitulare – într-un act trupesc.

Vorbim despre excitare, dar lucrul despre care ar trebui să vorbim de fapt este încântarea provocată de faptul că am reușit într-un târziu să ne dezvăluim eurile secrete – și că am descoperit că, departe de-a se îngrozi în fața a ceea ce sunt, îndrăgostiții noștri au ales să răspundă doar prin încurajări și încuviințare.

Relativa pudoare și obiceiul de-a face din problema sexului un mare secret s-au făcut simțite în viața lui Rabih de când avea doisprezece ani. Înainte de asta s-au spus, firește, câteva minciuni și s-au încălcat câteva reguli neimportante: a furat câteva monede din portmoneul lui taică-său; s-a prefăcut că-i place de mătușa Ottilie și, într-o după-amiază petrecută în apartamentul ei înghesuit și cu aer închis, a copiat o bună parte din tema de la algebră de la sclipitorul lui coleg de clasă, Michel. Însă nici una dintre aceste abateri nu l-a făcut să simtă o silă de sine primitivă.

Pentru maică-sa, fusese întotdeauna copilul bun și gânditor căruia i se adresa cu porecla diminutivă „Maus“. Lui Maus îi plăcea să se încolăcească alături de ea sub pătura mare de cașmir din sufragerie și s-o lase să-i dea la o parte părul de pe fruntea netedă. Pe urmă, într-un trimestru, singurul lucru la care a început să se gândească dintr-odată Maus a fost un grup de eleve ceva mai mari ca el, înalte cam de unu șaptezeci sau chiar mai mult, niște spanioloaice hotărâte, care în pauze ieșeau împreună ca o bandă de complotiste și chicoteau cu un aer crud, plin de încredere și îmbietor. În weekenduri se furișa în baia mică și albastră de acasă odată la câteva ore și își închipuia scene pe care își impunea să le dea uitării imediat după ce termina. S-a căscat o prăpastie între cine trebuia să fie în ochii familiei și cine știa că e în străfunduri. Și poate că ruptura a fost mai dureroasă în privința maică-sii. Lucrurile au arătat cu atât mai prost cu cât instalarea pubertății lui a coincis aproape matematic cu diagnosticarea cancerului ei. În subconștientul lui, într-un cotlon întunecat și impermeabil la logică, Rabih a început să creadă că faptul că descoperise sexul ar fi putut grăbi moartea mamei lui.

Nici pentru Kirsten lucrurile nu au fost foarte simple la vârsta aceea. Și ea avea de înfruntat diverse idei opresive despre ce însemna să fii un om bun. La paisprezece ani îi plăcea să plimbe câinele, să facă voluntariat la azilul de bătrâni și să efectueze teme suplimentare la geografie despre râuri – dar, pe de altă parte, și să se ducă în camera ei, să se întindă pe jos, cu fusta ridicată, să se privească în oglindă și să-și închipuie că dă un număr pentru un băiat mai mare ca ea de la școală. La fel ca Rabih, își dorea anumite lucruri care nu cadrau cu noțiunea de normalitate în accepția ei socială predominantă.

Aceste episoade de autoscindare din trecut sunt unul dintre lucrurile care fac ca începutul relației lor să fie atât de satisfăcător. Nu mai e nevoie și loc de subterfugii sau ocolișuri. Deși fiecare a avut mai mulți parteneri în trecut, se consideră unul pe celălalt extraordinar de deschiși și de liniștitori. Dormitorul lui Kirsten devine cartierul general al unor explorări care au loc noapte de noapte și în care cei doi sunt în fine capabili să dezvăluie, fără să se teamă că vor fi judecați, puzderia de lucruri neobișnuite și improbabile pe care sexualitatea lor îi obligă să le recunoască.

Detaliile a ceea ce ne stârnește pot să pară stranii și ilogice, dar dacă le cercetezi atent, observi că poartă în ele ecouri ale calităților pe care am vrea să le vedem la ceilalți, zone de existență teoretic mai sănătoase: înțelegere, compasiune, încredere, unitate, generozitate și cumsecădenie. În spatele multor declanșatoare erotice se găsesc soluții simbolice pentru o parte dintre temerile noastre cele mai mari, precum și aluzii fine la felul cum tânjim după prietenie și înțelegere.

S-au împlinit trei săptămâni de când au făcut-o pentru prima dată. Rabih își trece hotărât mâinile prin părul lui Kirsten. Ea indică, printr-o mișcare din cap și un suspin ușor, că-i place și că vrea mai mult – și chiar *mai* hotărât, dacă se poate. Vrea ca iubitul ei s-o prindă și s-o tragă de păr cu oarecare violență. Pentru Rabih situația e delicată. I s-a spus să fie foarte respectuos cu femeile, să trateze la fel ambele sexe și să țină cont că, într-o relație, nici unul dintre parteneri n-are voie să se impună prin forță în fața celuilalt. Dar iată că acum pe partenera lui nu pare s-o intereseze egalitatea și nu-i pasă nici măcar de regulile obișnuite ale echilibrului dintre sexe.

E la fel de puțin preocupată de cuvintele problematice. Îl invită să i se adreseze ca și cum n-ar da nici două cepe degerate pe ea, iar asta li se pare incitant amândurora tocmai fiindcă adevărul e exact pe dos. Cuvinte ca „jigodie“, „curvă“ și „pizdă“ devin simboluri comune ale loialității și încrederii reciproce.

În pat, violența – care în mod normal e un mare pericol – nu mai trebuie privită ca un risc; se poate recurge fără grijă la un pic de forță fără ca vreunul din ei să fie nemulțumit. Rabih e capabil să-și țină foarte bine sub control furia de moment, chiar dacă lucrul pe care-l extrage Kirsten din această furie este un și mai pronunțat sentiment al docilității.

În copilărie au avut de multe ori contacte fizice cu prietenii. Să lovești putea fi distractiv. Kirsten își pocnea zdravăn verișoarele cu pernele de pe sofa, pe când Rabih se lupta cu amicii lui pe iarba de la centrul de natație. Cu toate acestea, la maturitate violența de orice fel a fost interzisă, nici un adult nu avea voie să folosească forța împotriva altuia. Și totuși, în jocurile pe care le practică împreună, cei doi pot simți o plăcere bizară când dau o palmă, când lovesc și sunt loviți; pot fi duri și insistenți; se poate ajunge chiar la sălbăticie. În cercul ocrotitor al iubirii pe care și-o poartă, nici unul din ei nu trebuie să se simtă în pericol de-a fi lovit sau de-a rămâne neconsolat.

Kirsten este o femeie cu o fermitate și o autoritate considerabile. Conduce un departament la serviciu, câștigă mai mult decât iubitul ei, e încrezătoare și are stofă de lider. A aflat de la o vârstă fragedă că va trebui să-și poarte singură de grijă.

Și totuși, când e în pat cu Rabih, ea descoperă acum că i-ar plăcea să-și asume un alt rol, ca pe o formă de sustragere din fața solicitărilor agasante cărora trebuie să le facă față în restul vieții. A fi supusă în fața lui înseamnă a-i da voie unui om iubitor să-i spună exact ce să facă, a-l lăsa să-i ia de pe umeri răspunderea și posibilitatea de a alege.

Ideea nu i-a mai surâs până atunci, dar asta numai fiindcă era convinsă că majoritatea bărbaților autoritari nu erau demni de încredere; spre deosebire de Rabih, ei nu păreau cu adevărat cumsecade și funciarmente nonviolenți (îi spune în glumă Khan Sultan). A ținut cu tot dinadinsul să fie independentă parțial din inerție, fiindcă n-a găsit în jur nici un potentat otoman îndeajuns de drăguț ca să merite accesul la eul ei mai slab.

În ce-l privește, Rabih a fost nevoit să-și țină în frâu pornirile autoritariste toată viața și, cu toate acestea, în adâncul lui, își dă seama că firea lui are și o latură mai aspră. Uneori e convins că știe ce e mai bun pentru alții și ce merită să li se întâmple. În lumea reală n-are decât să fie un asociat mărunt și neputincios dintr-o firmă provincială de urbanistică, teribil de inhibat când trebuie să spună ce crede, dar în pat cu Kirsten se simte tentat să renunțe la atitudinea rezervată și să obțină supunere deplină, la fel cum ar fi făcut Soliman Magnificul în haremul din palatul de marmură și jad de pe malul Bosforului.

Jocul de-a supunerea și de-a dominarea, scenariile neconvenționale, interesul fetișist pentru anumite cuvinte sau părți ale corpului – toate oferă posibilități de examinare a unor dorințe care nu sunt pur și simplu ciudate, inutile sau ușor dereglate. Ele ne pun la dispoziție scurte interludii utopice în care putem, cu ajutorul unui prieten rar și real, să renunțăm la mijloacele obișnuite de apărare și să ne satisfacem dorința de apropiere extremă și de acceptare reciprocă – abia acesta este motivul adevărat, de natură psihologică, pentru care jocurile sunt până la urmă atât de incitante.

Zboară la Amsterdam într-un weekend și, la jumătatea drumului, deasupra Mării Nordului, se furișează la toaletă. Au descoperit plăcerea de-a o face în locuri semipublice, care par să cheme la rampă – pe neașteptate, riscant și electrizant – atât apetitul sexual, cât și imaginea publică pe care trebuie s-o ofere de obicei. Au impresia că pun sub semnul întrebării responsabilitatea, anonimatul și cumpătarea prin momentele lor dezinhibate și încinse. Într-un fel, plăcerea lor devine cu atât mai intensă cu cât îi desparte doar o ușă subțire din plastic de două sute patruzeci de pasageri neștiutori.

Locul e foarte strâmt, dar Kirsten reușește să-i deschidă fermoarul lui Rabih și să i-o ia în gură. În general s-a abținut să facă asta cu alți bărbați, dar cu el actul a devenit o prelungire constantă și obligatorie a iubirii. A primi partea teoretic cea mai murdară, cea mai intimă și cea mai vinovată din corpul iubitului ei în partea cea mai publică și mai respectabilă din corpul ei înseamnă pentru amândoi o eliberare simbolică de pedepsitoarea dihotomie dintre murdar și curat, dintre rău și bine – iar cu ocazia asta, în timp ce coboară prin atmosfera glacială spre Scheveningen cu patru sute de kilometri pe oră, își contopesc eurile care până atunci erau singure și rușinate.

Cerere

De Crăciun, primul pe care-l petrec împreună, se întorc la casa din Inverness a mamei lui Kirsten. Doamna McLelland îl tratează pe Rabih cu o bunătate maternă (șosete noi, o carte despre păsările din Scoția, o sticlă cu apă caldă pentru patul lui de o persoană) și cu o curiozitate constantă, deși camuflată atent. Cercetările ei, pe lângă chiuveta din bucătărie după vreo masă sau într-o plimbare pe la ruinele Catedralei St. Andrew, degajă o indiferență de fațadă, dar Rabih nu-și face iluzii. Este descusut. Doamna McLelland vrea să-i înțeleagă familia, relațiile de până atunci, motivele pentru care n-a mai lucrat la Londra și răspunderile pe care le are la Edinburgh. Este evaluat cum se poate mai bine într-o perioadă în care nu se mai admite vetoul parental și în care se susține insistent că relațiile vor merge bine dacă nu se va acorda autoritate nici unui arbitru din afară – fiindcă legăturile romantice trebuie să fie doar prerogativa celor implicați, excluzându-i chiar și pe cei care, nu cu mulți ani în urmă, i-au făcut baie în fiecare seară părții feminine a cuplului, iar în weekenduri au dus-o la Bught Park în cărucior, ca să le arunce pâine porumbeilor.

Faptul că doamna McLelland nu are nici un cuvânt de spus nu înseamnă totuși că nu are întrebări. Ea se gândește, de pildă, dacă nu cumva Rabih se va dovedi fustangiu sau mână spartă, molâu sau bețiv, pisălog sau dispus să rezolve divergențele folosind un pic de forță – și e curioasă fiindcă știe, mai bine decât alții, că nimeni nu te poate distruge așa cum o face persoana cu care te căsătorești.

În ultima lor zi împreună, când doamna McLelland îi spune lui Rabih la prânz că e mare păcat pentru Kirsten că n-a mai cântat nici o notă de când a plecat tatăl ei de-acasă, fiindcă avea o voce deosebit de promițătoare și un loc asigurat în secțiunea de soprane a corului, ea nu se mărginește să dezvăluie un detaliu din trecutele activități extrașcolare ale fiicei sale, ci îi cere lui Rabih – în măsura în care-i este permis – să nu-i distrugă viața lui Kirsten.

Se întorc la Edinburgh cu trenul în seara de dinainte de ajunul Anului Nou, călătorind patru ore prin Highlands, trași de o locomotivă care începe să dea rateuri. Kirsten, o veterană a traseului, a fost prevăzătoare și a luat o pătură cu care se învelesc amândoi în ultimul vagon, care e gol. Văzut dinspre fermele din depărtare, probabil că trenul arată ca o undiță luminată, nu mai mare decât un miriapod, croindu-și drum printr-un carou de beznă.

Kirsten pare preocupată.

— Nu, nimic, îi răspunde când el o întreabă, dar nici nu apucă bine să nege și o lacrimă îi înflorește la coada ochiului, urmată de o a doua și o a treia. Totuși, nu e nimic, chiar nimic, insistă ea. E o fleață, atâta tot. Un cap pătrat. Nu vrea să-l pună într-o situație delicată, bărbații nu suportă chestia asta, iar ea nu-și propune s-o transforme într-un obicei. Peste toate, n-are nimic de-a face cu el. E vorba de mama ei. Kirsten plânge fiindcă, pentru prima dată în viața ei de adult, se simte cu adevărat fericită – e o fericire de care propria ei mamă, cu care are o relație aproape simbiotică, a avut parte atât de rar. Doamna McLelland își face griji ca nu cumva Rabih să-i rănească fata; Kirsten plânge de vinovăție când se gândește cât de fericită a ajutat-o iubitul ei să devină.

Rabih o strânge lângă el. Cei doi nu-și vorbesc. Se cunosc de șase luni și ceva. Rabih nu avea de gând să aducă asta în discuție acum. Dar imediat după ce trec de satul Killiecrankie și după vizita controlorului, se întoarce cu fața spre Kirsten și-o întreabă, fără înconjur, dacă vrea să se mărite cu el – nu neapărat acum, adaugă el, ci de îndată ce-o să creadă că e momentul, și nu neapărat cu tam-tam, ar putea fi doar ceva intim, ei doi, mama ei și câțiva prieteni, dar bineînțeles că poate fi și ceva mai amplu, dacă asta vrea; lucrul cu adevărat important e că el o iubește fără rezerve și dorește, mai mult decât și-a dorit vreodată un lucru pe lumea asta, să fie cu ea până la sfârșitul vieții.

Ea se întoarce și, pentru scurtă vreme, tace mâlc. Nu prea știe cum să se poarte în asemenea momente, îi mărturisește, nu c-ar fi foarte dese sau, mai bine zis, nu c-ar fi avut parte de vreunul. Nu și-a pregătit un răspuns, totul a venit ca un trăsnet, dar cât de diferit e de ceea ce i se întâmplă de obicei, ce profund cumsecade, nebunesc și curajos din partea lui să-i spună una ca asta acum – și totuși, în ciuda firii ei cinice și a convingerii ferme că nu dă două cepe degerate pe asemenea lucruri, atâta timp cât el a înțeles cu adevărat ce-și dorește și a băgat de seamă ce monstru e ea, chiar nu vede nici un motiv ca să nu-i spună, din toată inima și cu o frică și o recunoștință imense, da, da, da.

Asta ne spune ceva despre statutul analizei riguroase din cadrul procesului nupțial, și anume că ar fi considerat un lucru neromantic, ba chiar meschin, să ceri unei persoane căsătorite să explice în profunzime, cu răbdare și obiectivitate, ce a făcut-o să accepte o cerere în căsătorie. Cu toate acestea, ne interesează foarte mult să știm de fiecare dată unde și cum a avut loc această cerere.

Nu-i o lipsă de respect din partea lui Rabih să sugereze că nu prea știe de ce i-a cerut să se mărite cu el – „nu știe" în sensul că nu dispune de un set de motive raționale și coerente care ar putea fi aduse la cunoștința unui terț sceptic sau iscoditor. În loc de analiză rațională, Rabih are sentimente – și încă multe: sentimentul că nu mai vrea s-o lase să plece datorită frunții ei late și netede și a felului cum buza de sus îi încalecă ușor de tot buza de jos; sentimentul că o iubește pentru aerul ei furiș, vag surprins și isteț, care-l inspiră să-i spună „Șobolănița lui“ sau „Cârtița lui“ (și care pe deasupra, fiindcă înfățișarea ei e neconvențională, îl face să se simtă deștept pentru că o consideră atrăgătoare); sentimentul că trebuie să se însoare cu ea datorită concentrării sârguincioase de pe fața ei când gătește o plăcintă cu spanac și cod, datorită cochetăriei cu care se încheie la haina de bumbac și datorită inteligenței viclene pe care-o etalează când ia la puricat mintea unor oameni pe care-i cunosc amândoi.

La drept vorbind, certitudinea lui cu privire la căsătorie nu are în spate nici un gând serios. Rabih n-a citit nici o carte despre această instituție, în ultimul deceniu n-a petrecut mai mult de zece minute cu un bebeluș, n-a luat la întrebări cu cinism nici un cuplu căsătorit și cu atât mai puțin a discutat în profunzime cu un cuplu divorțat, și n-ar ști să arate motivele pentru care eșuează majoritatea căsniciilor, în afară de lipsa de imaginație sau de prostia generală a celor implicați.

În cea mai mare parte a istoriei oficiale, oamenii s-au căsătorit din motive de tip logic: fiindcă bucata ei de pământ se învecina cu a lui, fiindcă familia lui avea o afacere prosperă cu cereale, fiindcă tatăl ei era magistrat în oraș, fiindcă aveau un castel de întreținut sau fiindcă ambele perechi de părinți aveau aceeași interpretare asupra unui text sfânt. Iar acest tip de căsnicii rezonabile s-a soldat cu singurătate, viol, infidelitate, bătăi, împietrirea inimii și urlete auzite prin ușa de la camera copilului.

Căsătoria pe baze raționale nu s-a dovedit, dacă e să fim sinceri, câtuși de puțin rezonabilă; a fost adeseori avantajoasă, obtuză, snoabă, exploatatoare și abuzivă. Și tocmai din această cauză elementul care a înlocuit-o – căsătoria din dragoste – n-a mai fost silit să-și justifice rostul. Lucrul care contează este că doi oameni vor neapărat ca ea să aibă loc, sunt atrași unul de celălalt în temeiul unui instinct copleșitor și știu, în străfundurile inimii lor, că e bine ce fac. Epoca modernă pare să se fi săturat de „rezonabil", de acest catalizator al amărelii, de aceste cerințe contabilicești. Mai mult, cu cât o căsnicie pare mai imprudentă (poate că se cunosc doar de șase săptămâni, poate că unul dintre ei nu are serviciu sau poate că amândoi de-abia au ieșit din adolescență), cu atât ar putea fi considerată mai sigură, fiindcă „nesăbuința" aparentă e percepută ca o contrapondere la toate erorile și tragediile garantate de așa-numitele legături de odinioară. Prestigiul instinctului este moștenirea unei reacții traumatizate colective împotriva prea multelor secole de „rezonabilitate" nerezonabilă.

Îi cere să se mărite cu el fiindcă pare un lucru extrem de primejdios: în cazul în care căsnicia ar eșua, le-ar distruge viața amândurora. Acele glasuri care dau de înțeles despre căsnicie că n-ar mai fi necesară, că o variantă mult mai simplă e coabitarea, au dreptate dintr-un punct de vedere practic, acceptă Rabih, dar nu percep tentația emoțională a pericolului, a faptului că te silești singur să treci împreună cu persoana iubită printr-o experiență care ar putea, prin doar câteva răsuciri ale intrigii, să provoace distrugerea ambilor. Rabih consideră însăși această disponibilitate de-a se lăsa ruinat în numele iubirii o dovadă a implicării. Faptul că e „inutil" din punct de vedere practic să te căsătorești nu face decât să ofere ideii o atracție emoțională sporită. *A fi căsătorit* poate fi asociat cu prudența, conservatorismul și timiditatea, dar *a te căsători* e cu totul altceva: o propunere mult mai nesăbuită și, prin urmare, mai îmbietor romantică.

Lui Rabih căsătoria i se pare punctul culminant al unui drum îndrăzneț spre intimitatea totală; a cere în căsătorie are aceleași ingrediente pasionale cu a închide ochii și a sări de pe o stâncă, dorindu-ți să te prindă celălalt la timp și având încredere că o va face.

Rabih o cere în căsătorie fiindcă vrea să păstreze, să „înghețe“, ceea ce el și Kirsten simt unul pentru celălalt. Și speră ca prin actul căsătoriei să perpetueze o senzație extatică.

Există un episod la care Rabih se va întoarce întruna ca să-și amintească ardoarea pe care vrea s-o conserve. Sunt amândoi într-un club de pe acoperișul unei clădiri de pe George Street. E sâmbătă seara. Sunt pe ringul de dans, scăldați în cercuri rapide de lumini violete și galbene, cu o percuție hip-hop care alternează cu corurile însuflețitoare ale cântecelor de pe stadioane. Ea poartă pantofi de sport, un șort negru de catifea și o bluză neagră de șifon. El vrea să-i lingă sudoarea de pe tâmple și să și-o răstoarne în brațe. Muzica și sociabilitatea dansatorilor promit sfârșitul definitiv al tuturor durerilor și dezbinărilor.

Ies pe o terasă iluminată doar de o serie de lumânări amplasate în jurul balustradei. E o noapte senină, iar universul a coborât să-i întâmpine. Ea îi arată Andromeda. Un avion trece peste castelul din Edinburgh, după care se pregătește să coboare spre aeroport. În clipa aceea, Rabih simte fără umbră de îndoială că ea este femeia alături de care vrea să îmbătrânească.

Există, firește, destule aspecte ale acestei ocazii pe care Rabih n-a reușit să le „înghețe“ sau să le păstreze cu ajutorul căsniciei: serenitatea cerului imens și înstelat; hedonismul generos al clubului dionisiac; absența răspunderii; duminica de lenevеală care li se întinde în față (vor dormi până la prânz); veselia ei și recunoștința lui. Rabih nu se căsătorește cu – și, prin urmare, nu imortalizează – un sentiment. Se căsătorește cu o persoană cu care a avut norocul ca, într-un concurs de împrejurări aparte, privilegiat și fugar, să nutrească același sentiment.

Dintr-un punct de vedere, cererea în căsătorie e despre lucrurile *spre* care fuge Rabih, dar poate că este și, în egală măsură, despre cele *de* care fuge. Cu câteva luni înainte s-o cunoască pe Kirsten, a luat cina cu o pereche de prieteni vechi, de pe vremea când era student la Universitatea din Salamanca. Au vorbit cu însuflețire la masă și s-au pus la curent cu ce mai era nou. Când cei trei au plecat din restaurantul de pe Victoria Street, Marta i-a aranjat lui Juan gulerul paltonului cafeniu și i-a înfășurat atentă fularul în jurul gâtului, cu o grijă atât de firească și de tandră în gesturi, încât l-a făcut involuntar pe Rabih să simtă – ca pe un pumn în plex – cât de singurisim era într-o lume pe care existența și soarta lui n-o interesau nici cât negru sub unghie.

Viața pe cont propriu devenise, și-a dat el seama atunci, de neconceput. Se săturase să se întoarcă acasă singur după tot felul de petreceri întâmplătoare, se săturase să i se scurgă duminicile fără să adreseze un cuvânt vreunei alte ființe omenești, se săturase de vacanțele petrecute la remorca altor cupluri tracasate, ale căror copii nu le mai lăsau strop de energie pentru conversație, precum și de conștiința faptului că nu ocupa un loc important în inima nimănui.

O iubește mult pe Kirsten, dar îi displace aproape la fel de mult ideea de-a mai trăi de unul singur.

Într-o măsură rușinos de mare, farmecul căsniciei se reduce la cât de neplăcut e să trăiești singur. Iar asta nu e neapărat din vina noastră ca indivizi. Societatea în ansamblul ei pare decisă să facă din condiția celui care trăiește pe cont propriu ceva cât mai supărător și mai deprimant cu putință: odată încheiate zilele de libertate din școală și din studenție, compania și căldura devin descurajant de greu de găsit; viața socială începe să se organizeze opresiv în jurul cuplurilor; nu mai ai pe cine să suni și cu cine să ieși. Prin urmare, nu e deloc surprinzător că în clipa când dăm peste o persoană cât de cât cumsecade, ne crampo-năm de ea.

Pe vremuri, când oamenii aveau voie (în teorie) să facă sex doar după ce se căsătoreau, observatorii abili și-au dat seama că unii se simțeau tentați să se însoare din alte motive decât cele obișnuite, și din această cauză au susținut că tabuurile privind sexul premarital trebuiau desființate, pentru ca tinerii să poate alege mai calm și mai puțin impulsiv.

Însă chiar dacă acest impediment în calea unei judecăți sănătoase a fost eliminat, în locul lui a apărut un alt tip de foame. Din punctul de vedere al efectelor, s-ar putea ca dorința de a avea companie să fie la fel de puternică sau de iresponsabilă cum era pe vremuri motivația sexuală. Petrecerea a cincizeci și două de duminici de unul singur poate arunca în aer prudența oricui. Singurătatea poate provoca un iureș și o reprimare zadarnică a îndoielilor și a ambivalenței referitoare la un soț prezumtiv. Succesul oricărei relații n-ar trebui determinat de cât de fericiți sunt cei doi împreună, ci de cât de îngrijorat ar fi fiecare dintre ei de faptul că nu are nici o relație.

O cere în căsătorie cu atât de multă încredere și siguranță fiindcă se consideră un om direct, cu care e simplu să trăiești – un alt rezultat perfid și conjunctural al faptului că a fost pe cont propriu atâta vreme. Statutul de persoană singură are obiceiul de-a promova o autopercepție greșită din punctul de vedere al normalității. Tendința lui Rabih de-a deretica obsesiv când se simte întors pe dos, obiceiul de-a se sluji de muncă pentru a-și alunga neliniștile, greutatea cu care spune la ce se gândește când își face griji, furia pe care i-o provoacă faptul că nu-și găsește tricoul preferat – toate aceste excentricități sunt obturate atâta timp cât nu are pe nimeni care să-l vadă, cu atât mai puțin să-i ceară să vină la masă, să formuleze comentarii sceptice despre obiceiul lui de-a curăța telecomanda televizorului sau să-i ceară să explice de ce se agită. Fără martori, el poate funcționa sub iluzia benignă că, dac-ar găsi persoana potrivită, ar putea fi un om alături de care e ușor să-ți duci zilele.

Peste câteva secole s-ar putea ca nivelul de autocunoaștere pe care epoca noastră îl consideră necesar pentru căsătorie să fie perceput drept nedumeritor, dacă nu cumva barbar de-a binelea. În momentul acela, s-ar putea ca una dintre întrebările standard, cu totul neutre și oportune chiar de la prima întâlnire, la care e de așteptat să se răspundă tolerant, binedispus și neagresiv, să fie: „Ia zi, în ce feluri ești nebun?"

Kirsten îi spune lui Rabih că în adolescență a fost nefericită, s-a simțit incapabilă să intre în relație cu alți oameni și chiar a avut o fază în care și-a făcut singură rău. Scărpinarea brațelor până îi dădea sângele, spune ea, i-a produs singura ușurare pe care a găsit-o. Rabih se simte mișcat de destăinuirea ei, dar nu e doar asta: se simte de-a dreptul atras de Kirsten din cauza necazurilor ei. O vede ca pe un candidat corespunzător pentru căsnicie fiindcă e bănuitor din instinct față de oamenii pentru care lucrurile au mers bine dintotdeauna. În prezența celor joviali și sociabili se simte izolat și straniu. Îi displac până în măduva oaselor oamenii dezinvolți. În trecut a considerat că anumite femei cu care a ieșit au fost „plictisitoare", când oricine altcineva le-ar fi zugrăvit, mult mai generos și mai aproape de realitate, drept „sănătoase". Văzând în traumă calea esențială spre creștere și profunzime, Rabih vrea ca propria lui tristețe să-și găsească ecou în felul de-a fi al partenerei. Prin urmare, la început nu-l deranjează că uneori Kirsten e retrasă și greu de citit, sau că are tendința de-a părea extrem de distantă și de defensivă după ce se ceartă. Nutrește dorința neclară de-a o ajuta, dar asta fără să priceapă că ajutorul poate fi un cadou problematic când îl faci celor care au cea mai mare nevoie de el. Îi interpretează momentele de criză în felul cel mai evident și mai liric: ca pe șansa de-a juca rolul omului util.

Credem că lucrul pe care-l căutăm în dragoste este fericirea, când de fapt ceea ce căutăm e familiaritatea. Ne străduim să recreăm, înăuntrul relațiilor noastre adulte, exact sentimentele pe care le știam atât de bine în copilărie și care se limitau rareori la tandrețe și grijă. Iubirea pe care cei mai mulți dintre noi o vor fi gustat la început a venit la pachet cu o dinamică nouă, mai distructivă: sentimentul de-a ajuta un adult care nu mai e stăpân pe situație, de-a fi privat de căldura unui părinte sau speriat de furia lui, sau de-a nu se simți îndeajuns de sigur pentru a-și comunica dorințele cele mai complicate.

Așa stând lucrurile, ce logic este ca, adulți fiind, să ne trezim că-i respingem pe anumiți candidați nu fiindcă se înșală, ci fiindcă au prea multă dreptate – în sensul că par într-un fel excesiv de echilibrați, maturi, înțelegători și vrednici de încredere, dat fiind că, în inimile noastre, această dreptate permanentă pare străină și nemeritată. Vânăm oameni cu care viața e mai palpitantă, iar asta nu din convingerea că ne așteaptă o existență mai armonioasă, ci din sentimentul inconștient că tiparele frustrării unui asemenea om ni se vor părea reconfortant de familiare.

Îi cere să se mărite cu el ca să distrugă influența covârșitoare pe care a avut-o asupra sufletului său gândul de-a începe o relație. E epuizat de cei șaptesprezece ani de melodramă și de emoție care nu au dus nicăieri. Are treizeci și doi de ani și arde de nerăbdare să primească noi provocări. Nu e nici cinic, nici crud din partea lui Rabih să simtă o iubire imensă pentru Kirsten, dar, în același timp, să spere de la căsnicie că va pune capăt o dată pentru totdeauna dominației dureroase pe care a exercitat-o iubirea asupra vieții lui.

Cât despre Kirsten, e suficient să spunem (fiindcă vom călători mai mult prin mintea lui Rabih) că n-ar trebui să subestimăm cât de atrăgătoare este, pentru cineva care s-a îndoit frecvent și dureros de multe lucruri și, nu în ultimul rând, de ea însăși, o cerere în căsătorie din partea unei persoane aparent amabile și interesante, care pare convinsă indiscutabil și categoric că ea e femeia potrivită.

Sunt declarați soț și soție de un oficial al primăriei, într-o încăpere roz-somon a oficiului de stare civilă din Inverness, într-o dimineață ploioasă de noiembrie, în prezența mamei ei, a tatălui și a mamei lui vitrege și a unui număr de opt prieteni. Citesc împreună un set de angajamente stabilite de guvernul Scoției, promițându-și că se vor iubi și vor avea grijă unul de celălalt, că vor manifesta răbdare și compasiune, că vor avea încredere și se vor ierta, și că vor rămâne prieteni de nădejde și tovarăși loiali până la moarte.

Nevrând să sune didacticist (sau pur și simplu neștiind cum să fie așa), guvernul nu oferă mai departe sugestii despre modalitățile de concretizare a acestor angajamente – deși pune la dispoziția cuplului anumite informații despre micșorarea impozitelor pentru cei care își izolează pe cont propriu prima casă.

După ceremonie, invitații la cununie se duc la un restaurant din apropiere să ia prânzul, iar în seara aceleiași zile, cândva spre sfârșit, proaspeții însurăței sunt instalați confortabil într-un mic hotel parizian de lângă Saint-Germain.

Căsnicia: un joc de noroc plin de speranță, generos și nesfârșit de îngăduitor, pe care-l practică doi oameni care încă nu știu cine este și cine-ar putea fi celălalt, cuplându-se la un viitor despre care n-au idee și pe care au omis cu grijă să-l cerceteze.

PÂNĂ LA ADÂNCI BĂTRÂNEŢI

Flecuștețe

În Orașul Iubirii, soția scoțiană și soțul ei din Orientul Mijlociu se duc să-i vadă pe morții din cimitirul Père Lachaise. Caută în zadar osemintele lui Jean de Brunhoff și sfârșesc prin a mânca amândoi dintr-un *croque monsieur* pe mormântul lui Edith Piaf. Întorși în cameră, dau la o parte ceea ce pentru Kirsten e „cuvertura spermatică", întind un prosop și, pe farfurii de carton și cu furculițe de plastic, se înfruptă dintr-un homar aspectuos din Bretagne, care le-a făcut cu ochiul din vitrina unui magazin cu delicatese de pe Rue du Cherche-Midi.

Vizavi de hotelul lor e un magazin elegant pentru copii unde se vând cardigane și pantaloni de stambă. În timp ce Rabih își înmoaie oasele în cadă într-o după-amiază, Kirsten dă o fugă până acolo și-l aduce pe Dobbie, un mic monstru blănos cu un corn și cu trei ochi făcuți anume să nu se potrivească, și care peste șase ani va deveni jucăria preferată a fiicei lor.

După ce se întorc în Scoția, încep să-și caute un apartament. S-a însurat cu o femeie bogată, glumește Rabih, dat fiind că afirmația e adevărată doar dacă-i compari veniturile cu cât câștigă el. Kirsten deține deja un locșor al ei, are o vechime în serviciu cu patru ani mai mare decât a lui și n-a trebuit să treacă prin opt luni de șomaj. El are destui bani să cumpere un dulap pentru mături, glumește ea (binevoitor). Găsesc ceva care le place la primul etaj al unei clădiri de pe Merchiston Avenue. Vânzătoarea e o văduvă plăpândă și bătrâioară, care și-a pierdut soțul cu un an în urmă și ai cărei băieți, doi la număr, trăiesc acum în Canada. Nici ea nu se simte grozav. Fotografii de familie de când băieții erau mici se înșiră pe câteva policioare maro-închis pe care Rabih le cântărește imediat din priviri, ca să pună acolo un televizor. O să dea jos și tapetul și o să revopsească dulapurile portocaliu-aprins din bucătărie într-o culoare mai sobră.

— Îmi amintiți cum eram Ernie și cu mine în tinerețe, spune bătrâna, iar Kirsten zice „Doamne-ajută" și-și petrece brațul pe după umerii ei pentru câteva clipe.

Vânzătoarea apartamentului a fost magistrat; acum are o tumoare inoperabilă care-i crește în coloana vertebrală, așa că se mută într-o casă de îngrijire din celălalt capăt al orașului. Se înțeleg asupra unui preț decent; vânzătoarea nu forțează mâna tinerei perechi pe cât ar fi putut s-o facă. În ziua când semnează contractul, pe când Kirsten se aventurează în dormitor ca să facă niște măsurători, bătrâna îl oprește pentru o clipă pe Rabih, cu o mână osoasă, dar remarcabil de puternică.

— Să te porți frumos cu ea, bine? îi spune apoi. Chiar dacă uneori crezi că n-are dreptate.

Șase luni mai târziu, află amândoi că vânzătoarea s-a stins.

Au ajuns în punctul unde, în mod normal, povestea lor – fără nimic abisal – ar trebui să se apropie de sfârșit. Provocarea romantismului a rămas în urmă. De acum încolo, viața va dobândi un ritm constant, repetitiv, în așa fel încât la un moment dat le va veni greu să localizeze un anumit eveniment în timp, într-atât de asemănători li se vor părea anii văzuți din afară. Totuși, povestea lor nu e nici pe departe gata: atâta doar că trebuie să stai mai mult timp în mijlocul apei și să folosești o sită mai fină ca să cerni firicelele de interes.

Într-o sâmbătă dimineața, la câteva săptămâni după ce s-au instalat în apartamentul cel nou, Rabih și Kirsten merg cu mașina la imensul magazin IKEA de la marginea orașului, să cumpere niște pahare. Secțiunea de specialitate se întinde de-a lungul a două coridoare și acoperă o multitudine de stiluri. În weekendul de dinainte, într-un magazin nou de lângă Queen Street, au găsit repede o veioză care le-a plăcut amândurora, cu un suport de lemn și abajur de porțelan. N-ar trebui să fie greu nici de data asta.

La puțin timp după ce intră în departamentul multicompartimentat al articolelor de uz casnic, Kirsten decide c-ar trebui să cumpere un set din gama Fabulös – păhărele fără picior care se îngustează ușor spre vârf și au două bule albastru-violet în lateral – și pe urmă să se ducă direct acasă. Una dintre calitățile pe care i le admiră cel mai mult soțul ei este fermitatea. Însă Rabih își dă seama repede că singurele pahare care se potrivesc într-adevăr cu masa din bucătărie sunt cele mari, neornate și drepte din gama Godis.

Romantismul este filozofia consensului intuitiv. În iubirea adevărată nu există nevoia obositoare de-a articula sau de-a spune lucrurilor pe nume. Când doi oameni sunt meniți să trăiască împreună, există pur și simplu – în cele din urmă – un sentiment înălțător și reciproc, în temeiul căruia ambele părți văd lumea exact în același fel.

— Chiar o să-ți placă după ce ne-ntoarcem acasă, le despachetăm și le punem lângă farfurii, te asigur. Sunt mai… drăguțe, spune Kirsten, care știe cum să fie fermă când situația o cere.

Pentru ea, paharele simple sunt genul de obiecte pe care le asociază cu cantinele școlare și închisorile.

— Știu ce spui, dar nu pot să nu cred că astea o să arate mai curate și mai noi, răspunde Rabih, pe care orice obiect prea împodobit îl derutează.

— Mă rog, nu putem să stăm toată ziua la discuții, argumentează Kirsten, care și-a tras mânecile puloverului în jos peste mâini.

— Categoric, nu, întărește Rabih.

— Atunci hai să luăm setul Fabulös și să terminăm bâlciul, pune piciorul în prag Kirsten.

— Pare-o prostie să fiu mereu de altă părere, dar chiar cred c-ar arăta dezastruos.

— Chestia e că eu merg mult pe intuiție.

— Și eu la fel, răspunde Rabih.

Deși sunt amândoi la fel de conștienți că ar fi o veritabilă pierdere de vreme să stea într-un raion de la IKEA și să se certe pe o temă atât de măruntă cum e tipul de pahare pe care să-l cumpere (când viața e atât de scurtă, iar adevăratele ei imperative atât de mari), din ce în ce mai nervoși și spre interesul tot mai mare al celorlalți cumpărători, stau într-un raion de la IKEA și se ceartă pe îndelete pe tema paharelor pe care trebuie să le cumpere. După douăzeci de minute în care fiecare l-a acuzat pe celălalt că e cam prostuț, abandonează speranța c-ar putea să cumpere ceva și se întorc în parcare, iar Kirsten declară că are de gând să-și petreacă restul zilei bând din palma făcută căuș. Până ajung acasă, se uită amândoi pe parbriz fără să vorbească, cu tăcerea din mașină întreruptă din când de când doar de clincănitul unui far în momentul în care semnalizează stânga sau dreapta. Dobbie, căruia a început să-i placă să meargă cu ei, stă ușor speriat pe bancheta din spate.

Sunt oameni serioși. În prezent, Kirsten lucrează la o prezentare cu titlul „Metode de aprovizionare în serviciile zonale“, pentru care se va duce la Dundee luna viitoare ca s-o susțină în fața unui public compus din reprezentanți ai autorităților locale. La rândul lui, Rabih a terminat o lucrare despre „Tectonica spațiului în opera lui Christoph Alexander“. Cu toate acestea, cei doi se contrazic constant din cauza surprinzător de multor „flecuștețe". De exemplu, care este temperatura ideală într-un dormitor? Kirsten e convinsă că are nevoie de mult aer curat noaptea, ca să-și păstreze capul limpede și energiile neatinse pentru a doua zi. Ar prefera ca în cameră să fie ceva mai rece (iar la nevoie și-ar mai pune o bluză sau o pijama termală) decât înăbușitor și plin de microbi. Fereastra ar trebui să rămână deschisă. Numai că iernile au fost grele în copilăria lui Rabih din Beirut, iar adăpostirea din calea rafalelor de vânt a fost luată întotdeauna foarte în serios (chiar și în război, familia lui a continuat să fie foarte sensibilă la curent). Într-un fel, se simte în siguranță, la adăpost și chiar răsfățat când jaluzelele sunt coborâte, draperiile sunt trase complet și se formează condens între geamurile termopan.

Sau, ca să luăm un alt motiv de divergență, la ce oră ar trebui să plece de acasă ca să ia masa împreună (cu o ocazie specială) în timpul săptămânii? Kirsten gândește astfel: rezervarea e la opt, Origano e la nici cinci kilometri de casă și drumul durează de obicei puțin, dar dacă se blochează traficul la giratoriul principal, cum s-a întâmplat ultima dată (când s-au dus să-i vadă pe James și Mairi)? Oricum, n-ar fi o problemă dac-ar ajunge un pic mai devreme. Ar putea să bea ceva în barul de alături sau chiar să facă o plimbare în parc; au multe de pus la punct. Cel mai bine ar fi ca taxiul să vină să-i ia la șapte. În schimb, Rabih gândește astfel: o rezervare pentru ora opt înseamnă că putem ajunge la restaurant la opt și un sfert sau la și douăzeci. Trebuie să răspund la cinci e-mailuri lungi înainte să plec de la serviciu și nu pot să fiu în largul meu dacă mă gândesc la diverse chestiuni practice. În orice caz, până la ora aia drumurile o să fie libere, iar taxiurile vin întotdeauna mai devreme. Ar trebui să-l comandăm pentru opt.

Sau (un alt exemplu) care e cea mai bună strategie de-a spune o poveste la o petrecere destul de dichisită, să zicem, la Museum of Scotland, unde au fost invitați de un client pe care Rabih trebuie să-l impresioneze? El crede că trebuie respectate niște reguli clare: întâi stabilești unde se petrece acțiunea; pe urmă îi prezinți pe participanții principali și le schițezi dilemele, înainte să treci la o relatare rapidă și directă, iar de acolo la concluzie (după care politețea te obligă să lași pe altcineva, preferabil pe directorul general, care a așteptat răbdător). Kirsten, dimpotrivă, susține că e mult mai antrenant să-ți începi povestea de pe la mijloc sau chiar de la sfârșit și să ajungi de acolo la început. În felul ăsta, crede ea, auditoriul se alege cu o imagine mai bună a rolului și mizei fiecărui personaj. Detaliile adaugă culoarea locală. Nu vrea chiar toată lumea să se treacă direct la chestiune. Iar pe urmă, dacă vezi că prima glumiță prinde, de ce să n-o plasezi și pe a doua?

Dacă oamenilor care-i ascultă (stând aproape de un stegozaur uriaș ale cărui oase au fost găsite într-o carieră de lângă Glasgow la sfârșitul secolului al XIX-lea) li s-ar cere părerea, probabil că n-ar avea mare lucru de obiectat împotriva nici uneia din abordări; pot fi valabile amândouă, ar afirma ei. Cu toate acestea, pentru Kirsten și Rabih, în timp ce-și revăd cu încăpățânare prestația în drum spre garderobă, divergența are un caracter mult mai critic și mai personal: cum poate celălalt, se întreabă fiecare, să priceapă ceva – lumea, pe sine însuși, pe partenerul de viață – dacă sunt întotdeauna atât de haotici sau, exact la polul opus, atât de înregimentați? Însă lucrul care sporește cu adevărat intensitatea e un gând nou, care se ivește ori de câte ori se manifestă o tensiune: cum să suporți așa ceva o viață întreagă?

Tolerăm complexitatea – și, prin urmare, avem înțelegere pentru dezacord și pentru rezolvarea lui răbdătoare – în majoritatea aspectelor importante ale vieții: comerț internațional, imigrație, oncologie… În schimb, în cazul existenței domestice, avem tendința fatidică de-a presupune din capul locului că e vorba de ceva lejer, care la rândul lui ne provoacă o aversiune încordată față de negocierile amânate. Ni s-ar părea cu adevărat straniu să organizăm un summit de două zile pentru amenajarea unei băi și de-a dreptul absurd să apelăm la un mediator profesionist care să ne ajute să stabilim momentul optim în care să plecăm de acasă ca să luăm masa în oraș.

„M-am însurat cu o nebună", își spune el, deopotrivă speriat și autocompătimitor, pe când taxiul străbate cu viteză străzile pustii de la periferie. Partenera lui, la fel de indignată, stă cât de departe poate să stea pe bancheta din spate a unui taxi. În imaginația lui Rabih nu e loc pentru tipul de dezacord conjugal în care e implicat la ora asta. Teoretic, e pe deplin pregătit pentru dezacord, dialog și compromis, dar nu pentru asemenea prostii. N-a citit și n-a auzit despre ciorovăieli atât de mari din cauza unui amănunt atât de neimportant. Faptul că știe despre Kirsten c-ar putea să fie glacială și distantă cu el până la felul doi nu face decât să-i sporească agitația. Îi aruncă o privire șoferului imperturbabil – afgan, dacă se ia după steguletul de plastic lipit de bord. Oare ce-o crede despre o asemenea gâlceavă între doi oameni care nu sunt siliți să supraviețuiască sărăciei sau genocidului tribal? În propriii lui ochi, Rabih este un bărbat foarte cumsecade, căruia din păcate nu i s-au oferit ocaziile potrivite în care să-și arate cumsecădenia. I-ar veni incomparabil mai ușor să doneze sânge pentru un copil rănit din Badakhshan sau să ducă apă unei familii din Kandahar decât să se aplece într-o parte și să-i ceară iertare soției.

Nu toate preocupările domestice presupun același prestigiu. Poți să arăți ridicol foarte repede fiindcă pui mare preț pe cât zgomot face partenerul când mănâncă cereale sau pe cât e cazul să păstrezi revistele vechi înainte să scapi de ele. Nu e greu să umilești pe cineva care se cramponează de reguli precise legate de felul cum pui vasele în mașina de spălat vase sau de cât de repede trebuie pus untul înapoi în frigider după ce l-ai folosit. Când tensiunilor care ne chinuie le lipsește farmecul, suntem la mila celor care ar vrea să ne considere preocupările meschine și ciudate. Putem să devenim frustrați și totodată prea neîncrezători în demnitatea frustrărilor noastre ca să mai avem încredere să le scoatem în evidență cu calm pentru auditoriul nostru sceptic și nerăbdător.

În realitate, ciorovăielile „din nimic“ apar rareori în căsnicia lui Rabih și Kirsten. Mărunțișurile sunt de fapt probleme mari cărora nu li s-a acordat atenția cuvenită. Disputele lor de zi cu zi sunt firele libere ce reflectă contrastele fundamentale ale personalităților lor.

Dacă ar fi fost un cercetător mai atent al propriilor lui angajamente și dezamăgiri, Rabih ar fi putut să-i spună (referitor la temperatura aerului), de sub pilotă, „Când spui că vrei o fereastră deschisă în toiul iernii, asta mă sperie și mă dă peste cap – nu atât fizic, cât emoțional. Mi se pare că e vorba aici de un viitor în care lucrurile de preț vor fi călcate în picioare. Asta îmi aduce aminte de un anume stoicism sadic și de un curaj vesel pe care le ai și de care în general mă feresc. La un nivel subconștient, mă tem că nu-ți dorești aer curat și că de fapt ți-ar plăcea să mă arunci pe fereastră în felul tău minunat, dar brusc, rezonabil și tulburător“.

Iar dacă, la rândul ei, Kirsten și-ar fi analizat la fel de atent viziunea despre punctualitate, probabil că l-ar fi înduioșat pe Rabih (și pe șoferul afgan) spunând următoarele: „Până la urmă, modul în care insist să plecăm atât de devreme e un simptom al fricii. Într-o lume a aleatoriului și a surprizelor, e o tehnică pe care mi-am pus-o la punct ca să mă păzesc de anxietate și de un sentiment profan și de nenumit al ororii.

Vreau să fiu punctuală așa cum alții râvnesc puterea și dintr-o înclinație asemănătoare de-a fi în siguranță; faptul e logic, deși nu din cale-afară, dacă mă gândesc că mi-am petrecut copilăria așteptând un tată care n-a venit niciodată. E felul meu nebunesc de-a încerca să nu-mi pierd mințile“.

După o asemenea contextualizare a nevoilor, în care fiecare partener a apreciat sursele de proveniență a convingerilor celuilalt, ar fi putut apărea un alt tip de flexibilitate. Rabih ar fi putut sugera să plece spre Origano puțin după șase și jumătate, iar Kirsten ar fi putut aranja etanșeizarea dormitorului.

Fără răbdare pentru negocieri, avem parte de amărăciune: de mânia care a uitat de unde vine. E acolo un cicălitor care vrea ca treaba să se facă acum și nu catadicsește să explice de ce. E, tot acolo, și un cicălit care nu mai are curaj să arate că rezistența lui sau a ei se sprijină pe niște contraargumente rezonabile sau probabil izvorăște din anumite lacune personale înduioșătoare și poate chiar scuzabile.

Întâmplător, tocmai în toiul unei alte încontrări pe tema ferestrei și a temperaturii aerului, Kirsten primește un telefon de la prietena ei Hannah din Polonia, unde trăiește cu partenerul ei de viață, iar Hannah întreabă „cum merge“, referindu-se la căsnicia lor, care tocmai a făcut un an.

Soțul lui Kirsten și-a pus un palton și o căciulă de lână ca să crească forța protestului său împotriva nevoii de aer curat a soției, iar acum stă ghemuit într-un colț al camerei, cu pătura trasă peste el și cu un aer de autocompătimire copilărească. Kirsten tocmai s-a referit la el, și nu pentru prima dată, spunându-i „fătălău“.

— Merge splendid, răspunde ea.

Oricât de la modă ar fi deschiderea referitoare la relații, e nițeluș delicat să trebuiască să recunoști că s-ar putea – în ciuda atâtor prilejuri de reflecție și de experimentare – s-o fi ținut langa și să te fi căsătorit cu cine nu trebuia.

— Sunt aici cu Rabih, stăm cuminței acasă și citim, am cam rămas în urmă.

În realitate, nici Rabih, nici Kirsten nu dețin vreun adevăr ultim cu privire la felul cum se petrec de fapt lucrurile între ei. Viețile lor presupun modificări constante ale stărilor de spirit. Într-un singur weekend pot trece de la claustrofobie la admirație, de la dorință la plictiseală, de la indiferență la extaz, de la iritare la tandrețe. Să oprești roata într-un punct anume ca să împarți un verdict onest cu un terț ar fi să riști să ți se ceară, oricând de-acum încolo, să faci o mărturisire care, privind în urmă, ar putea să reflecte doar o stare de spirit de moment – declarații triste, formulate cu o autoritate pe care cei mai fericiți n-au cu ce s-o contracareze.

Atâta timp cât au grijă să nu existe martori ai luptelor pe care le duc în cuplu, Kirsten și Rabih sunt liberi să nu trebuiască să decidă cât de bine sau cât de rău merg lucrurile între ei.

Relația provocatoare obișnuită rămâne o temă neglijată în mod ciudat și inutil. Lumina cade în mod repetat pe extreme – parteneriate pe deplin binecuvântate sau catastrofe ucigașe –, așa că e greu de știut cum să înțelegem și cât de solitari trebuie să ne simțim cu privire la diverse lucruri, cum ar fi amenințările cu divorțul rostite în toiul nopții, tăcerile îmbufnate, ușile trântite și actele de nesăbuință și de cruzime pe care le comitem zi de zi.

Ideal ar fi ca arta să ne dea răspunsurile pe care nu le primim de la oameni. Ba chiar s-ar putea ca acesta să fie unul dintre punctele principale ale literaturii: să ne spună lucrurile pe care societatea în ansamblu se ferește să le exploreze dintr-o pudoare exagerată. Cărțile importante ar trebui să fie cele care ne fac să ne întrebăm, cu ușurare și recunoștință, cum a putut autorul să știe atât de multe despre viețile noastre.

Însă de multe ori accepția realistă a ceea ce e de fapt o relație durabilă e slăbită în cele din urmă de tăcere, fie ea societală sau artistică. Așa se face că ne imaginăm lucrurile ca fiind mult mai rele pentru noi decât pentru alte perechi. Nu numai că suntem nefericiți, dar nici măcar nu înțelegem corect cât de stranie și de rară ar putea fi forma noastră de nefericire. Sfârșim prin a crede că luptele noastre sunt mai degrabă semne că am comis o eroare neobișnuită și fundamentală decât probe că avem căsnicii care, în linii mari, se desfășoară exact așa cum ne-am propus.

Sunt cruțați de amărăciunea continuă de către două remedii de încredere. Primul este memoria slabă. E greu să-ți amintești, pe la ora patru a unei după-amiezi de joi, ce anume a provocat de fapt furia manifestată în taxi cu o seară în urmă. Rabih știe că a fost ceva legat de tonul vag disprețuitor al lui Kirsten, combinat cu felul nerecunoscător și ușuratic în care a reacționat la remarca lui despre faptul că a trebuit să plece de la serviciu fără un motiv serios, însă între timp conturul precis al jignirilor s-a estompat, mulțumită luminii soarelui care a năvălit prin perdea la șase dimineața, vorbăriei de la radio despre stațiunile de schi, e-mailului plin de mesaje, glumelor de la prânz, pregătirilor pentru conferință și ședinței de două ore pe tema felului cum avea să arate pagina de web – lucruri care au reușit împreună să contribuie la depășirea impasului aproape la fel de mult ca o discuție directă și matură.

Al doilea remediu e mai abstract: poate fi greu să rămâi furios timp foarte îndelungat, dat fiind cât de mare e universul. La câteva ore după incidentul din IKEA, pe la jumătatea după-amiezii, Rabih și Kirsten pornesc într-o drumeție pusă la cale de mult prin Lammesmuir Hills, la sud-est de Edinburgh. Se aștern drumului tăcuți și supărați, însă treptat natura îi smulge din ghearele indignării reciproce, iar asta nu prin compasiune, ci printr-o sublimă indiferență. Întinzându-se la nesfârșit în depărtare, create prin presarea rocilor sedimentare din perioada ordoviciană și din cea siluriană (cu vreo 500 de milioane de ani înainte de înființarea IKEA), dealurile sugerează cu tărie că lupta care le-a aprins atât de mult mințile în ultima vreme nu ocupă de fapt un loc atât de semnificativ și nu înseamnă nimic dacă o contrapui miliardelor de ani pe care le atestă peisajul. Norii se plimbă la orizont fără să se oprească pentru a-și cerceta sentimentul mândriei rănite. Nimic și nimeni nu pare să dea două parale: nici familia de fugaci-de-țărm care le dă ocol pe deasupra, nici corla, becața, fluierarul auriu sau fâsa de luncă. Nici caprifoiul, degetarița sau clopoțeii, nici cele trei oi de lângă Fellcleugh Wood care pasc pe un mic petic de trifoi cu o concentrare gravă. Dat fiind că simt că s-au desconsiderat reciproc în cea mai mare parte a zilei, nu mai e cazul ca Rabih și Kirsten să se simtă mici din cauza neliniștii pe care le-o provoacă nemărginirea în care li se desfășoară viețile. Sunt din ce în ce mai dispuși să râdă de propria lor neînsemnătate, așa cum le este relevată de forțe neîmblânzite, mai puternice și mai impresionante decât ale lor.

Orizontul nesfârșit și dealurile străvechi le sunt de un atât de mare ajutor, încât în clipa când ajung la un local din satul Duns, au uitat deja de ce trebuiau să fie supărați unul pe celălalt. Două cești de ceai mai târziu, se pun de acord să se înapoieze cu mașina la IKEA, unde reușesc în cele din urmă să aleagă niște pahare pe care vor reuși amândoi să le tolereze până la sfârșitul vieții: douăsprezece bucăți fără picior din gama Svalka.

Îmbufnări

O bună bucată de vreme, toți ceilalți li se par prisoselnici. Nu vor să-l vadă pe nici unul dintre prietenii de care fiecare dintre ei a depins în anii lungi de dinainte să se cunoască. Însă vinovăția și un fel de curiozitate înnoită se dovedesc treptat mai puternice. Practic asta înseamnă că-i văd mai mult pe prietenii lui Kirsten, fiindcă ai lui Rabih sunt risipiți peste tot în lume. Gașca lui Kirsten de la universitatea din Aberdeen se strânge la Bow Bar în fiecare vineri. E departe de apartamentul lor, la celălalt capăt al orașului, dar oferă o gamă largă de whisky-uri și de beri făcute de producători mici – deși în seara când Kirsten îl convinge pe Rabih să vină, el bea apă minerală. Și asta nu fiindcă l-ar obliga religia, trebuie să explice Rabih (de cinci ori); pur și simplu n-are chef de alcool.

— „Soț și soție“, ce chestie! spune Catherine, cu o urmă de batjocură în voce.

Este împotriva căsătoriei și reacționează cel mai bine la oamenii care-i confirmă prejudecata. Bineînțeles, formula „soț și soție“ încă li se pare puțin ciudată inclusiv lui Rabih și Kirsten. Și ei o folosesc adeseori cu ghilimele ironice pentru a-și pondera greutatea și incongruența, fiindcă nu se simt deloc ca restul oamenilor pe care tind să-i asocieze acestor cuvinte, care amintesc de personaje mult mai vârstnice, mai așezate și mai nefericite decât se consideră ei înșiși. „A venit doamna Khan“, îi place lui Kirsten să strige când ajunge acasă, cochetând cu un concept care rămâne totuși la limita plauzibilului pentru fiecare dintre ei.

— Ia zi, Rabih, unde lucrezi? întreabă Murray, care e grosolan, are barbă, lucrează în domeniul petrolului și a admirat-o pe Kirsten în vremea studenției.

— La o firmă de urbanistică, îi spune Rabih și se simte ca o fată, așa cum i se întâmplă uneori să pățească în prezența unor bărbați mai solizi. Ne ocupăm de spații civice și de amenajări funciare.

— Ușurel, frate, deja m-ai băgat în ceață, zice Murray.

— E arhitect, îl lămurește Kirsten. S-a ocupat și de locuințe, și de birouri. Și sperăm să facă și mai mult după ce se pune economia pe picioare.

— Am priceput, aștepți să treacă recesiunea în colțul ăsta întunecos al regatului, înainte să ieși înapoi la lumină și să ridici următoarea Mare Piramidă din Gizeh?

Murray chicotește puțin cam tare la propria poantă neizbutită, însă nu asta îl deranjează pe Rabih, ci mai degrabă felul cum intră în joc Kirsten, legănându-și în mână ce i-a rămas din halba de bere, aplecându-și capul spre fostul prieten din studenție și râzând cu toată gura alături de el, ca și cum chiar s-ar fi spus ceva nemaipomenit de amuzant.

Rabih tace în drum spre casă, pe urmă susține că e obosit, răspunde cu vestitul „nimic“ când e întrebat ce-a pățit, odată intrați în apartamentul care încă miroase a zugrăveală proaspătă, pentru ca pe urmă să se ducă hotărât în bârlogul cu patul și să trântească ușa după el.

— Hai, zău așa! zice ea, ridicând vocea ca să se facă auzită. Măcar spune-mi ce-i cu tine.

La care el răspunde:

— ’Te-n mă-ta. Lasă-mă-n pace.

Așa poate să sune frica uneori.

Kirsten își face un ceai, iar apoi intră în dormitor, insistând să-și spună – nu în deplină onestitate – că habar n-are care e motivul pentru care proaspătul ei soț (care chiar a arătat ca de pe altă lume la Bow Bar) poate fi atât de supărat.

Esența unei îmbufnări constă într-un amestec derutant de furie intensă și de dorință la fel de intensă de-a nu comunica motivul furiei. Îmbufnatul simte nevoia disperată de a-l face pe celălalt să înțeleagă, și cu toate acestea rămâne ferm pe poziții și nu-l ajută absolut deloc. Însăși dorința de-a explica formează nucleul jignirii: dacă partenerul are nevoie de o explicație, este limpede că nu e vrednic(ă) de mine. Ar trebui să adăugăm că este un privilegiu să fii destinatarul unei îmbufnări: asta înseamnă că persoana cealaltă ne respectă și se încrede suficient în noi ca să presupună că-i înțelegem durerea nerostită. Este unul dintre cele mai stranii daruri ale iubirii.

În cele din urmă, ea se dă jos din pat și bate la ușa bârlogului. Mama ei zice mereu că nu trebuie să te duci la culcare supărat. Kirsten încă își spune că nu înțelege ce se petrece.

— Dragul meu, te porți ca un copil de doi ani. Sunt de partea ta, ai uitat? Măcar explică-mi ce se-ntâmplă.

Iar înăuntrul cămăruței ticsită de cărți despre arhitectură, copilul supradimensionat se întoarce pe partea cealaltă în pat și nu se poate gândi la nimic altceva în afara faptului că n-o să cedeze – la asta și, irelevant, la cât de ciudate par cuvintele gravate cu foiță de argint pe cotorul unei cărți de pe un raft din apropiere: MIES VAN DER ROHE.

Pentru el e o situație neobișnuită. A încercat din răsputeri, în relațiile trecute, să fie cel căruia îi păsa ceva mai puțin, însă buna dispoziție și fermitatea lui Kirsten l-au distribuit, iată, în rolul opus. Acum e rândul lui să stea treaz și să se agite. De ce-l urau toți prietenii ei? Iar ea ce-o vedea la ei? Și de ce n-a sărit să-l ajute și să-l apere?

Îmbufnarea este omagiul adus unui ideal frumos și periculos, pentru care trebuie să ne întoarcem la începutul copilăriei: promisiunea înțelegerii fără cuvinte. În pântecul matern, n-a trebuit să explicăm niciodată. Ni s-au îndeplinit toate dorințele. Alinarea avea loc pur și simplu. Până la un punct, această idilă a continuat în primii noștri ani. Nu era nevoie să ne facem cunoscute nevoile: aveam oameni mari și cumsecade, care ghiceau tot ce ne trebuia. Vedeau dincolo de lacrimi, de neputința noastră de-a vorbi, de confuzia noastră; găseau explicații pentru forme ale disconfortului cărora nu eram în stare să le dăm glas.

Poate că tocmai ăsta e motivul pentru care, într-o relație, chiar și cei mai vorbăreți dintre noi preferă să nu spună lucrurile pe șleau când partenerii noștri riscă să nu ne citească așa cum trebuie. Doar citirea mută și precisă a gândurilor poate trece drept semn adevărat că partenerul nostru e demn de încredere; doar când nu trebuie să explicăm avem certitudinea faptului că suntem înțeleși cu adevărat.

Când nu mai poate să suporte, el intră pe vârfuri în dormitor și se așază pe partea ei de pat. Are de gând s-o trezească, dar se răzgândește când îi vede chipul inteligent și cumsecade odihnindu-se. Are gura deschisă ușor și-i aude respirația slabă; firele fine de păr de pe braț i se văd în lumina ce bate de pe stradă.

A doua zi de dimineață e rece, dar însorit. Kirsten se dă jos din pat înaintea lui Rabih și pregătește două ouă fierte moi, câte unul pentru fiecare, împreună cu un coș cu felii de scrumbie tăiate frumos. Își coboară privirile spre salcia din grădină și se simte recunoscătoare pentru lucrurile de nădejde, obișnuite și de zi cu zi. Când Rabih intră în bucătărie, sfios și ciufulit, încep în tăcere și sfârșesc prin a-și zâmbi unul altuia. La prânz, el îi trimite un e-mail: „Sunt puțin cam nebun. Iartă-mă". Deși așteaptă să intre într-o ședință de consiliu, ea îi răspunde imediat: „Ar fi f. plictisitor dacă n-ai fi. Și pustiu". Nu se mai aduce vorba de îmbufnare.

Ar fi ideal să putem râde în continuare, în cel mai blând fel cu putință, când suntem transformați în ținta principală a furiei unui îmbufnat. Am recunoaște un paradox emoționant. Chiar dacă are peste un metru optzeci și un loc de muncă stabil, mesajul lui adevărat e tulburător de regresiv: „În străfunduri, rămân un copil mic, iar în clipa asta am nevoie să-mi fii părinte. Am nevoie să ghicești ce mă face să sufăr cu adevărat, așa cum făceau oamenii când eram bebeluș și când mi s-au format primele idei despre iubire".

Le facem cel mai mare hatâr iubiților noștri îmbufnați când suntem capabili să le tratăm înfurierile așa cum le-am trata pe cele ale unui copil mic. Ne atașăm atât de mult de ideea că e un semn de condescendență să fim considerați mai tineri decât suntem de fapt, încât pur și simplu uităm că uneori e cel mai mare privilegiu pentru cineva să privească dincolo de eul nostru adult ca să-l abordeze – și să-l ierte – pe copilul dezamăgit, furios și incapabil de exprimare pe care-l descoperă acolo.

Sex și cenzurare

Stau într-un restaurant în care se duc uneori sâmbătă dimineața, unde comandă ouă prăjite, află ce s-a mai întâmplat în timpul săptămânii și citesc ziarele. Astăzi Kirsten îi povestește lui Rabih despre dilema prietenei sale Shona, al cărei iubit, Alasdair, a fost mutat pe nepusă masă cu serviciul în Singapore. Să meargă acolo cu el, se întreabă Shona (sunt împreună de doi ani), sau să rămână la clinica de stomatologie din Inverness, unde tocmai a fost avansată? Oricum o sucești, e o decizie care atârnă greu. Însă explicația lui Kirsten decurge destul de lent și nu întotdeauna linear, așa că Rabih preferă să rămână cu ochii și pe întâmplările consemnate în *Daily Record*. În ultima vreme se petrec lucruri ciudate și macabre în locuri cu denumiri din cale-afară de lirice: un suplinitor de istorie și-a decapitat soția cu o sabie străveche într-o casă de lângă Lochgelly, pe când în Auchtermuchty poliția caută un bărbat de cincizeci și patru de ani care a făcut un copil cu propria lui fiică, în vârstă de șaisprezece ani.

— Domnule Khan, dacă nu renunți la ideea că tot ce-ți spun e doar un zgomot de fond pe care poți să-l oprești după bunul tău plac, te asigur că ce-a pățit biata femeie din Lochgelly o să ți se pară o zi la Disneyland prin comparație, spune Kirsten, care pe urmă îl împunge puternic în coaste cu un cuțit (bont).

Însă pe Rabih nu-l preocupă doar incestul din Fife și situația delicată a Shonei. Există și un al treilea lucru care-i solicită atenția. Angelo și Maria au acest restaurant de treizeci de ani. Tatăl lui Angelo, originar din Sicilia, a fost deținut pe Insulele Orkney în al Doilea Război Mondial. Cei doi au o fată de douăzeci și unu de ani, Antonella, care tocmai a absolvit (cu succes) cursul de catering și ospitalitate de la North East Scotland College din Aberdeen. Până când i se va oferi ceva mai consistent, dă o mână de ajutor la restaurant, făcând ture între bucătărie și zona meselor, ducând câteodată chiar și patru comenzi și avertizându-i mereu pe clienți că farfuriile sunt foarte fierbinți, în timp ce se deplasează grațios printre mese. E înaltă, puternică, veselă și extrem de frumoasă. Sporovăiește dezinvolt cu clienții obișnuiți despre vreme, iar cu unii dintre cei care-o cunosc de când era mică, despre ultimele noutăți din viața ei. Acum n-are pe nimeni, le informează ea pe cele două doamne vârstnice și vioaie de la masa de vizavi, adăugând că n-o deranjează câtuși de puțin și lămurindu-le că nu, n-o să încerce niciodată să-și aranjeze întâlniri pe Internet, nu sunt genul ei. Poartă la gât un crucifix surprinzător de mare, fixat pe un lănțișor.

În timp ce Rabih o privește, și fără să vrea să se întâmple așa ceva, o parte a minții lui se decuplează de la răspunderile normale și începe să genereze o serie de imagini neașteptate: scările înguste din spatele espressorului, care duc la etajul de deasupra; cămăruța Antonellei, plină de cutii încă nedespachetate de la colegiu; o rază a luminii matinale prinzându-i părul negru ca smoala și scoțându-i în evidență pielea deschisă la culoare; hainele aruncate grămadă pe un scaun și Antonella însăși întinsă pe pat, cu picioarele ei lungi și musculoase larg deschise, goală, purtând doar crucifixul.

În Occident, datorăm creștinismului ideea că s-ar cuveni ca sexul să aibă loc doar în prezența iubirii. Religia insistă că doi oameni care țin unul la celălalt trebuie să-și rezerve corpurile și privirile pentru ei și numai pentru ei. Să nutrești gânduri sexuale față de străini înseamnă să abandonezi spiritul adevărat al iubirii și să-l trădezi pe Dumnezeu, precum și propria ta condiție umană.

Aceste precepte, deopotrivă mișcătoare și severe, nu s-au evaporat integral odată cu declinul credinței care le-a sprijinit cândva. Deposedate de argumentele lor explicit teiste, ele par să fi fost absorbite în ideologia romantismului, care acordă un loc la fel de prestigios conceptului de fidelitate sexuală din cadrul ideii de iubire. Monogamia a fost declarată o expresie necesară și supremă a virtuții și a implicării emoționale chiar și în lumea seculară. Epoca noastră a susținut într-un mod frapant abaterea esențială a unei concepții religioase mai vechi: convingerea că iubirea adevărată trebuie să atragă după sine o fidelitate sexuală fără rezerve.

Rabih și Kirsten se îndreaptă spre casă, mergând încet, ținându-se de mână și oprindu-se din când în când să caște gura în câte-un magazin. O să fie o zi nemaipomenit de caldă, iar marea pare turcoaz, aproape tropicală. E rândul lui Kirsten să intre prima la duș și, după ce termină amândoi, se vâră înapoi în pat, cu sentimentul că, după o săptămână lungă și grea, merită să se răsfețe puțin.

Le place să scornească povești când fac sex. Unul din ei începe, celălalt preia și pe urmă pasează înapoi pentru dezvoltare. Scenariile pot să devină extreme. „S-au terminat orele și clasa e goală“, începe odată Kirsten. „Mi-ai spus să rămân după ore, ca să ne uităm la lucrarea mea. Sunt timidă și roșesc ușor – moștenirea unei educații catolice stricte…“ Rabih adaugă detalii: „Sunt profesorul de geografie și am ca specializare ghețarii. Îmi tremură mâinile. Îți ating genunchiul stâng și nici nu îndrăznesc să cred că…“

Până acum, au compus împreună povești în care apar un alpinist rătăcit și o doctoriță ingenioasă, prietenii lor Mike și Bel, precum și o femeie pilot și pasagerul ei rezervat, dar curios. Prin urmare, nu există nimic neobișnuit ca structură în impulsul care-l face de dimineață pe Rabih să înceapă o narațiune care implică o chelneriță, un crucifix și o chingă de piele.

Deși dogma creștin-romantică se luptă adeseori ca să se facă auzită în cercurile respectabile, alternativa ei postulează că sexul și iubirea ar trebui să fie mereu inseparabile. Poziția libertină respinge orice legătură inerentă sau logică între iubirea pentru cineva și nevoia fidelității sexuale neabătute față de acea persoană. Ea susține că poate fi absolut firesc și chiar sănătos ca din când în când partenerii dintr-un cuplu să facă sex cu străini pentru care nu simt mare lucru, dar față de care manifestă o atracție puternică. Sexul nu trebuie să se lege întotdeauna de iubire. Uneori, susține această filozofie, el poate fi o activitate pur fizică, aerobică, la care se recurge fără strop de implicare emoțională. Ar fi, susțin adepții acestei idei, la fel de absurd să presupui că un om ar trebui să facă sex doar cu persoana pe care-o iubește cum ar fi să le dai voie doar celor care formează cupluri implicate să joace ping-pong sau să facă jogging împreună.

În ziua de azi, acest punct de vedere se află într-o minoritate zdrobitoare.

Rabih fixează scena:

— Bun, suntem într-un orășel din Italia, poate la Rimini, și tocmai am mâncat o înghețată, eventual de fistic, când o remarci pe chelneriță, care e sfioasă, dar prietenoasă într-un fel foarte firesc, care e în același timp mămos și fascinant de virginal.

— Adică Antonella.

— Nu neapărat.

— Rabih Khan, taci din gură! i-o taie Kirsten.

— În regulă. Atunci, Antonella. Îi sugerăm Antonellei ca, după ce iese din schimb, să vină cu noi la hotel și să bea o *grappa*. E măgulită, dar se și jenează un pic. Vezi tu, are un iubit, Mario, mecanic la garajul din cartier, care e foarte gelos, dar în același timp remarcabil de nepriceput în ale sexului. Sunt unele lucruri pe care Antonella vrea să le testeze de-o veșnicie, dar el pur și simplu refuză să le încerce. Ea nu poate să și le scoată din cap și în mare parte ăsta e motivul pentru care acceptă oferta noastră neobișnuită.

Kirsten tace.

— Acum suntem la hotel, într-o cameră în care e un pat mare, cu un căpătâi de bronz de modă veche. Ea are o piele foarte moale. Deasupra buzei de sus i se vede o urmă de umezeală. I-o lingi, iar pe urmă îți plimbi ușor mâinile în jos pe corpul ei, continuă Rabih. Încă poartă șorțul, pe care o ajuți să și-l dea jos. Ți se pare dulce, dar în același timp vrei s-o folosești mai ostășește. Și aici intră în joc chinga de piele. Îi scoți sutienul – e negru, sau nu, poate gri – și te apleci ca să-i iei un sân în gură. I s-au întărit sfârcurile.

Kirsten continuă să tacă.

— Îți cobori mâna și ți-o vâri în chiloțeii ei italieni nemaipomenit de dantelați, vorbește el mai departe. Dintr-odată, îți vine s-o lingi între picioare, așa că o pui să stea în patru labe și începi s-o pătrunzi cu limba pe la spate.

Între timp, tăcerea copovestitorului obișnuit al lui Rabih a devenit apăsătoare.

— Te simți bine? o întreabă el.

— Da, mi-e bine, doar că… nu știu… e cam ciudat să te gândești la Antonella în felul ăsta – și cam pervers, drept să-ți spun. E o persoană foarte drăguță. O știu de când dădea examen la liceu, iar acum părinții ei sunt nespus de mândri de felul cum a absolvit. Nu-mi place povestea asta cu bărbatul măsliniu care se excită uitându-se la două femei care se ling una pe alta până la orgasm. Serios, Sfouf, mi se pare stupid și porno. Cât despre chestia anală, sinceră să fiu...

— Îmi pare rău, ai dreptate, e ridicol, o întrerupe Rabih, simțindu-se dintr-odată idiot de-a dreptul. Să uităm că am spus ceva. N-ar trebui să lăsăm o asemenea poveste să-și facă loc între noi și Brioschi Café.

Romantismul n-a sporit doar prestigiul sexului monogam; în același timp, el a făcut ca interesul pentru sexul cu altcineva să pară invariabil prostesc și fără suflet. A redefinit puternic sensul impulsului de-a face sex cu altcineva decât cu partenerul obișnuit. A transformat fiecare formă de interes extramarital într-o amenințare și – adeseori – în ceva foarte apropiat de catastrofa emoțională.

În fantezia din mintea lui Rabih ar fi putut fi o afacere extrem de tandră și de ușoară. El și Kirsten ar fi sporovăit cu Antonella în restaurant, ar fi recunoscut toți trei tensiunea și atracția, iar pe urmă, fără să stea prea mult pe gânduri, s-ar fi întors împreună pe Merchiston Avenue. Antonella și Kirsten s-ar fi dedat jocurilor sexuale o vreme, cu el privindu-le dintr-un fotoliu, după care i-ar fi luat locul lui Kirsten și ar fi făcut sex cu Antonella. Ar fi fost ceva cald, excitant și absolut fără importanță din punctul de vedere al căsniciei și al iubirii esențiale a lui Rabih pentru Kirsten. Apoi el ar fi condus-o pe Antonella înapoi la restaurant și nici unul dintre ei n-ar mai fi pomenit vreodată episodul. N-ar fi existat nici melodramă, nici posesivitate, nici vinovăție. De Crăciun, el și Kirsten ar fi putut să-i cumpere un *panettone* și să-i trimită o ilustrată pe post de mulțumiri pentru orgie.

Cu toată atmosfera liberală a timpurilor noastre, ar fi o naivitate să presupunem că deosebirea dintre „ciudat“ și „normal“

a dispărut. Ea este la fel de sigură ca întotdeauna, așteptând să-i intimideze și să-i trimită înapoi în formație pe cei care ar contesta limitele normative ale iubirii și sexului. Acum ar putea trece drept „normal" să porți pantaloni scurtați cu foarfeca, să-ți arăți buricul, să te căsătorești cu persoane de orice sex și să te uiți la un pic de porno pentru amuzament, dar rămâne totodată indispensabil de „normal" să crezi că iubirea adevărată ar trebui să fie monogamă și că dorințele pe care le ai trebuie să se concentreze asupra unei singure persoane. A nega acest principiu fondator înseamnă a risca să ți se pună, în public sau în cadru privat, ștampila celui mai descurajator, caustic și scandalos epitet dintre toate: pervers.

Rabih se situează ferm în afara categoriei comunicatorilor buni. Deși are niște păreri foarte ferme, a descoperit cu mult timp în urmă că drumul spre exprimarea lor e plin de obstacole și inhibiții. Când Ewen, șeful lui, anunță o nouă strategie corporatistă, care presupune concentrarea mai degrabă pe sectorul petrolier decât pe contractele cu autoritățile locale, Rabih nu solicită – cum poate ar face alții – o întrevedere de o jumătate de oră în sala de ședințe de la ultimul etaj, cu vedere spre Carlton Hill, ca să-i explice motivele pentru care s-ar putea ca această schimbare de politică să nu fie doar greșită, ci periculoasă de-a binelea. În loc de asta, nu spune mare lucru, mărginindu-se la câteva aforisme și imaginându-și că, într-un fel sau altul, ceilalți îi vor deduce părerea. La fel când își dă seama că Gemma, o începătoare care i-a fost repartizată să-l ajute, a greșit o mulțime de măsurători, simte o ditamai frustrarea interioară, dar nu i-o spune în față și face toată treaba singur, provocând uimirea tinerei față de cât de puțin are de lucru la noul loc de muncă. Nu e secretos, dornic să știe totul sub control sau retras din motive ostile; pur și simplu renunță la ceilalți oameni – și la capacitatea lui de a-i convinge de una sau alta – cu o ușurință care nu folosește la nimic.

În restul zilei, după vizita la Brioschi Café și povestea umilitoare despre Antonella, între Rabih și Kirsten se simte acea tensiune care decurge uneori din sexul întrerupt. Într-un cotlon al minții, Rabih încearcă o dezamăgire și o iritare cu care nu știe ce să facă. În fond, nu e corect să începi să faci scandal fiindcă partenera ta nu cade pe spate în fața ideii unei partide de sex în trei cu o proaspătă absolventă care știe cum să aducă o farfurie cu ouă la masă și se întâmplă să arate bine cu șorț.

Lucrul care-i face pe oameni buni comunicatori este, în esență, capacitatea de-a nu fi șocați de aspectele mai problematice sau mai neobișnuite ale propriilor naturi umane. Ei își pot contempla furia, sexualitatea și părerile nepopulare, incomode sau neelegante fără să-și piardă încrederea sau fără să se prăbușească în silă de sine. Pot vorbi limpede fiindcă au izbutit să-și dezvolte un simț neprețuit al propriei lor acceptabilități. Le place îndeajuns de ei înșiși ca să creadă că sunt demni de bunăvoința celorlalți și că o pot obține, cu condiția să dispună de mijloacele prin care să se prezinte ca având doza optimă de răbdare și imaginație.

Mai mult ca sigur că, în copilărie, acești buni comunicatori au fost binecuvântați să aibă în jurul lor oameni care s-au ocupat de ei fără să le ceară să fie plăcuți și perfecți în absolut tot ce făceau. Se prea poate ca părinții de acest tip să fi acceptat ideea că uneori – cel puțin pentru o vreme – copiii lor puteau să fie ciudați, violenți, furioși, josnici, neobișnuiți sau triști și cu toate acestea să-și merite locul din cercul iubirii familiale. Părinții ar fi creat astfel un izvor neprețuit de curaj din care acei copii ar fi putut să bea până la urmă ca să reziste la mărturisirile și la conversațiile directe ale vieții de adult.

Tatăl lui Rabih era taciturn și sever. Venind imediat după generația celor care scăpaseră de viața în sărăcie lucie și de muncile câmpului dintr-un sătuc de lângă Baalbek, fusese primul din familie care fugise și se dusese la universitate, deși avea să păstreze și să transmită mai departe moștenirea lungă și ancestrală a precauției în prezența autorității. Vorbitul curajos și punerea în circulație a părerilor personale nu se numărau printre practicile obișnuite din familia Khan.

Nici educația prin comunicare practicată de mama lui Rabih nu a fost mai încurajatoare. Ea l-a iubit din suflet, dar a ținut morțiș să-l facă să fie într-un anumit fel. Ori de câte ori se întorcea de la serviciul de la compania aeriană la atmosfera de neliniște din Beirut și din căsnicia ei, fiul îi vedea ridurile din jurul ochilor și simțea că nu era cazul să-i facă și mai multe probleme. Dorea mai mult ca orice s-o destindă și s-o facă să râdă. Indiferent ce anxietăți simțea, le ascundea din reflex. Treaba lui era să-și păstreze mama neafectată. Nu-și permitea să-i spună prea multe lucruri dubioase, dar adevărate, despre el.

Ca urmare, Rabih a crescut percepând iubirea celorlalți ca pe o răsplată pentru că a fost cuminte, nu pentru că a fost transparent. Ca adult și ca hoț, habar n-are cum să transforme părțile nenormative ale persoanei sale în ceva coerent. Nu e secretos și ezitant nici din aroganță, nici din sentimentul că soția lui n-are nici un drept să știe cine e de fapt; e vorba, în realitate, de teroarea pură la gândul că tendința lui de autodetestare va fi intensificată până la un nivel insuportabil de prezența unui martor.

Dacă s-ar teme mai puțin de propria lui minte, Rabih ar putea să-și împărtășească dorințele lui Kirsten, așa cum un savant în științele naturii îi arată unui coleg o specie nouă, cu aspect ciudat, pe care s-o înțeleagă și cu care să se familiarizeze împreună. Însă el simte instinctiv că există o mulțime de lucruri pe care ar fi mai înțelept să nu le dezvăluie.

Depinde prea mult de iubirea lui Kirsten ca să-i întocmească o hartă a tuturor locurilor unde-l duce libidoul lui în mod regulat. Astfel, ea nu află de femeia pe care soțul ei o admiră zilnic în spatele tejghelei chioșcului de ziare din gara Waverley, de curiozitatea pe care-a simțit-o față de prietena ei Rachel în seara când și-a aniversat ziua de naștere, de rochia care-l excită într-un magazin de pe Hanover Street sau despre o parte din chipurile care-i trec uneori prin minte, fără să le cheme, când e în pat cu ea.

Prima perioadă amețitoare de aventură sexuală și de onestitate deplină trece. Pentru Rabih e mult mai important acum să rămână atrăgător pentru Kirsten decât să fie un corespondent veridic al realității din viața lui lăuntrică.

Ascultătorii buni sunt la fel de rari și de importanți cum sunt comunicatorii buni. Cheia e, și aici, un grad neobișnuit de încredere – capacitatea de-a nu fi deturnat și de-a nu ceda sub povara unor informații care ar putea să conteste puternic anumite certitudini. Ascultătorii buni nu se agită din cauza haosului pe care ar putea să-l creeze ceilalți în mințile lor pentru o vreme; au mai fost în asemenea situații și știu că, în cele din urmă, toate pot fi puse la locul cuvenit.

Însă vina nu e doar a lui Rabih. Din cauză că-i stau pe limbă cuvinte din categoria *ciudat* și *pervers*, nici Kirsten nu contribuie la crearea unei atmosfere favorabile dezvăluirilor. Pe de altă parte, ea nu folosește aceste cuvinte din ranchiună sau din dispreț, ci mai degrabă de teamă că, aprobând tacit fanteziile lui Rabih, ar putea ca până la urmă să le dea un spațiu de manevră mai mare, lăsându-le astfel să le submineze iubirea.

În schimb, dac-ar fi avut altă stare de spirit și dac-ar fi fost altă persoană, ar fi putut spune ceva de genul următor în replică la scenariul soțului ei: „Natura visului ăstuia cu ochii deschiși e străină, nefamiliară și, drept să-ți spun, dezgustătoare pentru mine, dar mă interesează oricum să te ascult, fiindcă mi se pare mai importantă capacitatea mea de-a mă adapta felului tău de-a fi decât confortul meu relativ. Persoana care se gândește chiar în clipa asta la Antonella e aceeași persoană cu care m-am măritat la Inverness și totuna cu băiețelul care privește lumea cu ochi mari din fotografia de pe comodă. Îl iubesc și refuz să cred lucruri rele despre el, indiferent cât m-ar tulbura uneori gândurile lui. Ești prietenul meu cel mai bun și vreau să-ți cunosc mintea și să ajung să mă împac cu toate ramificațiile ei stranii. N-o să reușesc niciodată să fac sau să fiu tot ce vrei – și nici invers –, dar mi-ar plăcea să cred că putem fi tipul de oameni care își spun unii altora cine sunt de fapt. Alternativa înseamnă tăcere și minciuni, care sunt adevărații dușmani ai iubirii".

Sau, dimpotrivă, ar fi putut dezvălui vulnerabilitatea care s-a aflat tot timpul în spatele iritabilității ei: „Aș vrea să pot fi totul pentru tine. Aș vrea să nu simți asemenea nevoi care n-au de-a face cu persoana mea. Bineînțeles, nu cred că fanteziile tale despre Antonella sunt respingătoare; pur și simplu vreau să nu existe – niciodată – acel altcineva imaginat. Știu că-i o nebunie, dar ce-mi doresc cel mai mult e să fiu în stare să te satisfac doar eu".

În viața reală, Rabih n-a vorbit, iar Kirsten n-a ascultat. În schimb, s-au dus la film și au petrecut o seară cum nu se poate mai plăcută. Cu toate acestea, în sala motoarelor din relația lor începuse deja să clipească semnalul de avarie.

Tocmai faptul că nu mai auzim mare lucru de la partenerul nostru care să ne înspăimânte, să ne șocheze sau să ne dezguste ar trebui să ne îngrijoreze, căci s-ar putea să fie semnul cel mai sigur că suntem mințiți cu delicatețe sau că suntem feriți de imaginația celuilalt, fie din cumsecădenie, fie din teama emoționantă de-a ne pierde iubirea. Asta ar putea să însemne că, în ciuda propriilor noastre impulsuri, ne-am închis urechile în fața informațiilor care nu reușesc să se conformeze speranțelor noastre, care, prin urmare, vor fi puse de-acum încolo într-un pericol și mai mare.

Rabih se resemnează cu postura celui înțeles doar parțial și, în mod inconștient, cu postura celui care își învinovățește soția că n-a acceptat acele aspecte ale firii lui pe care n-are curaj să i le explice. În ce-o privește, Kirsten preferă să nu aibă niciodată curajul să-și întrebe soțul ce se petrece de-adevăratelea în mintea lui sexuală, dincolo de rolul care-i revine ei, și decide să nu analizeze foarte atent motivele pentru care îi este atât de frică să afle mai multe.

Cât despre subiectul cu părul negru ca pana corbului din fantezia lui Rabih, numele său nu mai apare multă vreme în conversațiile dintre soți, până când Kirsten se întoarce într-o zi după ce-a băut o cafea la Brioschi Café și aduce vești. Antonella s-a mutat în nord ca să lucreze ca recepționistă-șefă la un mic hotel de lux din Argyll, pe coasta vestică, și s-a îndrăgostit lulea de una dintre menajerele de acolo, o tânără olandeză cu care – spre marea surpriză a părinților la început și spre marea lor bucurie la final – are de gând să se căsătorească peste câteva luni, într-o ceremonie fastuoasă, în orașul Apeldoorn. Rabih primește informațiile simulând aproape convingător indiferența totală. A ales iubirea în dauna libidoului.

Transferanță

După doi ani de căsnicie, slujba lui Rabih rămâne nesigură, vulnerabilă din cauza fluxului aritmic al comenzilor și a răzgândirilor bruște ale clienților. Așa că e din cale-afară de mulțumit la începutul lui ianuarie, când firma câștigă un contract important și pe termen lung peste graniță, în Anglia, mai precis în South Shields, un oraș care încearcă să supraviețuiască, aflat la sud-est de Edinburgh, la două ore și jumătate de mers cu trenul. Misiunea este să transforme zona cheiului și o adunătură de hale industriale abandonate într-un parc, un restaurant și un muzeu care să găzduiască un artefact maritim local, *The Tyne*, a doua barcă de salvare din Anglia ca vechime. Ewen îl întreabă pe Rabih dacă vrea să coordoneze proiectul – o onoare deosebită, dar în același timp una care înseamnă că, timp de o jumătate de an, va trebui să petreacă trei nopți pe lună departe de Kirsten. Bugetul e redus, așa că Rabih se instalează la Premier Inn din South Shields, un stabiliment cu prețuri destul de mici, făcut sendviș între o închisoare de femei și un depozit de mărfuri. Seara mănâncă singur la Taybarns, restaurantul hotelului, unde o bucată de costiță afumată lucește sub lămpile din zona de tranșare.

În timpul celei de-a doua vizite acolo, autoritățile locale o dau cotită cu privire la tot felul de probleme. Toți sunt prea îngroziți ca să ia decizii importante, iar întârzierile sunt puse pe seama mai multor reglementări imposibil de înțeles; e un miracol până și faptul că au reușit să ajungă până aici.

În asemenea momente, lui Rabih începe să-i zvâcnească o venă la gât. Puțin după ora nouă, plimbându-se pe mocheta sintetică în șosete, o sună pe Kirsten din camera lui în tonuri de castaniu și violet. „Teckle", o salută el. „Încă o zi de ședințe tâmpitoare și de idioți de la primărie care fac probleme fără motiv. Mi-e tare dor de tine. Aș da bani grei să mă ții un pic în brațe." Urmează o pauză (el are impresia că aude kilometrii care-i despart), după care ea îi spune cu o voce neutră că trebuie să-și treacă numele pe polița de asigurare a mașinii până la 1 martie, adăugând că vecinul lor vrea să stea de vorbă cu ei despre burlan, cel dinspre grădină – moment în care Rabih repetă, blând, dar ferm, că-i e dor de ea și că ar vrea să fie împreună. În Edinburgh, Kirsten stă încolăcită la un capăt al canapelei, capătul „lui", îmbrăcată cu puloverul lui și ținând în poală un bol cu ton și o felie de pâine prăjită. Tace din nou, iar când îi răspunde lui Rabih o face cu un „da" sec, care sună gospodărește. E păcat că n-o vede cum se străduiește să nu plângă.

Și nu e prima situație de acest fel. Ceva cam la fel de glacial s-a întâmplat ultima dată când Rabih a fost aici, și altă dată când a plecat în Danemarca la o conferință. Atunci a acuzat-o că se poartă ciudat la telefon. Acum e doar jignit. N-a făcut decât să pledeze rezonabil pentru căldură, și iată-i pe amândoi părând dintr-odată în impas. Rabih se uită pe fereastră la închisoarea de vizavi. Ori de câte ori pleacă, i se pare că ea încearcă să mărească distanța concretă dintre ei, pe uscat sau pe apă. Își dorește să găsească o cale prin care să ajungă la ea și se întreabă ce-ar fi putut s-o facă să devină atât de distantă și de greu disponibilă. Nici Kirsten nu știe prea bine. Se uită cu ochii înlăcrimați la scoarța unui copac bătrân și bătut de vremuri din dreptul ferestrei, gândindu-se cu o concentrare ieșită din comun la un dosar pe care trebuie neapărat să-l ducă la serviciu a doua zi.

Structura se prezintă cam în felul următor: o situație sau o remarcă aparent banală declanșează din partea unuia dintre partenerii din cuplu o reacție care nu pare întru totul legitimă, fiindcă e neobișnuit de plină de enervare sau neliniște, de iritabilitate sau răceală, de panică sau reproș. Persoana aflată la primire e buimăcită: în fond, n-a fost nimic altceva decât dorința unui rămas-bun afectuos, una sau două farfurii lăsate nespălate în chiuvetă, o glumiță pe seama celuilalt sau o întârziere de câteva minute. Și-atunci, de unde și până unde reacția asta stranie și întru câtva exagerată?

Comportamentul e ilogic dacă încerci să-l înțelegi în funcție de faptele ca atare. E ca și cum un aspect al scenariului de față și-ar lua energia dintr-o altă sursă, ca și cum ar declanșa fără să-și dea seama un tipar de comportament pe care persoana cealaltă l-a pus pentru prima dată în joc cu mult timp în urmă, ca să preîntâmpine o anumită amenințare, care a fost reevocată acum subconștient. Cel care a avut reacția exagerată e răspunzător, cu un termen luat din psihologie, de „transferanța" unei emoții din trecut asupra cuiva din prezent – care poate că n-o merită întru totul.

În mod ciudat, mințile noastre nu se pricep mereu să-și dea seama în ce eră se află. Tresar cam ușor, ca un om care a fost cândva victima unei spargeri, iar acum ține o armă pe noptieră și se trezește speriat la fiecare foșnet.

Lucrul și mai rău pentru cei iubiți care se găsesc în apropiere este că oamenii prinși în capcana transferanței nu au nici o modalitate ușoară prin care să știe – și cu atât mai puțin să explice – ce pun la cale; ei pur și simplu simt că reacția pe care-o au este cum nu se poate mai adecvată situației. S-ar putea ca partenerii lor, pe de altă parte, să ajungă la o concluzie diferită și mai puțin măgulitoare, și anume că au de-a face cu niște oameni ciudați, ba poate chiar puțin nebuni.

Tatăl lui Kirsten o părăsește când are șapte ani. Pleacă de acasă fără vreun avertisment sau explicație. Chiar în ziua dinaintea plecării se joacă de-a cămila pe parchetul din sufragerie și o cară în spinare în jurul canapelei și fotoliilor. Înainte de culcare, îi citește dintr-o carte germană de povești populare despre copii singuri și mame vitrege ticăloase, despre magie și pierdere. Îi spune că sunt doar povești. Și pe urmă dispare.

Ar fi putut să existe multe reacții. A ei e să nu simtă. Nu-și permite s-o facă. Doar îi merge grozav, asta spune toată lumea – profesorii, cele două mătuși, consilierul la care se duce de la o vreme. La școală chiar are rezultate mai bune. Însă pe dinăuntru nici nu poate fi vorba de gestionarea situației: ai nevoie de o anumită forță ca să plângi, de încrederea că până la urmă o să-ți poți stăvili lacrimile. Ea nu-și îngăduie luxul de-a se simți un pic tristă. Pericolul e că s-ar putea face țăndări și că pe urmă n-ar ști cum să se recompună. Ca să împiedice așa ceva, își cauterizează rănile, cum se pricepe mai bine, încă de pe la șapte ani.

Acum poate să iubească (în felul ei), dar lucrul pe care nu-l suportă e să-i fie prea dor de cineva, chiar dacă acel cineva se găsește undeva în sud-est, într-un oraș aflat la două ore distanță, și chiar dacă știe precis că o se întoarcă acasă peste câteva zile, cu trenul de 18.22.

Dar bineînțeles că nu poate să explice și nici măcar să înțeleagă acest obicei. Iar asta n-o face simpatică acasă. Ideal ar fi să aibă la dispoziție un spirit păzitor cu puteri fermecate, care să oprească totul în loc chiar când Rabih începe să se enerveze, pentru ca după aceea să-l scoată pe furiș din hotelul ieftin și să-l ducă pe sus, prin norii groși din stratul inferior al atmosferei, spre Invernessul din urmă cu douăzeci și cinci de ani, unde ar putea să se uite pe fereastra unei căsuțe și în dormitorul mic în care o fetiță îmbrăcată cu o pijama care imită o blană de urs stă la masă și colorează pătratele de pe o foaie mare de hârtie, încercând să n-o ia razna și cu mintea golită din cauza unei amărăciuni prea copleșitoare ca s-o recunoască.

Dacă Rabih ar vedea această imagine a suferinței stoice a lui Kirsten, compasiunea lui ar fi firească. Ar înțelege motivele înduioșătoare ale atitudinii ei distante și și-ar suprima imediat propria durere ca să-i ofere o tandră alinare și compătimire.

Cum însă nu există nici un spirit care să aștepte și să vegheze, și prin urmare nici o poveste sensibilă și mișcătoare care să ilumineze trecutul lui Kirsten la momentul oportun, lui Rabih nu-i rămâne decât să încerce să-și explice reacția ei lipsită de afecțiune – o provocare care trezește în el o tentație previzibil irezistibilă de-a judeca și de-a se simți jignit.

Acționăm prea des pe baza unor scenarii produse de crizele de demult, pe care aproape că le-am uitat. Ne comportăm conform unei logici arhaice care acum ne scapă, urmărind un sens pe care nu putem să-l deslușim cum se cuvine celor de care depindem cel mai mult. E posibil să ne luptăm ca să știm în ce perioadă a vieții noastre ne găsim, cu cine avem de-a face de fapt și ce fel de comportament se cuvine să avem față de persoana din fața noastră. Putem fi niște însoțitori destul de complicați.

Rabih nu diferă atât de mult de soția lui. Și el interpretează constant prezentul prin distorsionări ale propriului trecut și este mișcat de impulsuri demodate și excentrice, pe care nu le poate explica nici sieși, nici lui Kirsten.

Ce înseamnă, de exemplu, să vii acasă de la biroul din Edinburgh și să găsești un maldăr de haine în vestibul, pe care Kirsten a vrut să le ducă la curățat, pentru ca pe urmă să uite de ele și să spună că le va duce peste câteva zile?

Pentru Rabih există un răspuns prompt și înșelător: că acesta este începutul haosului de care se teme și că poate

Kirsten a procedat dinadins așa ca să-l tulbure și să-l jignească. Incapabil să-i urmeze sfatul și să lase maldărul acolo până a doua zi, ia hainele (la șapte seara), iar după ce se întoarce mai petrece o jumătate de oră dereticând zgomotos prin restul apartamentului și făcând mare caz de dezordinea din sertarul cu tacâmuri.

„Haosul“ ocupă un loc important în mintea lui Rabih. Mult mai repede decât era cazul, inconștientul lui face o legătură între mărunțișurile care nu arată bine în prezent și lucrurile foarte importante care nu arătau bine în trecut, cum ar fi fațada ciuruită a hotelului Intercontinental Phoenicia, pe care o vedea din dormitor, ambasada americană bombardată pe lângă care trecea în fiecare dimineață, graffitiurile cu conținut criminal care apăreau în mod obișnuit pe zidul școlii, certurile cu țipete dintre mama și tatăl lui noaptea târziu. Cu o claritate deplină, vede și astăzi forma neagră a vasului cipriot cu refugiați care i-a scos într-un târziu pe el și pe părinții lui din oraș într-o noapte întunecoasă de ianuarie și apartamentul despre care a auzit mai târziu că fusese prădat și că acum adăpostea o familie de luptători druzi (din câte știa, camera lui servea ca depozit de muniții). Există o mare doză de istorie în isteria lui.

În prezent, se prea poate ca Rabih să trăiască într-unul dintre locurile cele mai sigure și mai liniștite ale globului, cu o soție care e funciarmente cumsecade și cu totul de partea lui, dar, în mintea lui, Beirutul, războiul și aspectele cele mai crude ale firii omenești rămân pentru totdeauna amenințări din afara câmpului său vizual, gata oricând să-i nuanțeze felul cum interpretează semnificația unui maldăr de haine sau relativa dezordine din sertarul cu tacâmuri.

Când mințile noastre sunt implicate în transferanță, ne pierdem capacitatea de-a da credit oamenilor și lucrurilor; trecem rapid și anxios la cele mai neplăcute concluzii pe care ne-a împuternicit să le tragem trecutul.

Din păcate, recunoașterea faptului că e posibil să ne alimentăm din confuziile trecutului ca să forțăm o interpretare a ceea ce se întâmplă acum pare degradantă și destul de umilitoare: bineînțeles că ne dăm seama de diferența dintre partenerul nostru și un părinte dezamăgitor, dintre scurta întârziere a soțului și abandonul permanent al tatălui, dintre niște rufe murdare și un război civil.

Felul în care ne repatriem emoțiile devine una dintre misiunile cele mai delicate și mai necesare ale iubirii. A accepta riscurile transferanței înseamnă a pune compasiunea și înțelegerea mai presus de iritare și judecare. Doi oameni își pot da seama că e posibil ca puseurile de neliniște sau de ostilitate să nu fie provocate întotdeauna în mod direct de ei, ceea ce înseamnă că n-ar trebui să fie întâmpinate mereu cu furie sau cu un orgoliu rănit. Zbârlirea și reflexul de-a condamna pot să facă loc compasiunii.

Când se întoarce din călătoria în Anglia, Rabih o găsește pe Kirsten revenită la câteva dintre obiceiurile cărora li se deda când trăia singură. A băut o bere cât timp a făcut baie și a mâncat un bol de cereale în pat. Însă nu trece mult și dorința reciprocă și capacitatea de apropiere se fac simțite din nou. Împăcarea începe, ca de multe ori, cu o glumiță care pune degetul pe anxietatea subterană.

— Iartă-mă că te-am întrerupt, doamnă Khan, dar am impresia că locuiam și eu aici, spune Rabih.

— Nici vorbă. Cauți, probabil, apartamentul 34A, iar ăsta e 34*B*, după cum vezi...

— Cred că ne-am și căsătorit cândva. Ții minte? Ăla de-acolo, din colț, e Dobbie, copilul nostru. E foarte tăcut. Leit maică-sa.

— Îmi pare rău, Rabih, spune Kirsten, devenind serioasă. Mă fac scorpie când nu mai ești aici. Parc-aș încerca să te pedepsesc fiindcă pleci de lângă mine, ceea ce e ridicol, fiindcă nu faci decât să-ncerci să plătești ipoteca. Iartă-mă. Uneori parcă o iau pe miriște.

Cuvintele lui Kirsten au efectul unui balsam care vindecă pe loc. Rabih e năpădit de iubire pentru soția lui vag incoerentă și foarte nesigură pe sine. Discernământul ei e cel mai frumos cadou de întoarcere pe care ar fi putut să i-l facă și cea mai bună garanție a trainiciei iubirii lor. Nici el, nici ea nu trebuie să fie perfecți, se gândește Rabih; e nevoie doar să-și dea din când în când câte-un semn care să arate că știu că uneori e greu de trăit cu ei.

Nu e nevoie să fim constant rezonabili ca să avem relații bune; lucrul pe care trebuie să-l stăpânim este capacitatea de-a recunoaște uneori cu detașare că se poate ca, din anumite puncte de vedere, să fim întru câtva nebuni.

Vinovăție universală

Pentru a treia aniversare a căsătoriei, Rabih o surprinde pe Kirsten cu un weekend la Praga. Stau într-un hotel mic de lângă Catedrala Sfinților Chiril și Metodiu, își fac fotografii pe Podul Carol, vorbesc despre viața de acasă, se gândesc la cât de repede trec anii și vizitează Palatul Sternberg, ca să ia contact cu arta europeană timpurie. Acolo, Kirsten se oprește în fața unei mici Fecioare cu Pruncul din secolul al XVI-lea.

— E groaznic ce s-a întâmplat cu copilașul ei adorabil până la urmă – cum să treci peste așa ceva? se întreabă ea gânditoare.

Are un fel atrăgător, își spune Rabih, de-a se gândi la lucruri elementare, pe care le pune într-o lumină nouă. Pentru ea, tabloul nu este obiectul unei analize savante și minuțioase; în schimb, este o prefigurare a celei mai mari tragedii prin care poate trece un părinte, iar în acest fel obține din partea ei o compasiune la fel de vie și de imediată ca aceea pe care i-ar arăta-o cuiva al cărui băiat tocmai a murit într-un accident de motocicletă în drum spre Fort William.

Kirsten vrea neapărat să viziteze Grădina Zoologică din Praga. A trecut mult timp de când s-au aflat – și el, și ea – în apropierea vreunui animal, cu posibila excepție a vreunei pisici sau a vreunui câine. Primul lor gând se leagă de cât de ciudat arată toți pensionarii grădinii – cămila, de pildă, cu gâtul ei în formă de U, cu cele două piramide dorsale îmblănite, cu genele care par înmuiate în rimel și cu dinții galbeni, mari și strâmbi. Dintr-o broșură gratuită, ei află următoarele: cămilele rezistă zece zile în deșert fără să bea apă; cocoașele lor nu sunt umplute cu apă, cum spune înțelepciunea populară, ci cu grăsime; genele au rolul de-a le proteja pupilele în timpul furtunilor de nisip; în fine, ficatul și rinichii lor extrag fiecare strop de umezeală din mâncarea pe care-o mănâncă, motiv pentru care bălegarul lor e uscat și compact.

Animalele diferă între ele fiindcă au evoluat crescând în medii cu totul aparte, spune în continuare broșura. De aceea uriașul șobolan zburător malgaș are urechi atât de mari și picioarele din spate atât de puternice, iar somnul cu coadă roșie din Amazon are o fâșie de culoarea nisipului pe abdomen care funcționează drept camuflaj.

— Bineînțeles, intervine Kirsten, dar formele astea de adaptare nu prea îți mai sunt de folos când noul habitat e Grădina Zoologică din Praga, unde locuiești într-o cameră de hotel cu ziduri de beton, în care ți se servesc trei mese pe zi printr-o trapă și unde singurii care se distrează sunt turiștii. Nu faci decât să te-ngrași și să devii irascibil, ca amărâtul ăla de urangutan portocaliu și melancolic, menit vieții în pădurile din Borneo, care nu se simte foarte bine aici.

— Dar poate că și oamenii sunt la fel, adaugă Rabih, puțin descumpănit de faptul că un hominid primește atât de multă compasiune din partea soției lui. Și noi suntem dominați de lucruri care probabil că erau foarte normale când se manifestau pe câmpiile din Africa și care, totuși, acum ne fac numai probleme.

— Ce fel de lucruri?

— Să fii cu urechea ciulită la zgomotele din noapte, lucru care acum nu ne lasă să dormim când se declanșează vreo alarmă de mașină. Sau să te îndopi cu dulciuri, ceea ce acum doar ne-ar îngrășa, dacă ne gândim câte tentații există. Sau să te simți aproape obligat să te uiți la picioarele străinelor de pe străzile din Praga, ceea ce ne enervează și ne jignește partenerele...

— Domnule Khan! Să te folosești de Darwin ca să-ți plângi de milă că nu ai șapte neveste și *încă* o înghețată...

E târziu duminică seara când aterizează în sfârșit, epuizați, pe aeroportul din Edinburgh. Geamantanul lui Kirsten e al doilea care iese pe banda de bagaje. Rabih nu e atât de norocos și, cât așteaptă, stau amândoi pe o bancă din fața unui stand cu sendvișuri închis. E neobișnuit de cald pentru această perioadă a anului, iar Kirsten se întreabă într-o doară cum o să fie vremea mâine. Rabih își scoate telefonul și caută. O maximă de 17° C și soare toată ziua: remarcabil. Chiar atunci își vede bagajul pe bandă, se duce să-l ia și-l suie și pe el în cărucior. Se urcă în autobuzul care-i duce înapoi în centrul orașului cu puțin înainte de miezul nopții. Pretutindeni în jur, alți pasageri la fel de obosiți sunt cufundați în gânduri sau moțăie. Amintindu-și brusc că trebuie să-i trimită un SMS unui coleg, Rabih își vâră mâna în buzunarul drept al hainei ca să scoată telefonul, pe urmă se uită în buzunarul stâng, iar apoi se ridică un pic de pe scaun ca să se caute în buzunarele pantalonilor.

— Mi-ai luat tu telefonul? o întreabă pe Kirsten cu un glas agitat.

Ea doarme și se trezește cu un tresărit.

— Nu, nici vorbă, dragule. De ce ți l-aș lua?

Se strecoară pe lângă ea și caută în compartimentul pentru bagaje, de unde își dă jos geamantanul și cotrobăie prin buzunarul lui exterior. Își dă seama treptat de o realitate nefericită: i-a dispărut telefonul și, odată cu el, întregul lui sistem de comunicare cu lumea.

— Probabil că ți l-a furat cineva în zona de ridicare a bagajelor, observă Kirsten. Sau poate că l-ai uitat undeva. Bietul de tine! Putem să sunăm la aeroport mâine-dimineață la prima oră și să aflăm dacă l-a predat cineva. Dar oricum are asigurare. E uimitor că n-a mai pățit-o nici unul dintre noi până-acum.

Însă Rabih nu înțelege ce e atât de uimitor.

— Poți să folosești telefonul meu dacă vrei să vezi ceva, adaugă Kirsten pe un ton jovial.

Rabih e furios. E începutul unui coșmar administrativ. O să fie făcut să aștepte ore-n șir de o serie de centraliști, după care o să trebuiască să dezgroape tot felul de hârțoage și să completeze formulare. Partea ciudată e că furia lui nu se îndreaptă totuși doar împotriva propriei sale pierderi; o parte din ea pare să-și fi croit drum și spre soție. În fond, ea a pomenit prima de vreme, ceea ce l-a făcut să verifice prognoza meteo, fără de care poate că ar fi avut bine mersi telefonul în buzunar. Mai mult, atitudinea calmă și înțelegătoare a lui Kirsten nu face decât să scoată în evidență cât de lipsită de griji și de norocoasă e în comparație cu el. Pe când autobuzul se îndreaptă spre Waverley Bridge, Rabih are revelația unui amănunt logic important: într-un fel, durerea, deranjul și frecușurile sunt, fără excepție, din cauza ei. Ea trebuie arătată cu degetul pentru tot, inclusiv pentru durerea de cap care-i prinde acum tâmplele ca într-o menghină. Îi întoarce spatele și bombăne „Am știut de la-nceput că n-ar fi trebuit să facem excursia asta tâmpită și inutilă", ceea ce pare o modalitate tristă și destul de nedreaptă de-a rezuma sărbătorirea unei zile importante.

Nu toată lumea ar subscrie legăturii pe care tocmai a făcut-o Rabih și nici nu s-ar solidariza cu el. Kirsten nu s-a angajat ca paznic al telefonului mobil al soțului și nu e nicidecum răspunzătoare pentru toate aspectele din viața acestei primate adulte. Însă lui Rabih toată povestea i se pare, în mod curios, logică. Nu pentru prima dată, totul este, într-un fel sau altul, din vina soției lui.

Dintre toate temeiurile iubirii, cel mai superficial irațional, imatur, lamentabil, și cu toate acestea, cel mai obișnuit este acela că persoana de care ne-am legat prin căsătorie nu numai că e centrul existenței noastre emoționale, ci și răspunde – drept urmare, și totuși într-un fel care e foarte straniu, obiectiv nesănătos și profund nedrept – de tot ce ni se întâmplă, bun sau rău. În asta constă privilegiul bizar și pervers al iubirii.

Tot ea a fost „de vină", de-a lungul anilor, că el a alunecat în zăpadă, că și-a pierdut cheile, că trenul de Glasgow s-a defectat, că a fost amendat pentru viteză excesivă, că are o etichetă care-i provoacă mâncărimi pe cămașa cea nouă, că mașina de spălat nu se mai golește cum trebuie, că nu practică arhitectura la standardele la care visase, că noii lui vecini ascultă muzică tare până noaptea târziu și că ei doi nu prea se mai distrează. Trebuie subliniat, pe de altă parte, că lista lui Kirsten face parte din aceeași categorie și nu e cu nimic mai scurtă sau mai rezonabilă: Rabih e de vină că ea nu-și vede mama îndeajuns, că i se rup constant ciorapii, că prietena ei Gina n-o caută deloc, că e obosită tot timpul, că i-a dispărut unghiera și că ei doi nu prea se mai distrează...

Lumea ne supără, ne dezamăgește, ne frustrează și ne rănește în nenumărate feluri la tot pasul. Ne amână, ne respinge eforturile creatoare, ne sare de la avansări, îi răsplătește pe idioți și ne izbește ambițiile de țărmurile ei mohorâte și implacabile. Și, aproape invariabil, nu ne putem plânge de nimic. E prea greu să încerci să stabilești cine-ar putea fi cu adevărat de vină; și prea periculos să te plângi chiar și atunci când o știm cu adevărat (ca nu cumva să fim dați afară sau să se râdă de noi).

Există o singură persoană căreia îi putem prezenta catalogul nostru de plângeri, o singură persoană care poate primi toată furia noastră cumulată față de nedreptățile și imperfecțiunile vieților noastre. Bineînțeles, este culmea absurdului să dăm vina tocmai pe această persoană. Asta însă ar însemna să înțelegem regulile după care operează iubirea. Tocmai din cauză că nu putem țipa la forțele care sunt cu adevărat răspunzătoare, ne supărăm pe cei despre care suntem siguri că vor accepta cel mai bine să-i învinovățim. Ne răfuim cu oamenii cei mai cumsecade, cei mai înțelegători și cei mai loiali de lângă noi, pe cei despre care putem fi convinși că nu ne-au făcut rău, dar care ne rămân alături în timp ce noi îi bruftuluim fără milă.

Acuzațiile pe care le îndreptăm împotriva celor pe care-i iubim nu au nici un fel de logică. N-am spune lucruri atât de nedrepte nimănui altcuiva de pe pământ. Însă reproșurile noastre sunt o formă ciudată de intimitate și de încredere, un simptom al iubirii înseși, și, în felul tipic fiecăruia dintre noi, o manifestare pervertită a implicării. În timp ce-i putem spune ceva rezonabil și politicos oricărui străin, doar în prezența persoanei iubite credem din toată inima că avem îndrăzneala de-a fi extravagant și nemărginit de nerezonabil.

La câteva săptămâni după întoarcerea de la Praga, apare o problemă nouă și mult mai mare. Șeful lui Rabih, Ewen, face o ședință cu angajații. După opt luni bunicele, iar începe să nu prea mai fie de lucru, mărturisește el. N-o să poată rămâne toți cei care lucrează în prezent la firmă, asta, bineînțeles, dacă n-o să apară imediat un proiect senzațional. După ședință, pe coridor, Ewen îl ia deoparte pe Rabih.

— Sunt convins că înțelegi, îi spune el. Nu e nimic personal. Ești un om bun, Rabih.

Zău așa, oamenii care au de gând să te dea afară ar trebui să aibă decența și curajul de-a nu vrea să ți se facă plăcuți, chibzuiește Rabih.

Amenințarea șomajului îl aruncă în posomoreală și neliniște. Ar fi al naibii de greu să-și găsească altceva de lucru în orașul ăsta, și o știe și el. Probabil c-ar trebui să se mute, dar atunci ce-ar face Kirsten? E în pericol să dea greș în răspunderile elementare de soț. Ce nebunie a fost, cu toți acești ani în urmă, să-și închipuie că ar putea să aibă o carieră care să îmbine stabilitatea financiară cu împlinirea creatoare. A fost un amestec de infantilism și irascibilitate, așa cum îl lăsase să înțeleagă întotdeauna tatăl lui.

Astăzi drumul spre casă îl duce pe la Catedrala Romano-Catolică St. Mary. N-a intrat niciodată – fațada i s-a părut dintotdeauna mohorâtă și neprimitoare, cum au atâtea construcții gotice –, dar tulburarea și starea de panică îl fac să arunce o privire și să se oprească într-o nișă din apropierea naosului, în fața unei picturi mari a Fecioarei Maria, care-l privește cu ochi triști și buni. Ceva din compasiunea ei îl atinge, ca și cum ar ști de Ewen Frank și de faptul că nu mai au de lucru la firmă și-ar vrea să-l asigure de încrederea statornică pe care-o are în el. Simte că i se umplu ochii de lacrimi la contrastul dintre faptele provocatoare ale vieții lui adulte și bunătatea și tandrețea din expresia acestei femei. Pare că înțelege, dar nu condamnă. Se miră când se uită la ceas și își dă seama că a trecut un sfert de oră. E un fel de nebunie, acceptă el, ca un ateu de origine musulmană să se găsească într-o capelă tivită cu lumânări, lângă portretul unei divinități străine, căreia vrea să-i ofere lacrimile și deruta lui. Și totuși, are puține variante, dat fiind că nu mai sunt foarte mulți oameni care au încredere în el. Principala povară a răspunderii a căzut pe umerii soției lui, iar asta înseamnă să ceri foarte mult de la un muritor obișnuit și necanonizat.

Acasă, Kirsten a pregătit la cină o salată de dovlecei, busuioc și brânză feta, după o rețetă a lui. Vrea să știe toate amănuntele despre criza de la serviciu. Când i-a adus Ewen la cunoștință? Cum s-a exprimat? Cum au reacționat ceilalți? O să aibă loc încă o ședință în scurt timp? Rabih începe să răspundă, însă pe urmă cedează.

— De ce-ți pasă de toate lucrurile astea mărunte? E un mare rahat, și nimic altceva.

Își aruncă șervetul și începe să se plimbe prin cameră. Kirsten vrea o relatare pas cu pas fiindcă ăsta e felul în care face față anxietății: se agață de fapte și le aranjează. Nu vrea să arate direct cât e de îngrijorată. Stilul ei implică atitudinea rezervată și axarea pe latura administrativă. Rabih vrea să urle sau să spargă ceva. Își observă soția frumoasă și cumsecade, pentru care a devenit o povară constantă. Au de cel puțin opt ori pe an scene care seamănă un pic cu cea de azi, când în lume se întâmplă dezastre pe care Rabih le aduce înapoi în cămin și le pune pe toate grămadă în fața lui Kirsten.

Ea se oprește lângă el, în fața șemineului, îi ia mâinile într-ale ei și-i spune călduros și sincer „O să fie bine", ceea ce știu amândoi că s-ar putea să nu fie adevărat.

Avem asemenea pretenții de la partenerii noștri, și devenim atât de nerezonabili în prezența lor, fiindcă avem încredere că o persoană care înțelege părțile întunecate din noi și a cărei prezență alină atât de multe dintre durerile noastre trebuie să fie, într-un fel, capabilă să rezolve tot ce ține de viețile noastre. Exagerăm puterile celuilalt într-un omagiu destul de curios – auzit în viața adultă de câteva decenii încoace – și care seamănă cu uluirea copilului în fața puterilor aparent miraculoase ale părinților.

Lui Rabih cel de șase ani, mama lui i se părea aproape ca o zeiță; putea să-i găsească ursulețul de jucărie când se pierdea, avea grijă întotdeauna să aibă ciocolata cu lapte preferată în frigider, îi dădea haine curate în fiecare dimineață, stătea cu el în pat și-i explica de ce țipase tatăl lui, știa cum să țină pământul în jurul axei...

Și Rabih, și Kirsten au învățat cum să-și liniștească eurile de copii anxioși ascunse înăuntrul partenerilor lor adulți. De aceea se iubesc unul pe celălalt. Însă în acest proces ei au moștenit, fără să-și dea seama, și ceva din încrederea periculoasă, nedreaptă și minunat de naivă pe care o au copiii în părinți. O parte primitivă din adulții Rabih și Kirsten insistă că persoanele iubite trebuie să controleze mult mai mult din lume decât orice altă ființă omenească implicată într-o relație adultă, ceea ce produce atât de multă furie și frustrare când problemele se încăpățânează totuși să apară.

Kirsten îl ia în brațe pe Rabih.

— Dac-aș putea să fac ceva, aș face, spune ea, iar Rabih o privește trist și binevoitor, recunoscând parcă pentru prima dată singurătatea esențială pe care o are de înfruntat și la care iubirea nu poate ajunge deloc.

Nu e supărat pe ea; a căzut pradă panicii și e stors de ceea ce se întâmplă. Ca să fie un soț mai bun, își dă el seama, va trebui să învețe s-o încarce mai puțin cu speranțe greșite și distrugătoare pe femeia care-l iubește. Va trebui să fie mai pregătit să se aștepte ca, atunci când va conta cu adevărat, să fie singur-singurel.

Predare și învățare

Rabih își păstrează postul, deși adevărata siguranță rămâne imprecisă. Cei mai mulți dintre prietenii lui și ai lui Kirsten se căsătoresc și încep să aibă copii, iar viața lor socială ajunge să se concentreze din ce în ce mai mult în jurul altor perechi. Sunt câteva – șase-șapte, nu mai multe – cu care se văd prin rotație, de obicei acasă la unii dintre ei, unde iau cina, sau la prânz (cu copiii) în weekend.

Între ei se simt căldura și camaraderia, dar și – dincolo de primul nivel – destul de multe comparații și lăudăroșenii. Se fac des aluzii concurențiale la locuri de muncă, vacanțe, planuri de reamenajare a casei și primele borne din viața copiilor.

Rabih are o poziție sfidătoare, de îngroșare a obrazului, cu privire la datul din coate și la ținerea scorului. Recunoaște sincer față de Kirsten că nu sunt perechea cu statutul cel mai ridicat, dar se grăbește să adauge că n-are nici cea mai mică importanță: ar trebui să fie mulțumiți cu ce au. Nu trăiesc într-un orășel de bârfitori, n-au decât să-și vadă de drum cum cred de cuviință.

E aproape unu noaptea într-o zi de sâmbătă, iar ei sunt în bucătărie și spală vasele, când Kirsten spune că, pe când erau la budincă, a aflat că prietena ei Clare și soțul acesteia, Christopher, o să închirieze o proprietate în Grecia pentru toată vara: o vilă cu piscină proprie și o grădină cu un crâng de măslini numai pentru ei. Ea o să stea acolo tot timpul, el o să facă naveta. Pare ceva de pe altă lume, spune ea, dar probabil că a costat o avere – ceva de-a dreptul inimaginabil. E uimitor cât poate să câștige un chirurg în ziua de azi.

Pe Rabih comentariul îl irită. Ce-i pasă nevesti-sii? De ce propriile lor vacanțe (într-o căbănuță din insulele vestice) nu par niciodată suficient de atrăgătoare? Cum și-ar putea permite vreodată fie și să se gândească la închirierea unei vile, la ce salarii au? Și nu e prima remarcă de genul ăsta pe care a făcut-o Kirsten. A mai fost ceva, cam cu o săptămână în urmă, despre o haină nouă, la care trebuise să renunțe fără tragere de inimă, apoi relatarea admirativă a unui weekend la Roma în care o invitase James pe Mairi și, nu mai departe de ieri, semnalarea plină de venerație a faptului că două prietene își trimiteau copiii la școli particulare.

Rabih și-ar dori ca ea să renunțe la tendința asta. Ar vrea să fie mândră de ea fără legătură cu locul pe care ar putea să-l aibă într-o ierarhie socială fără noimă și să aprecieze bogăția nonmaterială a vieții lor împreună. Ar vrea să prețuiască ce are în loc să tânjească după ce-i lipsește. Dar fiindcă trebuia să se ducă de mult la culcare, iar subiectul e incendiar și-i stârnește o mulțime din propriile lui neliniști, propunerea i se aude într-o formă mult mai puțin nuanțată și mai puțin convingătoare decât și-ar fi dorit.

— Ei bine, draga mea, îmi pare rău că nu sunt un chirurg putred de bogat și cu vilă.

Își aude sarcasmul din voce și își dă seama imediat ce efect o să aibă, dar nu se poate abține.

— Păcat că trebuie să stai cu mine-n sărăcia asta.

— De ce te iei de mine? Mai ales la ora asta, răspunde Kirsten. N-am spus decât că se duc în vacanță, dulău ce ești, iar tu, din senin, în toiul nopții, te-apuci să m-ataci – de parc-ai fi așteptat momentul să-mi dai la cap. Țin minte că altădată nu te manifestai atât de critic față de lucrurile pe care le spuneam.

— Nu mă manifest critic. Țin la tine, atâta tot.

Însuși conceptul de a-i „preda" diverse lucruri persoanei iubite pare condescendent, incongruent și de-a dreptul sinistru. Dacă am iubi cu adevărat pe cineva, nici nu s-ar pune problema să vrem ca persoana în cauză să se schimbe. Romantismul e clar la acest capitol: iubirea adevărată ar trebui să subînțeleagă acceptarea întregii ființe a partenerului. Tocmai această atitudine fundamental binevoitoare face ca primele luni de iubire să fie atât de emoționante. În noua relație, vulnerabilitățile noastre sunt tratate cu generozitate. Timiditatea, stângăcia și deruta noastră generează afecțiune (la fel cum se întâmpla când eram copii) în loc să producă sarcasm sau reproșuri; părțile mai delicate ale firii noastre sunt interpretate doar prin filtrul compasiunii.

Din aceste clipe se dezvoltă o convingere frumoasă, și totuși provocatoare, ba chiar nechibzuită: că dacă ești iubit cu adevărat, ești sprijinit în tot ceea ce însemni.

Căsnicia le dă lui Rabih și Kirsten prilejul să-și cerceteze unul altuia caracterul în cele mai mici amănunte. Nimeni din viețile lor adulte n-a avut atâta timp să le examineze comportamentul într-un habitat atât de restrâns și sub influența unor condiții atât de numeroase, de variate și de solicitante: în crucea nopții și în buimăceala dimineții; deznădăjduit și panicat la serviciu; nemulțumit din cauza prietenilor; pradă furiei fiindcă li s-au rătăcit lucruri de prin casă.

Acestei cunoașteri, ei doi adaugă ambiția fiecăruia pentru potențialul celuilalt. Uneori își dau seama de calitățile importante pe care nu prea le au, dar despre care cred c-ar putea să se dezvolte dac-ar avea cine să li le scoată în evidență. Știu mai bine ca oricine altcineva o parte din ce nu merge – și cum ar putea să se schimbe. Relația lor este marcată – în secret și, cu toate acestea, reciproc – de un proiect al îmbunătățirii.

Contrar aparențelor, după cina festivă, Rabih chiar încearcă să producă o evoluție în personalitatea soției pe care-o iubește. Însă tehnica pe care-o alege e cu totul aparte: o face materialistă pe Kirsten, țipă la ea, iar mai târziu trântește două uși.

— Pare să-ți pese doar cât de mult câștigă prietenii noștri și cât de puțin avem noi! îi strigă el înciudat lui Kirsten, care acum e la chiuveta din baie și se spală pe dinți. Cine te-aude crede că trăiești într-o cocioabă și te-mbraci cu piei de animale. Nu vreau să-ți mai faci atâtea griji pentru bani. Ai devenit înnebunitor de materialistă.

Rabih își predă „lecția“ cu atâta isterie (ușile chiar sunt trântite foarte tare) nu atât din cauză că e un monstru (deși nu s-ar mira nimeni dacă un martor dezinteresat ar ajunge, în acest moment, la o asemenea concluzie), ci mai degrabă fiindcă se simte în egală măsură îngrozit și inadecvat: îngrozit din cauză că soția lui, prietenul lui cel mai bun din lume, pare incapabilă să înțeleagă un punct de cotitură despre bani și despre relația dintre ei și împlinire; și inadecvat fiindcă e la rândul lui incapabil să-i ofere lui Kirsten niște lucruri pe care acum ea pare că și le dorește foarte mult (și pe bună dreptate, e el convins în adâncul inimii).

Are mare nevoie ca soția lui să privească lucrurile din punctul său de vedere și, cu toate acestea, și-a pierdut efectiv capacitatea de-a o ajuta să facă acest lucru.

Știm că atunci când le predăm elevilor obținem rezultate doar când manifestăm cea mai mare grijă și răbdare: nu avem voie niciodată să ridicăm vocea, trebuie să facem uz de un tact extraordinar, trebuie să lăsăm timp suficient pentru aprofundarea fiecărei lecții și avem nevoie de minimum zece complimente pentru fiecare observație negativă pe care trebuie s-o plasăm cu mare atenție. Mai presus de orice, trebuie să rămânem calmi.

Și totuși, cea mai bună garanție a calmului didactic este relativa indiferență față de succesul sau eșecul lecției. Bineînțeles că profesorul senin își dorește ca lucrurile să meargă bine, dar dacă un elev îndărătnic rămâne corigent la trigonometrie, să zicem, asta e – în esență – problema elevului. Temperamentele rămân sub control fiindcă elevii luați în parte nu prea au putere asupra vieții profesorilor; nu le controlează integritatea și nu sunt principalele elemente care le determină gradul de mulțumire. Capacitatea de a nu-ți păsa prea mult este un aspect decisiv al pedagogiei liniștite și de succes.

Însă tocmai calmul lipsește din sala de clasă a iubirii. Miza e pur și simplu prea mare. „Elevul" nu este doar o răspundere trecătoare, ci presupune o implicare pe viață. Eșecul va ruina existența. Nu-i de mirare că se întâmplă să ne pierdem cumpătul și să aruncăm vorbe stângace și pripite, care implică o lipsă de încredere în legitimitatea sau chiar în noblețea actului de-a da un sfat.

Pe de altă parte, nu-i de mirare nici dacă ajungem la capătul celălalt a ceea ce ne-am propus, fiindcă au fost foarte rare cazurile în care creșterea nivelurilor de umilire, de furie și de amenințare au grăbit dezvoltarea cuiva. Nu toți devenim mai rezonabili sau mai înțelegători cu privire la caracterul nostru fiindcă am fost siliți să coborâm o treaptă pe scara stimei de sine, fiindcă ni s-a rănit orgoliul și fiindcă eul ne-a fost supus unei serii de insulte acide. Trecem pur și simplu în defensivă și ne zbârlim în fața unor sugestii care ni se par atacuri meschine și ilogice asupra firii noastre, și nicidecum încercări afectuoase de abordare a aspectelor problematice ale personalității noastre.

Dacă Rabih ar fi deprins niște tehnici de predare mai bune, lecția lui ar fi putut lua o turnură foarte diferită. Din capul locului s-ar fi asigurat că se duceau amândoi la culcare și că se odihneau bine înainte să pornească vreo discuție. A doua de zi dimineață ar fi sugerat o plimbare, poate în King George V Park, după ce vor fi luat un pateu și o cafea de care să se bucure pe o bancă. Uitându-se la stejarii mari, ar fi felicitat-o pe Kirsten pentru cină și pentru alte câteva lucruri, eventual pentru abilitatea de-a se plia pe politica de la serviciu sau pentru că fusese drăguță și pusese în locul lui un pachet la poștă cu o zi înainte. Pe urmă, în loc s-o acuze, s-ar fi implicat cu bună știință în comportamentul pe care avea de gând să se axeze.

— Teckle, simt cum mă apucă invidia pe câțiva dintre tipii ăștia pe care-i cunoaștem, ar fi sunat începutul. Dacă n-aș fi făcut arhitectură, am fi putut avea o vilă de vară și mi-ar fi plăcut la nebunie într-o mie de feluri. Sunt primul care adoră soarele și Mediterana. Visez la pardosele răcoroase de calcar și la mirosul de iasomie și de cimbru din grădină. Îmi pare rău că sunt o dezamăgire pentru amândoi.

Iar apoi, ca un medic care-l liniștește pe pacient înainte de injecție:

— Cu toate astea, mai vreau să spun – și probabil că asta e o lecție pentru amândoi – că avem mare noroc într-o mulțime de alte privințe pe care ar trebui cel puțin să ne străduim să nu le uităm. Avem noroc că ne avem unul pe altul, că de obicei ne place munca pe care-o facem la serviciu și că știm să ne distrăm strașnic în vacanțele de vară murate de ploaie pe care le facem în Hebridele Exterioare, într-o cabană de arendaș unde miroase nițeluș a căcăreze. În ce mă privește, câtă vreme sunt cu tine, zău c-aș fi fericit să trăiesc și pe banca asta.

Însă nu numai că Rabih e un profesor groaznic. Nici Kirsten nu e eleva ideală. În relația pe care-o au, cei doi pică dezastruos la ambele teste: predarea și învățarea. La primul semn că unul dintre ei adoptă un ton pedagogic, celălalt presupune că se află sub asediu, iar asta îi face să devină surzi la instrucțiuni și să reacționeze cu sarcasm și agresivitate la sugestii, provocând în acest fel și mai multă iritare și oboseală în mintea părții fragile care joacă rolul „celui care instruiește".

— Rabih, nimeni nu mi-a spus vreodată în viață că sunt *materialistă*, răspunde Kirsten (în pat, *și* mai vlăguită), profund ofensată de sugestia că a observat stilul de viață al prietenilor și-l invidiază. De fapt, chiar alaltăieri, la telefon, mama a remarcat că n-a cunoscut pe nimeni atât de modest și de chibzuit cu banii ca mine.

— Dar nu-i același lucru, Teckle. Știm amândoi că spune asta doar fiindcă te iubește și fiindcă în ochii ei nu poți să faci absolut nimic rău.

— O spui de parc-ar fi o problemă! De ce nu poți să fii și tu la fel de orb dacă mă iubești?

— Pentru că te iubesc în alt fel.

— Și, mă rog, în *ce* fel?

— Un fel care mă face să vreau să te ajut să te uiți mai atent la anumite lucruri.

— Un fel care înseamnă c-o să fii nesuferit!

Rabih știe că intențiile i-au scăpat de sub control într-un mod catastrofal.

— Zău că te iubesc. Te iubesc foarte mult, spune el.

— Atât de mult, încât vrei întotdeauna să mă schimbi? Rabih, chiar aș vrea să-nțeleg...

Lecțiile aspre le permit elevilor să se consoleze cu ideea că omul care le predă e pur și simplu nebun sau antipatic și că ei înșiși sunt, absolut logic, fără reproș. La auzul unui verdict nerezonabil de extrem putem să simțim, consolator, că e imposibil ca partenerul nostru să fie incorect și, într-o mică măsură, să aibă totuși dreptate.

Sentimental vorbind, punem în contrast negativitatea conjugală cu tonul încurajator al prietenilor și al familiei, asupra cărora nu s-au formulat niciodată pretenții cât de cât comparabile.

Poți privi iubirea și în alte feluri. În filozofia lor, vechii greci au oferit o perspectivă util-desuetă asupra relației dintre iubire și predarea unei lecții. În ochii lor, iubirea era întâi de toate un sentiment de admirație pentru mai buna alcătuire a unei alte ființe omenești. Iubirea era emoția de-a te afla față în față cu caracteristicile unui virtuos.

De aici rezulta că adâncirea iubirii implica întotdeauna dorința de-a preda și de-a afla la schimb noi modalități de-a deveni și mai virtuos: cum să fii mai puțin furios și mai puțin necruțător, mai curios sau mai viteaz. Cei care se iubeau sincer nu puteau să se accepte unul pe altul așa cum erau – ar fi fost o trădare leneșă și lașă a întregului scop al relațiilor. Întotdeauna era ceva de îndreptat la propria ta persoană și ceva în legătură cu care să-i educi pe ceilalți.

Privind lucrurile prin lentila vechilor greci, când cel care iubește arată ce anume ar putea fi neplăcut sau stânjenitor cu privire la caracterul celuilalt, n-ar trebui să se creadă despre nici unul din cei doi că renunță la spiritul iubirii. Ar trebui felicitați fiindcă încearcă un lucru care ține de esența însăși a iubirii: să-i ajute pe parteneri să devină versiuni mai bune ale lor înșile.

Într-o lume mai evoluată și mai legată de idealul grecesc al iubirii, poate c-am ști să fim ceva mai puțin stângaci, speriați și agresivi când vrem să subliniem ceva, și ceva mai puțin combativi și sensibili când primim feedback. Conceptul de educație dinăuntrul unei relații și-ar pierde astfel o parte dintre conotațiile stranii și negative. Am accepta că, intrate pe mâini responsabile, s-ar putea ca ambele proiecte – a învăța pe cineva și a primi tu însuți învățătură, a atrage atenția asupra defectelor celuilalt și a te lăsa criticat – să fie loiale scopului adevărat al iubirii.

Rabih nu reușește niciodată să se controleze îndeajuns ca să-și transmită mesajul. Va fi nevoie de mult timp și de mulți ani de noi încercări până ca perechea să deprindă cu adevărat arta de-a preda și de-a învăța.

Între timp însă, criticile pe care le aduce Rabih laturii materialiste ale soției lui sunt puse în umbră de un eveniment seismic și umilitor. După cinci ani de căsnicie, într-un moment extrem de favorabil pe piața de proprietăți imobiliare, Kirsten reușește să vândă apartamentul în care locuiesc, să obțină o ipotecă nouă și să achiziționeze, la un preț foarte avantajos, o casă micuță și confortabilă la câteva străzi depărtare, pe Newbattle Terrace. Manevra îi pune pe deplin în valoare calitățile de negociator financiar. Rabih o observă cum stă în puterea nopții și verifică diferite rate, pentru ca dimineața să joace ferm la telefon cu agenții imobiliari, iar apoi conchide că are un noroc excepțional să fie însurat cu o femeie care se pricepe atât de bine să se ocupe de chestiunile bănești.

În același timp, își mai dă seama de un lucru. Kirsten ar putea să aibă într-adevăr ceva care o face neobișnuit de sensibilă la felul în care o duc ceilalți din punct de vedere financiar și care aspiră spre confortul material. Asta ar putea trece drept slăbiciune, dar, dacă este cu adevărat vorba de așa ceva (lucru de care nici măcar Rabih nu e convins), atunci slăbiciunea aceasta e strâns legată de un punct forte. Prețul pe care trebuie să-l plătească Rabih pentru că se bazează pe talentul ei fiscal e că trebuie să suporte anumite dezavantaje colaterale. Aceleași calități care fac din ea un mare negociator și controlor financiar o pot transforma uneori – mai cu seamă când el se simte neliniștit cu privire la carieră – într-un partener înnebunitor și destabilizator, alături de care analizează realizările celorlalți. În ambele scenarii, există aceeași cramponare de siguranță, aceeași reticență în a reduce criteriile materiale ale succesului și aceeași preocupare inteligentă pentru cât costă una și alta. Calități identice produc deopotrivă chilipiruri locative uimitoare și neliniști referitoare la statut. Când se preocupă uneori de relativa bunăstare a prietenelor ei, Kirsten își dezvăluie – așa cum își dă seama acum și Rabih – nici mai mult, nici mai puțin decât slăbiciunile punctelor ei forte.

Mai departe, după ce se mută în casă nouă, Rabih se străduiește să nu piardă niciodată din vedere acele puncte forte, chiar și atunci când slăbiciunile cărora le pot da naștere sunt cum nu se poate mai vizibile.

COPII

Lecții de iubire

Deși și-au imaginat dintotdeauna că vor avea copii la un moment dat, după patru ani de căsnicie se hotărăsc să înlăture piedicile puse acestei posibilități. Șapte luni mai târziu, primesc vestea lângă chiuveta din baie, sub forma unei linii bleu de pe o fantă pe suport de vată fixată de un băț de plastic – ceea ce nu pare mediul ideal care să vestească sosirea unui nou membru al rasei, o ființă care s-ar putea să mai fie pe pământ nouăzeci și cinci de ani de-acum încolo și care va ajunge să se refere la cele două persoane îmbrăcate acum doar în lenjerie de corp printr-o formulă încă de necrezut: „părinții mei".

În lunile lungi ale falsului război, se întreabă ce anume ar trebui să *facă*. Obișnuiți cu greutățile propriilor vieți, privesc povestea asta ca pe un prilej de-a îndrepta totul și de-a o lua de la capăt, începând cu amănuntele. Un supliment duminical recomandă mai mulți cartofi în coajă și stafide, heringi și ulei de nuci, pe care Kirsten începe să le mănânce zelos, găsind în asta o modalitate de-a alunga o parte din teroarea pe care-o simte fiindcă nu are control asupra a nimic din ce se petrece înăuntrul ei. Când e în ședințe sau în autobuz, la o petrecere sau la spălat de rufe, știe că la doar câțiva milimetri de buricul ei sunt valve care se formează, conexiuni neuronale și un ADN care determină cum va arăta bărbia, cum vor fi dispuși ochii și ce părți ale ascendenței lor individuale vor forma filamentele unei personalități. Nu e de mirare că se culcă devreme. Nu a mai fost niciodată atât de preocupată de ceva de când se știe.

Rabih își pune adeseori mâna pe burta ei cu un gest protector. Ce se petrece înăuntru e incomparabil mai deștept decât ei. Împreună, știu să facă bugete, să calculeze proiecții de trafic și să întocmească planuri de amplasare; ce e înăuntru știe cum să-și construiască un craniu și o pompă care vor funcționa aproape un secol fără o secundă de pauză.

În ultimele săptămâni, îl invidiază pe străin pentru momentele finale de înțelegere și unitate deplină. Își imaginează că mai târziu în viață, poate într-o cameră de hotel din altă țară, după un zbor lung, străinul va încerca să atenueze zgomotul aerului condiționat și să reducă dezorientarea produsă de diferența de fus orar ghemuindu-se în acea poziție fetală de început, în căutarea păcii primordiale a demult pierdutei saramuri materne.

Când în sfârșit iese după un calvar de șapte ore, îi spun Esther, după una dintre străbunicile din partea mamei, și Katrin, după mama lui Rabih. Nu se pot abține să n-o privească întruna. Le pare perfectă în toate felurile, cea mai frumoasă creatură pe care au văzut-o vreodată, uitându-se la ei cu niște ochi enormi, care par nespus de înțelepți – de parcă și-ar fi petrecut o viață anterioară absorbind toate volumele din înțelepciunea lumii. Fruntea lată, degetele delicate și picioarele la fel de moi ca pleoapele vor juca mai târziu, în timpul lungilor nopți nedormite, un rol deloc întâmplător în calmarea nervilor, când orăcăielile vor amenința să testeze sănătatea mintală a părinților.

Încep imediat să se agite cu privire la planeta unde au adus-o. Pereții spitalului sunt de un verde grețos; e ținută neîndemânatic de o soră și cercetată de spatula iscoditoare a unui medic; din saloanele alăturate se aud țipete și izbituri; îi e pe rând prea cald și prea frig – iar în sfârșeala și haosul primelor ore ale dimineții nu prea îi rămâne decât să plângă fără încetare. Țipetele străpung inimile aparținătorilor disperați, care nu găsesc nici un dicționar cu care să-i traducă ordinele furioase. Mâini uriașe o mângâie pe cap, iar glasurile murmură întruna lucruri pe care ea nu le înțelege. Lustrele emit o lumină albă și dură, în fața căreia pleoapele ei subțiri ca hârtia încă nu sunt îndeajuns de puternice ca să reziste. Sarcina de a prinde sfârcul între buze seamănă cu încercarea de-a scăpa cu viață agățându-te de un colac de salvare în mijlocul unui ocean în furtună. E, eufemistic spus, întoarsă pe dos. După lupte titanice, adoarme într-un târziu în fața fostului ei lăcaș, distrusă că a plecat fără cheie, dar alinată întru câtva de inspirația și respirația familiară.

N-au ținut niciodată atât de mult și de cuprinzător la cineva. Sosirea ei transformă ceea ce înțeleg în privința iubirii. Își dau seama cât de puțin pricepuseră până acum care-ar fi de fapt adevărata miză.

Maturitatea înseamnă să devii conștient că iubirea romantică ar putea constitui doar un aspect îngust, și poate chiar meschin, al vieții emoționale, axat mai degrabă pe căutarea decât pe dăruirea iubirii – mai mult pe a fi iubit decât pe a iubi.

În cele din urmă, copiii pot fi profesorii neașteptați ai unor oameni care sunt de multe ori mai mari decât ei și cărora le oferă – prin vulnerabilitatea, egoismul și dependența lor deplină – o educație avansată pentru un tip de iubire cu totul nou, în care reciprocitatea nu e niciodată cerută cu gelozie sau regretată arțăgos și în care scopul real e nici mai mult, nici mai puțin decât transcenderea propriei persoane de dragul alteia.

În dimineața de după naștere, asistentele externează noua familie fără călăuzire sau sfaturi, în afara unei broșuri despre colici și a alteia despre imunizări. Un banal aparat electric are mai multe instrucțiuni amănunțite decât un bebeluș, fiindcă societatea păstrează convingerea înduioșătoare că, în cele din urmă, o generație nu prea are ce să-i spună alteia despre viață.

Copiii ne învață că iubirea este, în forma ei cea mai pură, un fel de slujbă. Lumea s-a covârșit sub povara conotațiilor negative. Unei culturi individualiste și care se autogratifică îi vine greu să pună semnul egalității între mulțumire și condiția de om aflat la cheremul altcuiva. Ne-am obișnuit să-i iubim pe alții în schimbul a ceea ce pot face pentru noi, pentru capacitatea lor de-a ne distra, de-a ne fermeca sau de-a ne alina. Și totuși, bebelușii nu pot face absolut nimic. Pentru ei, așa cum conchid uneori copiii puțin mai mari, cu un puternic sentiment al disconfortului, nu are „sens" – și tocmai aici e sensul. Bebelușii ne învață să dăruim fără să așteptăm nimic în schimb, pur și simplu fiindcă au mare nevoie de ajutor – iar nouă ne stă în putere să-l oferim. Suntem atrași într-un tip de iubire care nu se bazează pe admirația pentru forță, ci pe compasiunea pentru slăbiciune – un punct vulnerabil comun tuturor membrilor rasei umane, care a fost și va fi din nou și al nostru. Din cauză că e întotdeauna tentant să supralicitezi autonomia și independența, aceste ființe neajutorate sunt aici ca să ne aducă aminte că, până la urmă, nimeni nu este „autodidact"; fiecare dintre noi îi e profund îndatorat cuiva. Și ne dăm seama că viața depinde – la propriu – de capacitatea noastră de-a iubi.

Învățăm în același timp că a sluji pe cineva nu e umilitor, ci dimpotrivă, fiindcă ne eliberează de răspunderea tracasantă de-a avea grijă încontinuu de firile noastre capricioase și nesătule. Învățăm ușurarea și privilegiul de-a trăi pentru ceva mai important decât noi înșine.

O șterg la funduleț de zeci și sute de ori – și se întreabă de ce nu și-au dat niciodată seama cu adevărat că de fapt asta trebuie să facă un om pentru altul. Îi încălzesc sticle în toiul nopții, răsuflă ușurați dacă doarme mai mult de o oră fără întrerupere, își fac griji și se contrazic pentru momentele când are eructații. Mai târziu ea va uita toate lucrurile astea, iar ei fie că nu vor putea, fie că nu vor dori să i le transmită. Vor avea parte de recunoștință doar indirect, prin conștiința faptului că va veni o zi când va dispune la rândul ei de îndeajuns de multă deplinătate lăuntrică, încât să vrea să facă asta pentru altcineva.

Simpla ei nepricepere provoacă respect și admirație. Totul trebuie învățat: cum să-ți încolăcești degetele în jurul unei cești, cum să înghiți o bucățică de banană, cum să-ți miști mâna pe covor ca să înșfaci o cheie. Nimic nu se obține ușor. Munca din timpul unei dimineți poate să însemne clădit cărămizi și dărâmat la loc, bătutul cu furculița în masă, aruncatul de pietricele într-o băltoacă, scoaterea de pe raft a unui album despre arhitectura templelor hinduse sau gustatul din degetul lui mami. Totul este uluitor – o dată.

Nici Kirsten, nici Rabih n-au mai avut de-a face vreodată cu un asemenea amestec de iubire și plictiseală. S-au obișnuit să-și clădească prieteniile pe temperamente și interese comune. Dar, într-un mod derutant, Esther este în același timp cea mai plicticoasă persoană pe care-au cunoscut-o și cea pe care-și dau seama că o iubesc cel mai mult. Rar s-a întâmplat ca iubirea și incompatibilitatea psihologică să se îndepărteze atât de mult una de alta – și totuși, nu contează câtuși de puțin. Poate că tot accentul pus pe lucrurile „avute în comun" cu alții este exagerat: Rabih și Kirsten înțeleg acum în alt fel de cât de puțin ai nevoie ca să formezi o legătură cu o altă ființă omenească. Oricine are nevoie urgentă de noi merită, în adevărata carte a iubirii, să ne fie prieten.

S-a întâmplat foarte rar ca literatura să zăbovească în camera de joacă sau la creșă – și poate că pe bună dreptate.

În romanele mai vechi, doicile îi iau repede pe bebeluși, pentru ca acțiunea să continue. În sufrageria din Newbattle Terrace trec luni de zile și nu se întâmplă nimic în ordinea exterioară. Orele par goale, dar adevărul este că în ele se găsește tot. Esther le va uita integral amănuntele când se va trezi în cele din urmă și va fi coerent-conștientă, după lunga noapte din prima fază a copilăriei. Însă moștenirea lor durabilă va însemna dezinvoltură primară față de (și încredere în) lume. Lucrurile esențiale din copilăria lui Esther vor fi stocate nu atât ca evenimente, cât ca amintiri senzoriale: de a fi ținută strâns la pieptul cuiva, de-a observa anumite fante de lumină în diverse ore din zi, de mirosuri, de tipuri de biscuiți, sunetul îndepărtat, ininteligibil și calmant al glasurilor părintești în mașină în timpul drumurilor lungi prin noapte și sentimentul subteran că are dreptul să existe și motive să spere mai departe.

Copilul îl mai învață ceva pe adult despre iubire: că iubirea autentică ar trebui să implice o încercare constantă de-a interpreta cu maximă generozitate lucrurile care se întâmplă, în orice clipă, sub pojghița unui comportament dificil și nesuferit.

Părintele trebuie să intuiască ce se află cu adevărat în spatele plânsetului, al bufniturii, al supărării sau al furiei. Și lucrul care individualizează acest proiect de interpretare – și-l face atât de diferit de ceea ce se petrece în relațiile obișnuite dintre adulți – este caritatea. Părinții sunt predispuși să plece de la premisa că, deși pot avea necazuri sau dureri, copiii lor sunt esențialmente buni. De îndată ce se va stabili corect care este ghimpele care-i împunge, vor fi readuși în inocența lor nativă. Când copiii plâng, nu-i acuzăm că sunt meschini sau autocompătimitori; ne întrebăm ce anume i-a supărat. Când mușcă, știm că trebuie să fie înfricoșați sau enervați pe moment. Suntem la curent cu efectele pe care poate să le aibă foamea, un tract digestiv cu probleme sau lipsa de somn asupra stării de spirit.

Cât de buni am fi dac-am reuși să importăm măcar o părticică din acest instinct în relațiile adulte – dac-am izbuti și aici să privim dincolo de posomoreală și răutate, și să recunoaștem frica, deruta și epuizarea care se află aproape invariabil în spatele lor. Abia asta ar însemna să privim rasa umană cu iubire.

Esther își petrece primul Crăciun din viață cu bunica. Plânge aproape tot timpul în tren, până ajunge la Inverness. Mama și tatăl ei sunt palizi și storși de puteri când se opresc la casa înșiruită a bunicii ei. Ceva o doare pe Esther înăuntru, dar n-are cum să știe ce sau unde. Bănuiala aparținătorilor este că-i e prea cald. Se dă jos o pătură de pe ea, după care se înfășoară la loc. Apoi le vin alte idei: poate că e din cauza setei, sau a soarelui, sau a zgomotului de la televizor, sau a săpunului pe care-l folosesc, sau a unei alergii la cearșafuri. Fapt foarte sugestiv, nu se pune nici pentru o clipă problema unei simple irascibilități sau ursuzenii; în străfunduri, copilul este, absolut întotdeauna, bun.

Aparținătorii pur și simplu nu pot depista cauza principală, cu toate că încearcă s-o calmeze cu lapte, o bătaie ușoară pe spate, pudră de talc, mângâieri, un guler care să-i producă mai puține mâncărimi, ridicatul în capul oaselor, întinsul la loc, o baie și urcatul și coborâtul scărilor. În cele din urmă, creatura vomită un amestec îngrijorător de banană și orez brun pe noua rochiță de pânză, primul ei cadou de Crăciun, pe care bunica a brodat „Esther“, după care adoarme imediat. Nu pentru ultima dată, dar cu o preocupare infinit sporită din partea celor din jur, ea e teribil de greșit înțeleasă.

Ca părinți, mai învățăm un lucru despre iubire: câtă putere putem avea asupra oamenilor care depind de noi și, prin urmare, ce răspunderi ne revin și cât de atent trebuie să pășim în jurul celor care sunt la mila noastră. Învățăm despre puterea neașteptată de-a răni fără să vrem: de-a înspăimânta prin excentricitate sau imprevizibilitate, prin anxietate sau o iritare de moment. Trebuie să ne pregătim să fim așa cum le suntem de folos altora în loc să cedăm primelor noastre reflexe. Barbarul trebuie să se deprindă să țină cupa de cristal delicat, într-un pumn zdravăn, care altminteri ar putea s-o facă mici fărâme, ca pe o frunză uscată de toamnă.

Lui Rabih îi place să imite tot felul de animale când are grijă de Esther în diminețile din weekend, pe când Kirsten mai apucă să doarmă. Rabih nu-și dă seama la început cât de fioros poate să pară. Până acum nu i-a dat prin cap cât de urieșesc este, cât de ciudați și de amenințători arată ochii lui, cât de agresivă poate să i se pară vocea. Leul închipuit, care merge în patru labe pe covor, descoperă, spre groaza lui, că micuța lui tovarășă de joacă urlă după ajutor și refuză să se liniștească, oricât ar asigura-o că leul bătrân și nesuferit a plecat și că s-a întors tati. Nu-l acceptă cu nici un chip – doar pe mami cea blândă și grijulie (care trebuie trezită din somn în regim de urgență și, prin urmare, nu-i poartă strop de recunoștință lui Rabih).

Acesta își dă seama cât de atent trebuie să fie când îi arată tot felul de aspecte ale lumii din jur. Nu au voie să existe stafii; simpla rostire a cuvântului e de natură să inspire teroare. Și nu se fac nici glume cu dragoni, mai cu seamă după ce se întunecă. Contează foarte mult cum îi vorbește pentru prima dată despre poliție, despre diferitele partide politice și despre relațiile dintre creștini și musulmani… Își dă seama că n-o să cunoască niciodată un om mai neprotejat decât ea – mai cu seamă că a fost martor la rostogolirea eroică de pe spate pe burtă și la scrierea primului cuvânt – și că trebuie să-și facă o datorie solemnă din a nu folosi nici în ruptul capului această slăbiciune împotriva ei.

Deși cinic din fire, Rabih e acum cu totul de partea speranței când se apucă să-i prezinte lumea. Astfel, politicienii fac tot ce depinde de ei; oamenii de știință tocmai se străduiesc să lecuiască bolile; și ar fi un moment foarte bun să închidem radioul. În câteva dintre cartierele vitrege prin care trec cu mașina, se simte ca un oficial gata mereu să se scuze când însoțește un demnitar străin. Graffitiurile o să fie șterse în scurt timp, siluetele cu glugă pe cap strigă de fericire, copacii sunt frumoși în perioada asta a anului... În compania micului său pasager, îi e din cale-afară de rușine din cauza tovarășilor lui adulți.

Cât despre propria fire, și ea a devenit aseptică și simplificată. Acasă, Rabih este „tati", un bărbat netulburat de griji legate de carieră sau de bani, un iubitor de înghețată, o figură caraghioasă, căreia nu-i place nimic mai mult decât să-și învârtă fetița și s-o ridice pe umeri. O iubește mult prea mult pe Esther ca să îndrăznească să-i impună realitatea lui neliniștitoare. S-o iubească înseamnă să încerce să aibă curajul de-a nu fi în întregime el însuși.

În acest fel, lumea capătă, în primii ani ai lui Esther, un tip de stabilitate despre care ea însăși va simți mai târziu că s-a pierdut – dar pe care a avut-o de fapt doar prin cosmetizarea hotărâtă și judicioasă a părinților ei. Soliditatea ei și sentimentul longevității sunt o iluzie în care poate crede doar cineva care încă nu pricepe cât de mult e supusă viața hazardului și cât de constante sunt schimbarea și distrugerea. Pentru ea, de exemplu, casa din Newbattle Terrace înseamnă simplu și firesc „acasă", cu toate asocierile eterne ale acelui cuvânt, și nicidecum o casă absolut obișnuită, aleasă pe considerente practice. Gradul de hazard reprimat atinge apogeul chiar în ceea ce privește existența lui Esther. Dacă viețile lui Kirsten și Rabih s-ar fi desfășurat doar un pic altfel, constelația de particularități fizice și trăsături de caracter care par acum atât de nepieritor și de necesar adunate sub numele fiicei lor ar fi putut să aparțină cu totul altor entități, oameni ipotetici care ar rămâne pentru totdeauna înghețați ca posibilități nerealizate, un potențial genetic risipit, care n-a fost folosit niciodată fiindcă cineva a anulat o cină, avea deja un iubit sau a fost prea timid ca să ceară un număr de telefon.

Covorul din camera lui Esther, o suprafață de lână bej pe care fetița își petrece ore în șir decupând bucăți de hârtie în formă de animale și de unde își ridică privirea spre cer pe fereastră în după-amiezile însorite, va avea pentru ea sentimentul imemorial al suprafeței pe care a învățat pentru prima dată să se târască și al cărei miros și textură le va ține minte toată viața. Însă pentru părinții ei, covorul n-a fost predestinat să devină un simbol invincibil al identității casnice: l-au comandat de fapt doar cu câteva săptămâni înainte să se nască Esther, cam pe fugă, de la un comerciant neserios din cartier, de pe strada principală de lângă stația de autobuz, care nu după mult timp a dat faliment. O parte din latura liniștitoare a condiției de nou-venit pe pământ izvorăște din neputința de-a înțelege caracterul fragil al tuturor lucrurilor.

Unui copil iubit cum se cuvine i se fixează un precedent provocator. Prin însăși natura ei, iubirea părintească se străduiește să ascundă eforturile de care a fost nevoie pentru generarea ei. Ea îl ferește pe beneficiar de complexitatea și de tristețea donatorului – și de conștientizarea celorlalte interese, prieteni și preocupări pe care le-a sacrificat părintele în numele iubirii. Cu infinită generozitate, iubirea o plasează pe mica persoană chiar în centrul cosmosului pentru o vreme – ca să-i dea putere pentru ziua când el sau ea va trebui să perceapă, cu o uluire chinuitoare, adevărata dimensiune și singurătate stingheră ale lumii adulte.

Într-o seară tipică din Edinburgh, după ce Rabih și Kirsten o culcă în fine pe Esther, când fetița are pătura bine călcată trasă până la bărbie, se simte bine în hăinuțe și totul e calm pe sistemul de monitorizare din dormitor, acești doi purtători de grijă infinit de răbdători și de buni se retrag la ei în cameră, se întind după telecomanda televizorului sau după revistele duminicale care au rămas necitite și se abandonează rapid unui tipar de comportament care ar putea s-o șocheze de-a binelea pe copiliță, dac-ar fi în stare să le observe și să le priceapă, ca prin minune, interacțiunile. Căci în locul limbajului blând și indulgent pe care Rabih și Kirsten l-au folosit cu fetița timp de multe ore, găsim adeseori doar obidă, răzbunare și șicanări. Efortul iubirii i-a vlăguit. Nu mai au nimic să-și dăruiască unul altuia. Copilul obosit dinăuntrul fiecăruia e mânios de cât de mult a fost neglijat și e făcut praf.

Nu e surprinzător dacă, adulți fiind, în momentul când începem să formăm relații, pornim hotărât în căutarea cuiva care ne poate dărui iubirea atotcuprinzătoare și altruistă de care e posibil să fi avut parte cândva în copilărie. Și n-ar fi surprinzător dacă ne-am simți frustrați și, în cele din urmă, extrem de amărâți de cât de greu pare de găsit; de cât de rar știu oamenii să ne ajute cum s-ar cuveni. Putem să-i învinovățim pe alții și să ne înfuriem pe ei pentru neputința de-a ne intui nevoile, putem să ieșim din când în când dintr-o relație și să intrăm în alta, putem să învinovățim un sex întreg pentru cât e de superficial – până în ziua când punem punct cercetărilor noastre donquichotești și ajungem la ceva care seamănă cu detașarea matură, dându-ne seama că singurul fel în care putem scăpa de această dorință este să nu mai pretindem o iubire perfectă și să nu-i mai observăm absența la fiecare pas, iar în loc de asta, să începem să dăruim iubire (poate unei persoane micuțe) cu un abandon total, fără să calculăm invidioși care sunt șansele să ni se întoarcă.

Drăgălășenie

La trei ani după venirea pe lume a lui Esther, se naște William. Are din capul locului o fire insolentă și fermecătoare. Părinții lui vor rămâne convinși pe vecie că, la doar câteva ore după ieșirea din pântec, părând să știe care e mersul lucrurilor, le-a făcut cu ochiul din pătuț. Când va împlini patru ani, foarte puține vor fi inimile pe care le va lăsa cu desăvârșire rece. E multă drăgălășenie în întrebările pe care le pune, în jocurile pe care le practică și în ofertele repetate de-a se însura cu sora lui.

Drăgălășenia copilăriei: partea imatură a bunătății, văzută prin prisma experienței adulte, cu alte cuvinte, fără să se fi pus în joc o cantitate substanțială de suferință, renunțare și disciplină.

Etichetăm drept „drăgălaș" felul deschis în care arată copiii speranță, încredere, spontaneitate, mirare și simplitate – calități care stau sub o amenințare severă, dar sunt profund jinduite în desfășurarea obișnuită a vieții de adult. Drăgălășenia copiilor ne reamintește cât de mult a trebuit să sacrificăm în drum spre maturitate; a fi drăgălaș e o parte vitală din noi – plecată în exil.

Lui Rabih îi e nespus de dor de copii când e la serviciu. Într-un mediu marcat de tertipuri profesionale și de tensiuni constante, însăși ideea încrederii și vulnerabilității lor îl tulbură. I se pare aproape sfâșietor să-și aducă aminte că există un loc, nu departe de birou, unde oamenii chiar știu să aibă grijă unii de alții și unde lacrimile și deruta unei persoane, și cu atât mai mult meniul de prânz și poziția de dormit, pot fi o preocupare atât de profundă pentru o altă ființă omenească.

Nu poate fi o coincidență că drăgălășenia copiilor e deosebit de ușor de identificat și de prețuit în acest moment istoric. Societățile devin sensibile în fața calităților de care nu dispun. O lume care pretinde grade ridicate de autocontrol, cinism și raționalitate, și e marcată de o concurență și o nesiguranță extreme, vede pe bună dreptate în copilărie tocmai virtuțile de contrapondere, calitățile la care a trebuit să renunțăm prea riguros și prea clar, ca să primim înapoi cheile spre tărâmul lumii adulte.

William e mulțumit de o sumedenie de lucruri în fața cărora adulții din jur au uitat să se minuneze: mușuroaie de furnici, baloane, creioane de colorat formidabile, melci, ceară din urechi, vuietul unui avion la decolare, intratul cu capul sub apă în cadă... Se entuziasmează în fața unei mulțimi de lucruri necomplicate, care au devenit – cu totul pe nedrept – plictisitoare pentru adulți; la fel ca un mare artist, e maestru în a reîmprospăta aprecierea pe care-o arată publicul așa-ziselor aspecte mărunte ale vieții.

Se dă în vânt, de exemplu, după „săritul pe pat". Trebuie să ai mult loc pentru elan, explică el, e bine dacă poți să-ncepi din vestibul, cu patul acoperit cu un maldăr uriaș de perne și cu pernițele moi de pe canapeaua de jos. E esențial să ridici cum trebuie brațele când alergi spre țintă. Când oamenii mai în vârstă, ca mami sau tati, fac la rândul lor o încercare, au tendința să nu se avânte și să-și țină brațele pe lângă corp, sau, dacă nu, își încleștează pumnii fără tragere de inimă și le țin aproape de piept. În fiecare variantă se pierde destul de mult.

Pe urmă vine droaia de întrebări importante care trebuie puse peste zi: „De ce există praf?", „Dac-ai bărbieri un pui de gorilă, ar semăna cu un bebeluș?" sau „Când n-o să mai fiu copil?" Orice poate fi un bun punct de plecare pentru curiozitate, câtă vreme încă n-ai ajuns în stagiul sufocant în care se presupune c-ai știi ce anume te interesează.

Nu-și face griji că ar putea să pară anormal, fiindcă deocamdată nu există, din fericire, o asemenea categorie în mintea lui. Emoțiile îi rămân neocrotite. Nu se teme – până acum – de umilire. Nu cunoaște ideile de responsabilitate, istețime sau bărbăție, acei inhibitori catastrofali ai talentului și ai spiritului. Primii lui ani de viață seamănă cu un laborator al felului în care ar putea să arate omenirea în general dacă n-ar exista noțiunea de ridicol.

Uneori, când are chef, îi place să poarte pantofii cu toc și sutienul maică-sii și să i se spună Lady William. Admiră pletele colegului de clasă Arjun, iar într-o seară îi spune lui Kirsten, cu o emoție considerabilă, cât de mult i-ar plăcea să le mângâie. Arjun ar fi un soț foarte cumsecade, adaugă el.

Desenele îi sporesc drăgălășenia. Parțial fiindcă sunt de un optimism exuberant. Soarele se vede întotdeauna, oamenii zâmbesc. Nu încearcă să se uite mai în profunzime și să descopere compromisuri și eschivări. În ochii părinților lui, veselia asta nu are nimic banal: speranța este o realizare, iar băiețelul lor e un campion în materie. Până și indiferența lui față de zugrăvirea „corectă" a scenelor are farmec. Mai târziu, când va începe să aibă ore de desen la școală, i se vor preda regulile acestei discipline și va fi sfătuit să fie foarte atent la ce se află în fața ochilor. Pentru moment însă, nu trebuie să se preocupe în amănunt despre cum se leagă o ramură de trunchiul copacului sau despre cum arată mâinile și picioarele oamenilor. Manifestă un dezinteres zglobiu față de faptele adevărate și adeseori plicticoase ale universului. Îi pasă doar de ceea ce simte și de ceea ce-l poate distra pe moment; și le amintește părinților că egoismul dezinhibat poate să aibă și o parte bună.

Până și temerile lui William și ale lui Esther sunt drăgălașe, fiindcă sunt nespus de lejere și de calme, și fiindcă nu au nici o legătură cu lucrurile de care ar trebui să fie cu adevărat îngroziți. Sunt temeri despre lupi și monștri, despre malarie și rechini. Bineînțeles, copiii au toate motivele să fie speriați; atâta doar că nu s-au concentrat asupra țintelor corecte – deocamdată. Nu sunt informați despre adevăratele orori care-i așteaptă în viața de adulți: exploatare, înșelăciune, dezastru profesional, invidie, abandon și mortalitate. Neliniștile copiilor sunt perceperi inconștiente ale adevăratelor terori ale vârstei de mijloc, numai că în momentul când vor fi siliți să le facă într-adevăr față, lumii nu i se va mai părea că deținătorii acestor terori sunt atât de șarmanți și merită atât de mult o vorbă bună și o mângâiere.

Esther intră frecvent în dormitorul lui Rabih și Kirsten pe la două noaptea, aducându-l pe Dobbie cu ea și plângându-se de niște vise urâte cu un dragon. Se întinde între ei, cu o mână rezervată fiecărui părinte și cu picioarele ei subțiri atingându-le pe ale lor. Neputința ei îi face să se simtă puternici. Alinarea de care are nevoie Esther le e cu totul și cu totul la îndemână. O să-l ucidă pe dragonul ăla zănatic dac-o să aibă îndrăzneala să-și facă apariția acolo.

O privesc cum adoarme la loc, cu pleoapele tremurându-i ușor și cu Dobbie cuibărit lângă ea. Rămân treji o vreme, înduioșați, fiindcă știu că fetița lor va trebui să crească, să-i părăsească, să sufere, să fie respinsă și să i se frângă inima. Va ajunge în lumea mare, va tânji după mângâiere, însă ei nu vor mai putea să i-o ofere. Până la urmă, se vor ivi câțiva dragoni adevărați, iar mami și tati nu vor fi în stare să le vină de hac.

Nu doar micuții sunt copilăroși. La rândul lor – dincolo de fanfaronadă –, și adulții sunt din când în când jucăuși, neghiobi, capricioși, vulnerabili, isterici, îngroziți, vrednici de milă și căutând consolare și iertare.

Ne pricepem de minune să vedem ce e fragil și drăgălaș la copii și să le oferim ajutorul și mângâierea de care au nevoie. În jurul lor, știm să ne stăpânim constrângerile, pofta de răzbunare și furia. Putem să ne recalibrăm așteptările și să pretindem ceva mai puțin decât facem de obicei; ne înfuriem mai greu și ceva mai conștienți de potențialul nefructificat. Suntem gata să-i tratăm pe copii cu un grad de amabilitate pe care, în mod ciudat și trist, nu prea ne vine să-l arătăm față de ceilalți adulți.

E minunat să trăiești într-o lume unde atât de mulți oameni se poartă frumos cu copiii. Însă ar fi și mai bine dacă în lumea aceasta am fi ceva mai buni cu părțile de copil ale fiecăruia dintre noi.

Limitele iubirii

Prima prioritate a lui Rabih și Kirsten față de Esther și William – plasată incomparabil mai sus decât toate celelalte – este să fie buni, fiindcă văd peste tot în jur exemple despre ce se întâmplă când, după părerea lor, resursele de iubire sunt puține: crize și ranchiuni, rușine și dependență, eșecuri cronice ale încrederii în sine și neputința de-a forma relații sănătoase. În ochii lui Rabih și Kirsten, când nu există suficientă afecțiune, când părinții sunt distanți și dominatori, nedemni de încredere și înfricoșători, viața nu poate să fie întreagă. Nimeni nu poate spera să fie suficient de puternic ca să negocieze momentele de cumpănă ale existenței, sunt de părere ei, dacă n-au avut cândva sentimentul că au contat infinit și mai presus de orice pentru unu sau doi adulți.

Iată de ce se străduiesc să răspundă la fiecare întrebare cu tandrețe și sensibilitate, să-i mângâie de câteva ori pe zi, să le citească povești lungi seara, să se trezească și să se joace cu ei dimineața, să nu fie aspri cu ei când greșesc, să le ierte ieșirile urâte și să le permită să-și lase jucăriile împrăștiate pe covorul din sufragerie peste noapte.

Credința lor în puterea bunătății părintești atinge apogeul în primii ani ai lui Esther și William, mai cu seamă în clipele când adorm în cele din urmă în pătuțuri, fără apărare în fața lumii, respirând ușor și regulat, cu degetele subțirele încleștate de păturile favorite.

Însă când fiecare din ei împlinește cinci ani, se conturează o realitate mai tulburătoare și mai complicată: Rabih și Kirsten sunt puși, spre mirarea lor, în fața anumitor limite neclintite ale bunătății.

Într-un weekend ploios din februarie, Rabih îi cumpără lui William un elicopter portocaliu cu telecomandă. Tatăl și fiul l-au găsit pe Internet cu câteva săptămâni în urmă și de atunci aproape că n-au mai vorbit despre altceva. În cele din urmă, Rabih a cedat, deși nu există nici o zi de naștere sau o notă bună la școală care să justifice cadoul. Cu toate acestea, mai mult ca sigur că o să se distreze ore bune. Însă după doar șase minute de folosire, pe când jucăria planează deasupra mesei din sufragerie, cu Rabih la butoane, se întâmplă ceva neplăcut cu direcția, aparatul se ciocnește de frigider și rotorul din spate se face bucăți. Vina e în mod clar a producătorilor, dar din nefericire nu sunt prezenți în bucătărie – așa încât, imediat și nu pentru prima oară, cel care devine ținta dezamăgirii crâncene a copilului e Rabih.

— Ce-ai făcut? țipă William, a cărui drăgălășenie a rămas acum suspendată undeva.

— Nimic, răspunde Rabih. Jucăria a luat-o razna.

— Nu-i adevărat. I-ai făcut ceva. Acum trebuie s-o repari!

— Te asigur că mi-ar plăcea s-o fac. Dar e complicat. O să trebuiască să luăm legătura cu cei de la magazin luni.

— Tati!

Cuvântul iese sub formă de țipăt.

— Dragul meu, îmi dau seama că ești dezamăgit, dar...

— Tu ești de vină!

Lacrimile încep să curgă, iar după o clipă William încearcă să-l lovească pe pilotul incompetent în fluierul piciorului. Comportamentul copilului e oribil, firește, și întru câtva surprinzător (tati a fost atât de bine intenționat!), dar de data asta, ca în destul de multe alte ocazii, el reprezintă în același timp un fel de omagiu pervers adus lui Rabih ca tată. Doar dacă te simți în mare siguranță alături de cineva poți să fii atât de urâcios. Pentru ca un copil să facă tapaj, e nevoie ca atmosfera în care crește să fie profund binevoitoare. În copilărie Rabih nu s-a purtat niciodată atât de năzuros cu tatăl lui, dar e la fel de adevărat că nici nu s-a simțit atât de iubit. Toate asigurările pe care le-au oferit el și Kirsten de-a lungul anilor – „O să fiu întotdeauna de partea ta", „Poți să ne spui orice simți" – au produs dividende magistrale: ele i-au încurajat pe William și pe sora lui să-și îndrepte vehement frustrările și dezamăgirile spre cei doi adulți iubitori care le-au dat de înțeles că pot – și sunt dispuși – să încaseze.

Asistând la izbucnirile de furie ale copiilor, Rabih și Kirsten au prilejul să observe câtă putere de stăpânire și răbdare au acumulat, fără să-și dea seama pe deplin, de-a lungul anilor. Temperamentele lor ceva mai cumpănite sunt moștenirea câtorva decenii de dezamăgiri mărunte și majore; cursurile răbdătoare ale gândirii lor au fost sculptate, aidoma canioanelor în care sapă apa, de sumedenia de lucruri care n-au mers cum trebuia pentru ei. Rabih nu-și iese din fire când pătează din greșeală hârtia pe care scrie, pentru că, printre altele, a rămas fără serviciu și și-a văzut mama murind.

Rolul de părinte bun implică o cerință foarte mare și complicată: aceea de-a fi cel care dă în mod constant vești cât se poate de proaste. Părintele bun trebuie să fie apărătorul multora dintre interesele pe termen lung ale copilului, care îi sunt, prin însăși natura lor, imposibil de conceput și cu atât mai puțin de acceptat cu voioșie. Din iubire, părinții trebuie să fie gata să vorbească despre dinți curați, teme pentru acasă, ordine în camere, ore de culcare, generozitate și folosirea pe timp limitat a computerului. Din iubire, trebuie să adopte înfățișarea unor pisălogi care au obiceiul detestabil și înnebunitor de-a aduce în discuție fapte nedorite ale existenței tocmai când lumea începe să se simtă bine. Și, ca urmare a acestor acte de iubire subterană, părinții buni trebuie să devină în cele din urmă, dacă lucrurile au mers cum se cuvine, ținte speciale ale unei indignări și ale unui resentiment intens.

Oricât de grele ar fi mesajele, Rabih și Kirsten încep prin a se angaja că le vor transmite cu blândețe: „Te mai joci cinci minute și pe urmă gata, bine?“, „Acum prințesa E trebuie să facă baie“, „Îmi dau seama că te-ai enervat rău de tot, dar nu dăm în oamenii care nu sunt de acord cu noi, da?“.

Își propun să le vorbească frumos, să-i ia cu binișorul și, foarte important, să nu impună niciodată o concluzie prin forță sau recurgând la armele psihologice de bază, cum ar fi aluziile la cine e mai vârstnic, mai solid și mai sănătos, asta însemnând că el și nu altcineva trebuie să aibă controlul asupra telecomenzii și laptopului.

„Fiindcă sunt mama ta“, „Fiindcă așa a zis tata“: a existat o vreme când simpla pomenire a acestor titulaturi relaționale obliga la supunere. Însă sensul cuvintelor a fost transformat de era bunătății noastre, astfel încât o mamă și un tată sunt în prezent doar „oameni care îmi vor face pe plac“ sau „oameni cărora s-ar putea să le urmez sugestiile dacă – și numai dacă – o să mă conving că susțin niște lucruri logice“.

Din păcate, există situații în care luatul cu binișorul nu mai dă rezultate – de exemplu, când Esther începe să-l tachineze pe William în legătură cu corpul lui, iar încercarea blândă a mamei de-a o opri trece neauzită. Penisul lui e „un cârnat urât“, urlă Esther în mod repetat acasă, după care, cu și mai puțină înțelegere, le șoptește metafora câtorva prietene de la școală.

Părinții ei încearcă să-i explice cu tact că, din cauza felului cum își bate joc de el acum, până aproape de umilire, s-ar putea ca lui William să-i fie mai greu să aibă relații cu femei când o să fie mare. Însă bineînțeles că asta i se pare o ciudățenie surorii lui. Le răspunde că nu înțeleg nimic, că William chiar are un cârnat urât între picioare și că de-aia râde toată lumea la școală.

Nu e vina fiicei lor că, la nouă ani, n-are cum să aprecieze natura îngrijorării pe care o manifestă părinții ei (dublată, când nu-i vede nimeni, de câteva râsete). Dar e enervant când, după ce i s-a spus pe un ton hotărât să se potolească, Esther îi acuză că își bagă nasul în viața ei și scrie cuvintele „Strică chef" pe bucățele de hârtie pe care le lasă prin casă ca pe o dâră de firimituri.

Disputa se încheie printr-un meci de strigăte între Rabih și persoana asta mică și revoltată, căreia pur și simplu îi lipsesc acele conexiuni neuronale care i-ar permite să priceapă adevărata miză a chestiunii.

— Fiindcă așa spun eu, zice Rabih. Fiindcă ai nouă ani, eu am mult mai mulți și știu câteva lucruri de care tu habar n-ai – și n-o să stau toată ziua să mă cert cu tine pe chestia asta.

— E foarte nedrept! Atunci o să țip și-o să tot țip! amenință Esther.

— Nici să nu te gândești, fetițo. O să te duci la tine-n cameră și-o să rămâi acolo pân-o să fii gata să cobori ca să stai la cină cu familia, să te porți civilizat și să-mi arăți că nu ți-ai uitat bunele maniere.

E într-adevăr ciudat că tocmai Rabih, care nu e deloc o persoană conflictuală, trebuie să transmită un mesaj în aparență atât de neiubitor cuiva pentru care simte o iubire nemăsurată.

Ideal ar fi să câștigăm timp pentru copil; să-i transmitem dintr-un foc lucruri pentru a căror acumulare a fost nevoie de experiențe intense și îndelungate. Însă progresul rasei umane este obstrucționat la fiecare pas de rezistența inveterată la concluziile pripite. Ceea ce ne reține este interesul intrinsec pentru reexplorarea atentă a anumitor capitole din lista integrală a stupizeniilor speciei noastre – și de faptul că pierdem o bună parte din viață descoperind pe cont propriu ceea ce a fost deja schițat în amănunt și cu eforturi de alții.

În mod tradițional, romantismul a avut o atitudine bănuitoare față de regulile privind creșterea copiilor, privindu-le ca pe un stindard fals și ipocrit, drapat peste bunătatea naturală și agreabilă a copiilor. Cu toate acestea, s-ar putea ca, după ce am cunoscut mai îndeaproape câțiva tineri în carne și oase, să ne schimbăm treptat părerea și să începem să credem că bunele maniere sunt de fapt o apărare indiscutabilă împotriva unui fenomen omniprezent și care seamănă cu barbaria. Bunele maniere nu trebuie să fie un instrument al răcelii și al sadismului, ci doar o metodă prin care învățăm să ținem mica fiară din noi încuiată, astfel încât cina să nu degenereze invariabil în anarhie.

Rabih se întreabă uneori unde îi duce cu adevărat această teribil de grea muncă de părinte – ce rost au avut orele în care și-au luat copiii de la școală, au vorbit cu ei, i-au luat cu binișorul și le-au dat explicații logice. A început prin a spera, în mod naiv și egoist, că el și Kirsten creșteau de fapt niște versiuni mai bune ale lor înșile. I-a trebuit un timp ca să-și dea seama că, în loc de asta, a contribuit la aducerea pe lume a doi oameni care aveau misiunea lăuntrică de a-l provoca, a doi indivizi care-i vor pricinui frustrări repetate, nedumeriri frecvente și o lărgire silită, destabilizatoare și din când în când frumoasă a preocupărilor mult dincolo de ceea ce-și imaginase vreodată, ajungând pe tărâmurile până atunci necunoscute ale patinajului, sitcomurilor, rochiilor roz, explorării spațiale și locului ocupat de Hearts în clasamentul primei ligi din Scoția.

La școala copiilor, un stabiliment mic și bine intenționat din apropiere, pe când se uită de la distanță la ceilalți părinți care-și lasă odoarele prețioase la ore, Rabih se gândește că viața nu poate răsplăti la o scară îndeajuns de mare toate speranțele pe care le așază o generație pe umerii înguști ai celeilalte. Nu există suficiente destine glorioase de vegheat, iar capcanele sunt prea multe și se cade prea ușor în ele, chiar dacă se ivește perspectiva unei stele de aur și a câteva aplauze pentru citirea reușită, în fața clasei, a unei poezii despre corbi.

Uneori, vălul protector al sentimentalismului părintesc cade și Rabih vede că și-a cedat o parte substanțială din cea mai bună perioadă a vieții unei perechi de ființe omenești care, dacă n-ar fi copiii lui, mai mult ca sigur că i s-ar părea absolut neremarcabili – într-o măsură atât de mare, încât, dacă peste treizeci de ani s-ar întâlni cu ei într-un local, poate chiar c-ar prefera nici să nu stea de vorbă cu ei. Înțelegerea acestui fapt e insuportabilă.

Indiferent ce dezmințiri rostesc din modestie părinții, indiferent cât își minimalizează ambițiile în fața străinilor, să ai un copil înseamnă – cel puțin la început – să dai atacul la perfecțiune, să încerci să creezi nu doar o altă ființă umană obișnuită, ci un exemplar de o perfecțiune frapantă. Deși figurează drept normă statistică, mediocritatea nu poate fi niciodată scopul inițial; sacrificiile care trebuie făcute pentru a duce un copil la vârsta adultă sunt pur și simplu prea mari.

E sâmbătă după-amiază și William joacă fotbal afară cu un prieten. Esther a rămas acasă să asambleze circuitul electric pe care l-a primit cu câteva luni în urmă de ziua ei. A rugat-o pe Rabih s-o ajute, iar acum parcurg împreună manualul de instrucțiuni, conectând beculețe și motorașe și savurând momentele când întregul sistem intră în acțiune cu un tors discret. Lui Rabih îi place să-i spună fiicei lui că ar putea ajunge un inginer electronist de ispravă. Nu-și poate alunga din minte visul despre o Esther devenită adultă, care va reuși cumva să fie cu totul practică și, în același timp, de o sensibilitate de-a dreptul lirică (o versiune a tuturor femeilor pe care le-a iubit). Esther adoră atenția de care se bucură. Abia așteaptă prilejurile rare când William e plecat și-l are pe tatăl ei numai pentru ea. El îi spune Besti; ea i se așază în poală și, în zilele când nu e bărbierit, se plânge de cât de ciudată și de aspră îi e pielea. El îi mângâie părul dându-i-l peste cap și-i acoperă fruntea cu sărutări. Kirsten se uită la ei din celălalt capăt al camerei. Odată, când avea patru ani, Esther le-a spus ambilor părinți, cu o mare seriozitate, „Aș vrea să moară mami, ca să pot să mă mărit cu tati". Kirsten înțelege. Și ei i-ar fi plăcut să aibă un tată blând și responsabil, care s-o mângâie și alături de care să compună circuite, și să nu-i deranjeze nimeni. Își dă seama ce figură fascinantă și fermecătoare poate să pară Rabih pentru cineva care n-a împlinit zece ani. Se bucură când se așază pe podea și se joacă frumos cu păpușile lui Esther, o duce să facă alpinism, îi cumpără rochii, merge cu ea cu bicicleta și-i povestește despre inginerii străluciți care au construit tunelurile și podurile din Scoția.

Cu toate acestea, relația o îngrijorează puțin pe Kirsten în ceea ce privește viitorul fiicei sale. Se întreabă cum vor reuși alți bărbați să corespundă unui etalon atât de ridicat de tandrețe și atenție deplină – și dacă nu cumva Besti ar putea ajunge să respingă o serie de candidați pur și simplu din cauză că nu-i pot oferi nici pe departe tipul de prietenie de care s-a bucurat cândva din partea tatălui ei. Și totuși, lucrul care o sâcâie cel mai mult pe Kirsten e sentimentalismul din comportamentul lui Rabih. Știe direct de la sursă că bunătatea pe care i-o arată fiicei lor e disponibilă din partea lui doar în rolul de tată, nu și de soț. Are multe experiențe privind schimbările lui drastice de ton din clipa când nu mai pot fi auziți de copii. Fără să-și dea seama, Rabih sădește în mintea lui Esther o imagine a comportamentului ideal al unui bărbat cu o femeie – nețintând cont că acest ideal nu reflectă sub nici o formă cine e el, Rabih, cu adevărat. Astfel, se prea poate ca, mai târziu în viață, Esther să întrebe un bărbat care se poartă egoist, neatent și sever de ce nu poate să semene mai mult cu tatăl lui, fără să-și dea seama că de fapt bărbatul seamănă remarcabil de bine cu Rabih, dar nu în versiunea pe care a apucat ea s-o vadă.

Date fiind împrejurările, poate că e mai util că bunătatea are limite și că, deși fac tot ce depinde de ei, acești doi părinți încă reușesc (ca toți părinții) să-și enerveze ritmic și profund copiii. Atitudinea glacială, înfricoșătoare și crudă se dovedește a fi doar prima dintr-o serie de metode care provoacă înstrăinarea. O altă strategie destul de eficientă combină supraprotecția, supraimplicarea și supradrăgălirea, un trio de comportamente nevrotice cu care Rabih și Kirsten sunt extrem de familiarizați. Rabih, băiatul din Beirut, își face griji pentru Esther și William de fiecare dată când trec strada; caută să se apropie supărător de mult de ei, îi întreabă prea des dacă au avut o zi bună, vrea mereu să-și mai pună o haină pe ei și și-i imaginează mai fragili decât sunt de fapt – motiv pentru care Esther se răstește câteodată la el, „Da' mai lasă-mă-n pace!“, și pe bună dreptate.

Pe de altă parte, nici s-o ai ca mamă pe Kirsten nu poate fi foarte simplu, fiindcă asta implică să faci mai multe exerciții de ortografie, să fii încurajat să cânți la câteva instrumente și să auzi mereu recomandări despre alimentația sănătoasă – un set de priorități deloc surprinzător pentru cineva care a fost singura elevă din clasa ei de gimnaziu care s-a dus la universitate și una dintre foarte puținele care în prezent nu trăiesc din ajutorul de șomaj.

În funcție de starea de spirit, Rabih își poate compătimi copiii pentru că trebuie să-i aibă pe ei drept părinți. Le înțelege plângerile și resentimentul privind puterea pe care-o au el și Kirsten asupra lor, avansul de treizeci și ceva de ani și zumzetul vocilor lor în bucătărie în fiecare dimineață. Îi vine destul de greu să se împace cu el însuși, așa că nu e o diferență prea mare să arate compasiune pentru doi oameni tineri care-i reproșează unul sau două lucruri. Știe de asemenea că iritarea lor are un rol aparte, și încă foarte important: ea garantează că într-o bună zi copiii vor pleca de-acasă.

Dacă bunătatea părintească ar fi suficientă, rasa umană ar stagna și s-ar stinge cu timpul. Supraviețuirea speciei depinde de faptul că, în cele din urmă, copiii se satură și se aruncă singuri în lume, înarmați cu speranța de-a găsi surse mai mulțumitoare de iubire și aventură.

În momentele lor de tihnă domestică, când toată familia stă pe patul cel mare și domină o atmosferă de toleranță și bună dispoziție, Rabih e conștient că, într-o bună zi, în viitorul nu foarte îndepărtat, toate acestea se vor sfârși, potrivit unui edict al naturii pus în aplicare prin mijloacele cele mai firești: izbucnirile și furia adolescenței. Perpetuarea familiilor de la o generație la alta depinde de felul cum, într-un târziu, tinerii își pierd răbdarea cu vârstnicii. Ar fi o tragedie dacă ei patru ar vrea să rămână așa, îmbrățișați și cu picioarele încolăcite, douăzeci și cinci de ani de-acum încolo. Până la urmă, lui Esther și lui William va începe să li se pară că el și Kirsten sunt ridicoli, plictisitori și de modă veche, ca să li se declanșeze dorința de-a pleca.

Recent, fiica lor și-a asumat rolul de lider al rezistenței la regulile părintești. Când se apropie de împlinirea a unsprezece ani, încep să nu-i mai placă hainele tatălui ei, accentul și felul cum gătește, și își dă ochii peste cap în fața preocupării mamei ei de-a citi literatură bună și a obiceiului ei absurd de-a ține jumătăți de lămâie în frigider, în loc să arunce pur și simplu partea nefolosită la gunoi. Cu cât Esther crește mai înaltă și mai solidă, cu atât e mai iritată de comportamentul și de tabieturile părinților. William e încă prea mic ca să-i poată privi pe cei care au grijă de el cu un ochi atât de caustic. Natura e blândă cu copiii în această privință, făcându-i atenți la întreaga gamă a defectelor pe care le au înaintașii la o vârstă la care sunt destul de mari ca să se despartă de ei.

Pentru ca despărțirea să-și urmeze cursul, Rabih și Kirsten știu că n-au voie să devină prea stricți, glaciali sau timoranți. Înțeleg cât îi e de ușor unui copil să se cramponeze de o mamă sau un tată care e greu de deslușit, are un aer înfricoșător sau nu stă foarte mult pe-acasă. Asemenea părinți își pot ține vlăstarele mult mai bine ancorate de ei decât o vor face vreodată părinții afectuoși și stabili. Rabih și Kirsten nu doresc să fie genul de figuri egocentrice și schimbătoare care-l pot obseda pe copil toată viața, așa că au grijă să fie firești, abordabili și, uneori, prostănaci cu bună știință. Vor să fie suficient de neintimidanți, încât Esther și William să poată, la momentul potrivit, să-i lase frumușel în urmă și să-și vadă de viața lor. Faptul că sunt considerați la dispoziția lor este, o simt ambii părinți, cel mai bun indiciu cu putință despre calitatea iubirii lor.

Sex și viață de părinte

— Hai s-o facem la noapte. Ce zici? întreabă Kirsten, pe când se machiază în baie, înainte de-a coborî să le pregătească micul dejun copiilor.

— S-a marcat, spune Rabih cu un zâmbet, și adaugă: Te trec chiar acum în agendă.

Nu glumește. Vineri noaptea e un moment privilegiat și a trecut ceva vreme de când n-au mai făcut-o.

În drum spre serviciu, se gândește la părul ud al lui Kirsten, care i-a încadrat atât de frumos pielea deschisă când a ieșit de sub duș. Se gândește preț de câteva clipe la norocul extraordinar pe care l-a avut când scoțiana asta elegantă și hotărâtă a acceptat să-și petreacă viața cu el.

Ziua se dovedește destul de stresantă și ajunge înapoi acasă abia pe la șapte seara. Tânjește acum după Kirsten, dar trebuie să fie diplomat. N-are voie să dea zor și în nici un caz să aibă pretenții. O să încerce să-i spună cu cea mai mare franchețe ce simte dincolo de turbulențele fiecărei zile. Planul e imprecis, dar Rabih speră.

Toată familia e în bucătărie, unde se poartă o discuție despre fructe. Ambii copii refuză pe față să mănânce așa ceva, deși Kirsten s-a dus anume ca să cumpere în primul rând niște afine pe care le-a așezat pe farfurie sub forma unei fețe zâmbitoare. William își acuză mama că e rea, Esther se vaită că mirosul fructelor îi face rău.

Rabih încearcă o glumă și spune că i-a fost dor de casa de nebuni, îl ciufulește pe William și dă de înțeles că a venit vremea poveștilor citite sus, în dormitor. Rabih și Kirsten fac cu rândul la citit povești seara, iar astăzi e rândul ei. La copii în cameră, îi trage lângă ea, câte unul de fiecare parte, și începe o poveste, tradusă din germană, despre un iepure urmărit de vânători într-o pădure. Când îi vede cuibăriți lângă ea, Rabih își amintește de el și de mama lui. Lui William îi place să se joace cu părul lui Kirsten și să-l împingă în față, exact cum făcea Rabih. După ce se termină povestea, copiii mai vor, așa că mama le cântă un vechi cântec de leagăn scoțian, *Griogal Cridhe*, care spune povestea tragică a unei tinere văduve al cărei soț a fost luat prizonier și executat în fața ei de propriul clan. Rabih rămâne afară, mișcat, ascultând glasul lui Kirsten. Se simte privilegiat fiindcă a fost martor al transformării soției lui într-o mamă extraordinar de pricepută. În ceea ce-o privește, lucrul pe care și l-ar dori cel mai mult în clipa asta ar fi o bere.

Rabih se duce să se întindă la ei în pat. După o jumătate de oră, o aude pe Kirsten intrând în baie. Când iese, poartă halatul ecosez pe care-l are de la cincisprezece ani și pe care-l purta mult când copiii erau foarte mici. Rabih se întreabă cum să înceapă, când ea amintește că după-amiază a vorbit la telefon cu o prietenă din Statele Unite pe care-o cunoscuse în studenție la Aberdeen. Mama bietei femei a fost diagnosticată cu cancer esofagian – verdictul a căzut ca un trăsnet. Nu pentru prima dată, Rabih simte ce prietenă bună e Kirsten, cât de profund și de instinctiv își asumă nevoile altora.

Pe urmă Kirsten spune că s-a gândit la universitățile la care vor merge copiii. Sigur, mai e mult până atunci, dar tocmai asta e ideea. Acum e momentul să înceapă să pună ceva deoparte, nu mult – sunt cam strâmtorați –, dar suficient cât să se strângă în cele din urmă o sumă folositoare.

Rabih își drege vocea și, în străfunduri, începe să fie disperat.

Ne-am putea închipui că teama și nesiguranța apropierii de cineva se petrece doar o dată, la începutul relației, și că neliniștile n-ar avea cum să continue după ce doi oameni s-au dedicat explicit unul altuia căsătorindu-se, plătind o ipotecă împreună, cumpărând o casă, având copii și trecându-se unul pe altul în testament.

Cu toate acestea, cucerirea distanței și obținerea asigurărilor de care avem nevoie nu sunt exerciții de efectuat o singură dată; ele trebuie repetate de fiecare dată când apare o breșă – o zi departe de casă, o perioadă aglomerată, o seară la serviciu –, fiindcă fiecare interludiu are puterea să pună din nou întrebarea dacă mai suntem sau nu doriți.

Prin urmare, e păcat că ne vine atât de greu să găsim o modalitate nestigmatizantă și câștigătoare prin care să ne recunoaștem intensitatea nevoii de certitudine. Chiar și după ani petrecuți împreună, există totuși o barieră a fricii când vine vorba să cerem o dovadă a dorinței. Însă cu o complicație suplimentară și oribilă: acum presupunem că orice neliniște de acest tip n-ar avea cum și de ce să existe. De aici tentația de-a simula că de fapt certitudinea ar fi ultimul lucru la care ne-am gândi. Am putea chiar, în mod straniu, să avem o aventură – un act de trădare care e de multe ori doar o încercare de salvare a prestigiului, prin care ne prefacem că nu avem nevoie de persoana iubită, o pătimașă dovadă de indiferență pe care o rezervăm – și, în secret, chiar o adresăm – persoanei la care ținem cu adevărat, dar de care ne e groază să arătăm că avem nevoie și că am fost răniți, fie și involuntar.

Nu ne oprim niciodată din a cere să fim acceptați. Iar acesta nu e un blestem limitat la cei inadecvați și slabi. Nesiguranța poate fi chiar și un semn ciudat de stare de bine. Asta înseamnă că nu ne-am permis să credem că alți oameni ni se cuvin de fapt și de drept, că rămânem suficient de realiști ca să ne dăm seama că lucrurile chiar ar putea să ia o întorsătură proastă și că suntem îndeajuns de implicați ca să ne pese.

Între timp, se face foarte târziu. Copiii au lecție de înot a doua zi devreme. Rabih așteaptă până termină Kirsten de chibzuit unde vor studia Esther și William până la urmă, după care se întinde și își prinde soția de mână. Ea rămâne așa pentru un timp, iar pe urmă îl strânge de mână și încep să se sărute. El îi deschide coapsele și începe să i le mângâie. Pe când face asta, privirile îi rătăcesc spre noptieră, unde Kirsten a așezat o felicitare de la William. „La mulți ani, mami", scrie pe ea, sub desenul unui soare extrem de jovial și zâmbitor. Asta îl face să se gândească la chipul de drăcușor al lui William și la felul cum îl lua Kirsten pe umeri și mergea cu el prin bucătărie, lucru pe care-l făcuse nu mai departe de săptămâna trecută, când el se costumase în vrăjitor după școală.

Pe de o parte, Rabih vrea foarte mult să continue să-și seducă soția – doar o dorește de atâta timp; pe de alta, nu e sigur dacă mai are chef cu adevărat, din motive pe care-i vine greu să le găsească.

E o teză bine-cunoscută: oamenii de care suntem atrași ca adulți seamănă bine cu oamenii pe care i-am iubit cel mai mult în copilărie. Iar aici poate interveni un anumit simț al umorului sau un tip de expresie, un temperament sau o structură emoțională.

Și totuși, există un lucru pe care vrem să-l facem cu iubiții noștri de vârstă adultă și despre care nici nu putea fi vorba în relația cu cei care au avut primii grijă de noi; căutăm să facem sex chiar cu persoanele care, în modalități importante, ne amintesc de tipurile cu care pe vremuri era de așteptat să nu *facem sex sub nici o formă. Decurge de aici că o relație sexuală împlinită depinde de felul cum blocăm anumite asocieri teribil de intense între partenerii noștri romantici și arhetipurile lor parentale subterane. Avem nevoie – pentru puțin timp – să ne asigurăm că pornirile noastre sexuale nu se amestecă derutant cu cele afective.*

Dar sarcina devine mai complicată în clipa când vin pe lume copii care scot la iveală aspectele parentale specifice ale partenerilor noștri. Ne-am putea da seama, la un nivel conștient, că partenerul nostru nu e sub nici o formă un părinte interzis în plan sexual, că e aceeași persoană dintotdeauna și că, în primele luni, am făcut cu el lucruri palpitante și culpabile. Și totuși, ideea e pusă la din ce în ce mai grea încercare din cauză că eurile lor sexuale devin tot mai nelămurite sub identitățile parentale pe care trebuie să le poarte toată ziua, ilustrate de acele denumiri caste și vesele (pe care am putea uneori să le folosim, greșit, ca să ne raportăm noi înșine la ele): „mami" și „tati".

Felul cum arătau sânii lui Kirsten a fost cândva un subiect de interes uriaș pentru Rabih. Își amintește că le-a aruncat priviri pe furiș în bluza neagră pe care ea a purtat-o la prima lor întâlnire, apoi i-a studiat sub un tricou alb care le sugera dimensiunile fascinant de modeste, după aceea s-a frecat foarte ușor de ei în timpul sărutului inaugural din Grădina Botanică, iar în cele din urmă, în fosta ei bucătărie, i-a încercuit cu limba. Obsesia pentru ei a fost constantă în primele zile. O ruga să-și țină sutienul pe ea când făceau dragoste, ba împingându-l în sus, ba trăgându-l în jos, ca să păstreze la maximum contrastul extraordinar dintre eurile lor îmbrăcate și dezbrăcate. O punea să-și prindă sânii în palme și să și-i mângâie așa cum ar face-o dacă el n-ar fi acolo. Voia să-și așeze penisul între ei, ca și cum mâinile nu ajungeau și era nevoie de un indicator mai hotărât al posesiei și al posibilității pentru marcarea acestui teritoriu care până atunci fusese interzis.

Și totuși acum, după câtiva ani, stau întinși unul lângă altul în patul conjugal, cu o tensiune sexuală comparabilă cu cea a doi bunici zbârciți care se bronzează pe o plajă baltică de nudiști.

Până la urmă, excitarea nu prea pare să aibă legătură cu gradul de dezbrăcare; ea își extrage energia din posibilitatea de-a ți se da voie să posezi un partener care era profund dezirabil și cândva interzis, dar care acum a devenit miraculos de disponibil și de accesibil. E o expresie de uimire recunoscătoare, vecină cu neîncrederea, că într-o lume de izolare și ruptură, încheieturile, coapsele, lobii urechilor și cefele sunt în fine acolo, sub ochii noștri: un concept extraordinar, pe care e bine să-l verificăm periodic, poate chiar o dată la câteva ore, atingând, vârând, dezvelind și dezbrăcând cu bucurie încă o dată, într-atât de singuri am fost, într-atât de independenți și de îndepărtați au părut iubiții noștri. Poftele sexuale sunt alimentate de dorința de-a stabili apropierea – și sunt prin urmare condiționate de un simț preexistent al distanței pe care încercăm s-o acoperim cu o plăcere și o ușurare permanentă și deosebită.

Distanța dintre Rabih și Kirsten este foarte mică. Statutul lor juridic îi definește ca parteneri pe viață; împart un dormitor de trei pe patru în care se întorc în fiecare noapte; vorbesc constant la telefon când sunt departe unul de altul; fiecare din ei este companionul asumat al celuilalt weekend de weekend; fiecare știe din timp – și în cele mai multe momente ale zilei și ale nopții – ce face celălalt. Nu prea mai există mare lucru în existența lor comună care să treacă în mod distinctiv drept „celălalt" – și, prin urmare, eroticul nu mai are de încercat să arunce punți.

La sfârșitul multor zile, lui Kirsten nu-i vine nici măcar să fie atinsă de Rabih, nu fiindcă n-ar mai ține la el, ci fiindcă simte că n-a rămas destul din ea ca să riște să ofere mai mult unei alte persoane. Ai nevoie de o anumită autonomie înainte ca faptul că ești dezbrăcat de altcineva să ți se pară un răsfăț. Dar ea a răspuns la prea multe întrebări, a vârât prea multe piciorușe în prea mulți pantofi, a rugat și a dezmierdat de prea multe ori... Atingerea lui Rabih se simte ca un alt obstacol în calea unei îndelung amânate comuniuni cu lăuntricul ei neglijat. Vrea să se lipească strâns și discret de sine însăși, în loc să-și vadă identitatea și mai împrăștiată din cauza altor dorințe. Orice avans amenință să-i distrugă cochilia subțire ca funigelul a ființei sale intime. Până când va avea destule șanse să se reacomodeze cu propriile gânduri, nici nu se va pune problema să obțină plăcere dăruindu-i-se altcuiva.

Pe lângă asta, am putea să ne simțim stânjeniți și expuși aproape intolerabil când îi cerem să facem sex unui partener de care depindem deja atât de profund într-o sumedenie de feluri. Poate fi o intimitate în plus ca, pe fondul unor discuții încordate despre ce să facem cu banii și cu lăsatul copiilor la școală, unde să mergem în concediu și ce fel de scaun să cumpărăm, să-i mai cerem partenerului să ne privească indulgent nevoile sexuale: să-și pună un anumit articol de îmbrăcăminte, să ia parte la un scenariu întunecat la care ținem morțiș sau să se întindă pe pat într-o poziție anume. S-ar putea să nu vrem să fim retrogradați în rolul celui care roagă sau să cheltuim capital afectiv prețios în numele mai știu eu cărui fetiș. S-ar putea să preferăm să nu ne încredințăm fanteziile despre care știm că ne pot face să părem caraghioși sau depravați cuiva în fața căruia trebuie altfel să manifestăm echilibru și autoritate, așa cum se cere în negocierile și blocajele zilnice din viața conjugală. S-ar putea să ni se pară mai sigur ca, în locul partenerului de viață, să ne gândim la un străin absolut.

În săptămâna de dinainte, Kirsten e singură acasă, sus în dormitor, în timpul unei după-amiezi. La televizor e un reportaj despre flota de pescuit din Marea Nordului staționată la Kinlochbervie, în nord-vest. Îi cunoaștem pe pescari, auzim despre felul cum folosesc noua tehnologie a sonarelor și aflăm despre o scădere îngrijorătoare a anumitor populații piscicole. Bine măcar că există destui heringi și că nici oferta de cod nu e foarte rea pentru anul ăsta. Un pescar pe nume Clyde e căpitanul unei ambarcațiuni care se cheamă *Loch Dovan*. În fiecare săptămână iese în larg, aventurându-se uneori chiar până în Islanda sau la capătul Groenlandei. E brutal și arogant din fire, are maxilare hotărâte și ochi furioși și nerăbdători. Copiii mai au cel puțin o oră până se vor întoarce de la prieteni, dar Kirsten se ridică și închide bine ușa dormitorului înainte să-și dea jos pantalonii și să se întindă înapoi pe pat.

Acum e la bordul lui *Loch Dovan*, unde i s-a repartizat o cabină îngustă lângă punte. Bate un vânt năprasnic, care scutură ambarcațiunea ca pe o jucărie, dar peste vuiet aude vag o bătaie în ușa cabinei. E Clyde; pesemne că a apărut o urgență pe punte. Dar se dovedește a fi cu totul altceva. Smulge hainele de ploaie de pe ea și o posedă lipită de peretele cabinei fără să schimbe un cuvânt. Țepii bărbii nerase îi ard pielea. Clyde e de felul lui semianalfabet, grosolan cât încape, aproape preverbal și înseamnă la fel de puțin pentru ea cât înseamnă și ea pentru el. Gândul la sex e primar, urgent și fără noimă – și totuși, mult mai excitant decât să faci dragoste seara cu un om la care ții foarte mult.

Motivul pentru care persoana iubită cedează locul unui străin oarecare într-o fantezie masturbatoare nu are nici un rol logic în ideologia romantică. Însă în practică s-ar putea să fie nevoie tocmai de despărțirea nepasională a iubirii de sex ca să corectăm poverile intimității și să ni le dăm jos de pe umeri. Recursul la un străin ocolește resentimentele, vulnerabilitatea emoțională și orice obligație de-a ne face griji pentru nevoile celuilalt. N-avem decât să fim cât de ciudați și de egoiști vrem, fără teamă de judecată sau de consecințe. Toată emoția este ținută impecabil deoparte; nu există nici cea mai mică dorință de-a fi înțeles și, prin urmare, nici riscul de-a fi înțeles greșit *și de-a deveni, din această cauză, obidit sau frustrat. Putem, în sfârșit să manifestăm dorință fără să fie nevoie să ne aducem restul vieților epuizant de încărcate cu noi în pat.*

Kirsten nu e singura căreia i se pare mai sigur să delimiteze unele părți ale propriei sexualități de restul vieții. Rabih face și el ceva asemănător în mod obișnuit. În noaptea asta, se asigură că soția lui a adormit, îi șoptește numele și speră să nu-i răspundă. Apoi, după ce se asigură că totul e în regulă, iese pe vârful picioarelor, gândindu-se că, la urma urmei, ar putea fi un ucigaș eficient, și coboară scările, pe lângă camerele copiilor (își vede fiul ghemuit cu Geoffrey, ursul lui preferat) și până la o anexă lipită de bucătărie, unde navighează pe *chat-room*-ul favorit. E aproape miezul nopții.

Și aici lucrurile sunt mult mai simple decât cu soția lui. Nu-i nevoie să te întrebi dacă o altă persoană are chef; pur și simplu dai clic pe numele ei și, dată fiind partea web-ului unde se află, presupui că o să fie gata de acțiune.

De asemenea, nu trebuie să-și facă griji, în acest mediu, dacă e sau nu normal. Aceasta e o altă versiune a lui decât cea care trebuie să-i ducă pe copii la școală mâine, să facă o prezentare la serviciu sau să găzduiască mai târziu o cină cu câțiva avocați, un educator și soția lui.

Nu e nevoie să fie bun sau să-i pese de ceilalți. Nu e nevoie nici măcar să aparțină propriului gen. Poate să vadă cum e să fii o lesbiană timidă și surprinzător de convingătoare din Glasgow, care face acum primul pas spre emanciparea sexuală.

Iar după ce termină, n-are decât să închidă computerul și să redevină persoana pe care contează atât de mulți oameni – copii, soție și colegi.

Dintr-o perspectivă, poate părea jalnic să plăsmuiești fantezii, în loc să încerci să construiești o viață în care visatul cu ochii deschiși chiar poate să devină realitate. Dar fanteziile sunt adeseori cel mai bun lucru pe care-l putem crea din dorințele noastre multiple și contradictorii; ele ne îngăduie să locuim într-o realitate fără s-o distrugem pe cealaltă. Fantazarea îi cruță pe cei la care ținem de iresponsabilitatea deplină și de bizareria fioroasă a impulsurilor noastre. Ea este, în felul ei, o realizare, o emblemă a civilizației – și un act de bunătate.

Incidentele imaginare de la bordul traulerului și din *chatroom* nu sunt un indiciu că Rabih și Kirsten au încetat să se iubească. Ele sunt semne că fiecare partener de cuplu se implică atât de mult în viața celuilalt, încât uneori nu mai are libertatea interioară de-a face dragoste fără stânjeneală sau fără un sentiment inhibitor al responsabilității.

Prestigiul rufăriei

Sunt o pereche modernă și, prin urmare, își împart sarcinile conform unei scheme complexe. Rabih se duce la serviciu cinci zile pe săptămână, dar în după-amiezile de vineri se întoarce acasă mai devreme ca să aibă grijă de copii, lucru care cade tot în sarcina lui în diminețile de sâmbătă și în după-amiezile de duminică. La rândul ei, Kirsten lucrează luni, marți și miercuri până la două, iar în weekenduri se ocupă de copii sâmbătă după-amiaza și duminică dimineața. El are grijă de baia de vineri și prepară masa de seară de patru ori pe săptămână. Ea cumpără de mâncare și ce mai e nevoie prin casă, pe când el duce gunoiul și are grijă de mașină și de grădină.

E puțin după șapte într-o seară de joi. De dimineață până acum, Rabih a luat parte la patru întâlniri, s-a ocupat de un furnizor de gresie care n-a livrat marfa la timp, a lămurit (așa speră) o idee greșită despre rambursarea impozitelor și a încercat să-l implice pe noul director financiar într-un proiect pentru o conferință a clienților care ar putea să aibă implicații majore pentru trimestrul trei (sau ar crea probleme). A trebuit să stea într-un autobuz de navetiști o jumătate de oră la dus și o altă jumătate la întors, iar acum se întoarce din stație pe ploaie. Se gândește ce bine va fi să ajungă în sfârșit acasă, să-și toarne un pahar cu vin, să le citească un capitol din *Cei cinci vestiți* copiilor, să-i sărute de noapte bună și apoi să ia masa și să poarte o conversație civilizată cu prietenul și aliatul lui cel mai înțelegător, soția. E la capătul puterilor și-i vine (pe bună dreptate) să-și plângă de milă.

Între timp, Kirsten a stat acasă toată ziua. După ce i-a dus pe copii la școală (s-au certat urât în mașină din cauza unui penar), a curățat resturile de la micul dejun, a făcut paturile, a dat trei telefoane la serviciu (colegelor ei se pare că le vine greu să țină minte că nu e la birou joia și vinerea), a curățat două băi, a dat cu aspiratorul prin casă și a ales hainele de vară pentru toată familia. A chemat un instalator care să se uite la robinete, a luat hainele de la curățătorie, a dus un scaun la retapițat, l-a programat pe William la un control stomatologic, i-a luat pe copii de la școală, le-a preparat și le-a servit o gustare (sănătoasă), i-a convins să-și facă temele, a pregătit masa de seară, a dat drumul la baie și a curățat câteva pete de cerneală de pe podeaua sufrageriei. Acum se gândește ce bine va fi că se va întoarce în sfârșit Rabih și va prelua controlul, pentru ca ea să-și toarne un pahar cu vin, să le citească un capitol din *Cei cinci vestiți* copiilor, să-i sărute de noapte bună și apoi să ia masa și să poarte o conversație civilizată cu prietenul și aliatul ei cel mai înțelegător, soțul. E la capătul puterilor și-i vine (pe bună dreptate) să-și plângă de milă.

Când în cele din urmă se trezesc singuri în pat, citind, Kirsten nu vrea să creeze probleme, dar are câteva lucruri care nu-i dau pace.

— Îți aduci tu aminte să calci cuverturile de pat mâine? întreabă ea fără să-și ridice ochii din carte.

Rabih simte un nod în stomac. Încearcă să nu-și piardă răbdarea.

— E vineri, spune el. M-am gândit că faci tu chestia asta dacă e vineri.

Acum Kirsten își ridică privirile. Are o căutătură glacială.

— A, m-am prins, zice ea. Treburi domestice: zona mea. Nu contează. Iartă-mă c-am întrebat.

Și se întoarce la carte.

Aceste episoade iritante și sâcâitoare pot să te vlăguiască mai mult decât furia fățișă.

El își spune: acum aduc două treimi din venituri, poate chiar mai mult, în funcție de felul cum e calculat totalul, dar se pare că și în privința altor lucruri fac mai mult decât ar trebui. Sunt făcut să simt că munca mea e ceva ce fac exclusiv pentru mine. De fapt, e rareori ceva mulțumitor și invariabil stresant. Pe lângă toate astea, nu-i normal să te aștepți să mă ocup și de cuverturi. Fac ce trebuie să fac: în weekendul trecut i-am dus pe copii la înot, iar acum tocmai am umplut mașina de spălat vase. În adâncul meu, aș vrea să se aibă grijă de mine și să fiu ocrotit. Sunt furios.

Ea își spune: Toată lumea pare să creadă că faptul că stau acasă două zile e „relaxant" și că sunt norocoasă pentru acest timp liber. Dar familia n-ar rezista împreună nici cinci minute fără toate lucrurile pe care le fac fără să se vadă. Totul cade în răspunderea mea. Îmi arde buza după o pauză, dar de fiecare dată când aduc vorba de o corvoadă pe care încerc s-o pasez, sunt făcută să simt că sunt nedreaptă – așa că, până la urmă, e mai simplu să tac. Iar s-a întâmplat ceva cu tabloul electric și mâine o să trebuiască să-l vânez pe electrician. În adâncul meu, aș vrea să se aibă grijă de mine și să fiu ocrotită. Sunt furioasă.

În lumea modernă ne așteptăm să existe egalitate în toate aspectele din cuplu, ceea ce înseamnă, în esență, o egalitate a suferinței. Însă calibrarea durerii pentru asigurarea unor doze egale nu e treabă ușoară; nefericirea se trăiește subiectiv și există întotdeauna o tentație pentru fiecare parte să-și formeze convingerea sinceră, dar în competiție cu a partenerului, că, la drept vorbind, viața lui (sau a ei) e mai blestemată – în moduri de care celălalt nu pare înclinat să țină cont și pentru care nu vrea să ispășească.

E nevoie de o înțelepciune supraomenească pentru a evita concluzia consolatoare că ai o viață mai grea decât a celuilalt.

Kirsten se duce la serviciu suficiente ore pe săptămână și câștigă destui bani ca să nu se simtă înclinată să-i fie recunoscătoare pe față lui Rabih pentru salariul lui un pic mai mare. În același timp, se ocupă de suficiente lucruri prin casă și a fost lăsat să se descurce pe cont propriu în destule seri ca să nu se simtă înclinat să-i fie recunoscător pe față lui Kirsten fiindcă are mai multă grijă de copii. Fiecare dintre ei și-a asumat o parte suficient de importantă din sarcinile celuilalt ca să nu fie dispus la recunoștință pură.

O parte din vină pentru greutățile părinților moderni poate fi felul în care se distribuie prestigiul. Cuplurile nu numai că sunt asaltate de solicitări practice în fiecare oră, dar sunt înclinate să perceapă aceste solicitări drept umilitoare, banale și fără sens, și prin urmare nu le vine să arate milă pentru celălalt sau să-l laude (pe el sau pe amândoi) pur și simplu fiindcă le suportă. Cuvântul „prestigiu" sună total inadecvat când se aplică drumurilor la școală sau luatului hainelor de la curățătorie, fiindcă am fost instruiți în mod păgubos să credem că această calitate e în mod normal rezervată pentru alte zone: politica înaltă sau cercetarea științifică, filmele sau moda. Însă dacă-l reduci la esență, prestigiul se referă doar la ce este mai nobil și mai important în viață.

Nu părem dispuși să îngăduim posibilitatea ca gloria speciei noastre să nu constea doar în lansarea de sateliți, în înființarea de companii și în producerea unor semiconductori miraculos de subțiri, ci și în abilitatea – fie ea și răspândită larg în rândul a miliarde de oameni – de-a vârî iaurt cu lingurița în niște guri mici, de-a găsi șosete rătăcite, de-a curăța closete, de-a potoli crize de tantrum și de-a șterge urmele unor chestii congelate de pe mese. Și acestea sunt probe care nu merită condamnarea sau ridiculizarea sarcastică, ci o anume strălucire, astfel încât să poată fi îndurate cu mai multă compasiune și tărie sufletească.

Rabih și Kirsten suferă parțial din cauză că și-au văzut strădaniile atât de rar reflectate cu empatie în arta pe care-o cunosc și care, în loc de asta, tinde să minimalizeze diversele greutăți pe care le au și să se amuze pueril. Nu își pot admira vitejia când încearcă să-l învețe o limbă străină pe un copil care se foiește și tropăie furios; când încheie întruna hăinuțe și țin socoteala căciulilor; când au grijă de casă așa cum se cuvine; când controlează și stăpânesc perioadele de deznădejde; și când încearcă să-și joace partiturile domestice, dar complicate, de la o zi la alta. Nu vor obține niciodată distincții din afară și nu vor primi sume importante, vor muri în anonimat și fără laurii comunității, și totuși ordinea și continuitatea civilizației vor depinde într-o măsură mică, dar vitală, de eforturile lor tăcute, neobservate.

Dacă Rabih și Kirsten ar fi în stare să se vadă ca niște personaje dintr-un roman, ar putea – în cazul în care autorul ar avea măcar un dram de talent – să aibă un acces de milă scurt, dar util, față de situația lor grea și meritorie, și prin asta să învețe eventual să dizolve o parte din tensiunea care se naște în serile în care, după ce s-au culcat copiii, cei doi abordează subiectul aparent demoralizant, dar în realitate profund măreț și semnificativ, al călcatului.

ADULTER

Curvar

Rabih e invitat la Berlin pentru o prezentare despre spațiul public la o conferință despre regenerarea urbană. Schimbă avionul la Londra și răsfoiește câteva reviste deasupra Germaniei. Prusia se întinde plată și vastă dedesubt, acoperită de pudra ușoară a zăpezii de noiembrie.

Evenimentul se desfășoară în estul orașului, într-un centru de conferințe care are și un hotel. Camera lui de la etajul douăzeci este aseptic-austeră și albă, cu vedere spre un canal și câteva loturi de pământ. La ora serii, care vine repede, vede o centrală electrică și o procesiune de piloni aliniați în depărtare, spre granița cu Polonia.

La recepția de bun venit din sala de bal nu cunoaște pe nimeni și se preface că așteaptă un coleg. Odată ajuns înapoi în cameră, sună acasă. Copiii tocmai au făcut baie. „Îmi place când ești plecat", spune Esther. „Mami ne lasă să ne uităm la film și să mâncăm pizza." Rabih urmărește cu privirea un avion cu un motor care se rotește în înalturi peste câmpurile înghețate de dincolo de parcarea hotelului. În timp ce Esther vorbește, William poate fi auzit cântând în fundal și având grijă să arate cât de puțin îl interesează un tată care a avut prostul gust de-a pleca de lângă el. Vocile lor par mai tinere la telefon; aproape că i-ar durea dac-ar ști cât de dor îi e de ei.

Mănâncă un sendviș în timp ce se uită la un canal de știri prin a cărui lentilă o serie de tragedii par implacabil uniforme și neatrăgătoare.

A doua zi în zori își repetă discursul în fața oglinzii din baie. Prezentarea propriu-zisă are loc la unsprezece în sala mare. Își expune argumentele cu pasiune și o cunoaștere profundă a subiectului. E munca lui de-o viață să lupte pentru virtuțile spațiilor comune bine proiectate, care pot să realizeze coagularea unei comunități. Mai mulți oameni vin și-l felicită după ce termină. La prânz, e așezat la masă cu delegați din toată lumea. A trecut destul timp de când n-a mai avut parte de o atmosferă atât de cosmopolită. Tocmai se poartă o discuție ostilă despre America. Un pakistanez care lucrează în Qatar vorbește despre impactul legilor intrazonale ale Americii asupra cercurilor de manevră; un olandez declară că o parte din elitele nației sunt indiferente la binele comun; un delegat finlandez compară dependența compatrioților lui de combustibilii lichizi cu relația dintre toxicoman și opiu.

Spre capătul mesei, o femeie își sprijină capul într-o parte, arborând un zâmbet silit și resemnat.

— Am atâta minte cât să nu încerc să-mi apăr țara când sunt peste ocean, intervine ea în cele din urmă. Bineînțeles, sunt la fel de dezamăgită ca voi de America, dar încă am un profund sentiment de loialitate pentru ea – la fel cum aș avea pentru o mătușă nebună și bețivă căreia i-aș lua apărarea dacă aș auzi niște străini vorbind-o de rău pe la spate.

Lauren trăiește în Los Angeles și lucrează la UCLA, unde studiază efectele imigrării în San Bernardino Valley. Are părul castaniu până la umeri, ochi verzi-cenușii și treizeci și unu de ani. Rabih încearcă să nu se uite la ea prea direct. Are o frumusețe pe care nu prea poți s-o ocolești în împrejurările date.

Mai e o oră până la reînceperea lucrărilor și Rabih se hotărăște să se plimbe un pic pe afară, în ceea ce trece drept grădină. Are avion spre casă a doua zi, dimineața devreme, iar când o să se întoarcă la Edinburgh o să-l aștepte un proiect nou pe birou. Rochia închisă la culoare și strânsă pe corp a lui Lauren n-avea nimic care să atragă atenția, și totuși Rabih și-o amintește până la ultimul detaliu. Se gândește totodată la brățările de pe brațul ei stâng; a văzut un tatuaj sub ele, în partea dinăuntru a încheieturii – un memento întâmplător și melancolic al diferenței de o generație dintre ei.

Spre sfârșitul după-amiezii, pe coridorul care duce la lift, se uită la câteva broșuri în clipa când ea trece prin dreptul lui. Îi zâmbește încurcat, suferind deja fiindcă nu o s-o cunoască, fiindcă identitatea ei reală (simbolizată de geanta de pânză violet aruncată pe umăr) o să-i rămână străină pentru totdeauna, fiindcă nu-i rămâne decât să fie mai departe singur. Însă ea anunță că-i e foame și-i sugerează s-o însoțească într-un bar cu lambriuri de lemn de lângă centrul comercial aflat la etajul unu. A luat micul dejun acolo chiar azi, adaugă ea. În spatele lui Lauren se găsește o orhidee albă. Rabih pune majoritatea întrebărilor și, prin urmare, află tot felul de lucruri: despre apartamentul ei din Venice Beach, despre o slujbă anterioară la o universitate din Arizona, despre familia din Albuquerque, despre pasiunea pentru filmele lui David Lynch, despre implicarea în organizarea comunitară și despre teroarea exagerată față de oficialitățile germane, care se extinde și asupra chelnerului rigid și cu ceafă groasă, un personaj cu vaste posibilități de comedie, pe care-l poreclește Eichmann. Atenția lui Rabih oscilează între ce spune ea și ce reprezintă. Este în același timp ea însăși și toți oamenii pe care el i-a admirat, dar în legătură cu care a învățat să nu fie curios încă din ziua nunții lui.

Pielea din jurul ochilor i se încrețește când își ridică privirile spre barman.

— „N-o să poți schimba oțetul în vin, *Mein Herr*!“ cântă ea încet, iar lui Rabih i se taie respirația în fața farmecului ei.

Se simte din nou ca la cincisprezece ani, iar ea e Alice Saure.

A zburat până la Frankfurt cu o zi mai devreme și de-acolo a luat trenul, îi spune ea; i se pare că poți să gândești foarte bine în trenurile europene. Rabih își dă seama că la el acasă se apropie ora de baie a copiilor. Ce ușor ar fi să-și arunce viața în aer mișcându-și pur și simplu mâna cu zece centimetri mai la stânga.

— Spune-mi despre tine, îl îndeamnă ea.

Păi, a studiat la Londra, iar apoi s-a dus la Edinburgh; are mult de lucru, deși îi place să călătorească dacă are ocazia; nu, nu prea suportă vremea închisă, dar poate că e un exercițiu util de disciplină să nu-ți faci multe griji despre cum arată cerul. Modificările pe text vin cu o ușurință neașteptată. „Ce-ai făcut azi, tati?“ își aude copiii interesându-se. Tati a ținut o prezentare în fața multor oameni, pe urmă a citit o vreme din cartea lui și s-a culcat devreme, ca să poată să ia primul avion spre casă mâine-dimineață și să-și vadă fetița scumpă și băiatul fără pereche – care ar putea la fel de bine să nu existe în clipa asta.

— N-am putere să stau la cina delegaților, spune ea la șapte, după ce Eichmann se întoarce să-i întrebe dacă n-ar vrea și un cocktail.

Așa că ies din bar împreună. Lui Rabih îi tremură mâinile când apasă pe buton și cheamă liftul. O întreabă la ce etaj stă și rămân față în față în cabina transparentă care urcă. Ceața a învăluit peisajul.

Franchețea seducătorului de vârstă mijlocie e rareori o chestiune de încredere sau de aroganță; e vorba mai degrabă de un soi de deznădejde nerăbdătoare, născută din conștientizarea vrednică de milă că se apropie din ce în ce mai mult de moarte.

În linii mari, camera ei e aproape la fel ca a lui, dar pe Rabih îl surprinde cât de diferită e atmosfera. O rochie violet atârnă pe un perete și un catalog de la Neues Museum a fost pus lângă televizor; pe birou e un laptop deschis, două reproduceri ale unui tablou înfățișându-l pe Goethe se găsesc lângă oglindă, iar pe noptieră, telefonul ei e conectat la instalația stereo a hotelului. Îl întreabă dacă a auzit de o anumită cântăreață și ajunge la albumul ei prin câteva tastări: aranjamentul e minimalist, doar un pian și un pic de percuție într-un loc care seamănă cu o catedrală cavernoasă, după care se aude o voce feminină obsedantă, neobișnuit de profundă și apoi, dintr-odată, înaltă și fragilă. „Partea asta-mi place cel mai mult", spune ea și închide ochii preț de o clipă. El rămâne la piciorul patului, pe când cântăreața repetă cuvântul *mereu* în octave din ce în ce mai înalte, ca un strigăt care i se înfige direct în suflet. S-a ținut departe de genul acesta de muzică de când s-au născut copiii. N-are nici un rost să fii transportat în felul ăsta când granițele vieții lui reclamă hotărâre și impasibilitate.

Se apropie de ea, îi ia fața în mâini și își lipește buzele de ale ei. Ea îl trage mai aproape și închide ochii din nou. „O să-ți dau totul…" cântă vocea.

Se întâmplă cam cum își amintește din alte dăți – primul fior alături de cineva nou. Dac-ar fi în stare să adune toate scenele astea din trecutul lui și să le lipească într-un singur material, poate că durata totală n-ar depăși o jumătate de oră, dar ar fi, în multe feluri, cele mai frumoase clipe din viața lui.

Se simte de parcă i s-ar fi permis accesul la o versiune a lui pe care-o crezuse moartă de mult.

Ce pericole produc acei bărbați înduioșător de nesiguri care, necunoscându-și propria forță de atracție, au nevoie să afle mereu dacă sunt acceptabili pentru alte persoane!

Ea stinge luminile. Există o mulțime de diferențe înăuntrul acelorași parametri de bază: limba ei mai curioasă și mai nerăbdătoare, spatele arcuindu-i-se când el se lipește de ea, picioarele mai musculoase, coapsele mai întunecate. Ce ar mai putea să-l oprească acum? Ideea că nu se face așa ceva s-a pierdut în depărtare, ca un deșteptător care sună printr-un somn profund.

Pe urmă rămân nemișcați și respirația le revine încet la normal. Perdelele sunt date în lături, oferind imaginea centralei electrice puternic luminate în ceață.

— Cum e soția ta? îl întreabă ea zâmbind.

E imposibil să-i judeci tonul vocii sau să știi cum să răspunzi. Provocările lui și ale lui Kirsten sunt prea ale lor ca să le împartă cu cineva, chiar dacă acum au atras un satelit nou, mai inocent, pe orbită.

— E... drăguță, șovăie Rabih.

Lauren își păstrează expresia de nepătruns, dar nu insistă. El o mângâie pe umăr; undeva, printr-un perete, se aude un lift care coboară. Nu se poate plânge că se plictisește acasă. Nu că nu și-ar respecta soția și nici măcar că n-ar mai dori-o. Nu, adevărul situației lui e mai ciudat și mai umilitor. Iubește o femeie care dă prea des impresia că n-are nevoie de nici un fel de iubire; o luptătoare atât de puternică și de capabilă, încât el are foarte puține posibilități s-o răsfețe; o persoană care are relații problematice cu oricine vrea s-o ajute și care dă uneori impresia că se simte cel mai în largul ei când e dezamăgită de cei cărora li s-a încredințat. Se pare că a făcut sex cu Lauren din simplul și banalul motiv că în ultima vreme lui și soției lui le-a venit extrem de greu să se ia în brațe – iar în străfundul lui, Rabih e, fără să aibă neapărat dreptate, foarte jignit și furios din această cauză.

Se întâmplă foarte rar să începi o relație cu cineva din indiferență față de partenerul conjugal. În general, trebuie să ții foarte mult la partener ca să te ostenești să-l trădezi.

— Cred că ți-ar plăcea, adaugă el într-un târziu.

— Sunt convinsă, răspunde ea neutru.

Acum are o expresie malițioasă.

Comandă cina în cameră. Ea vrea paste cu lămâie și un pic de parmezan separat; pare obișnuită să le explice cu precizie aceste cerințe unor oameni care vor ține cont de ele. Rabih, ușor de intimidat când vine vorba de serviciul la cameră, admiră felul cum profită Lauren de drepturi. Sună telefonul și ea vorbește cu un coleg din Los Angeles, unde dimineața e pe sfârșite.

Poate chiar mai mult decât sexul în sine, lucrul care-l atrage e intimitatea care devine posibilă în siajul lui. E o ciudățenie a vârstei că modalitatea cea mai ușoară de-a începe o prietenie cu cineva este, în general, să-l rogi să se dezbrace.

Sunt tandri și grijulii unul față de altul. Nici unul nu va avea ocazia să-l dezamăgească pe celălalt. Ambii pot părea competenți, generoși, demni de încredere și credibili, așa cum fac de obicei străinii. Ea râde la glumele lui. Tipul lui de accent e irezistibil, îi spune. Se simte un pic singur când își dă seama ce simplu e să se facă plăcut cuiva care habar n-are cine e.

Stau de vorbă până la miezul nopții, după care adorm cast, la marginile patului. Dimineața merg împreună la aeroport și beau o cafea la zona de *check-in*.

— Ținem legătura – cât o să poți, îi zâmbește ea. Ești unul dintre tipii cumsecade.

Se strâng în brațe, exprimând afecțiunea pură de care dispun doar doi oameni care nu mai au nici un fel de planuri unul cu celălalt. Lipsa lor de timp e un privilegiu. La adăpostul ei, fiecare poate rămâne impresionant pentru totdeauna în ochii celuilalt. Rabih simte că-i joacă ochii în lacrimi și încearcă să se stăpânească uitându-se la un ceas căruia îi face reclamă pilotul unui avion de vânătoare. Cu perspectiva unui ocean și a unui continent între ei, n-are decât să dea frâu liber tuturor dorințelor de apropiere. Amândoi pot să tânjească după intimitate și să fie feriți de toate consecințele ei. Nu vor fi obligați niciodată la ranchiună; se pot aprecia mai departe unul pe celălalt, așa cum le stă la îndemână doar celor fără viitor.

Pro

Rabih se întoarce acasă la începutul după-amiezii de sâmbătă. Spre mirarea lui, lumea pare să arate cam la fel ca întotdeauna. Nimeni nu-l privește țintă la aeroport sau în autobuz. Edinburgh-ul e neatins. Cheia de la intrarea din față merge în continuare. Kirsten e în birou și-l ajută pe William la teme. Acestei femei realizate și inteligente, care are o licență obținută la Universitatea din Aberdeen, care este membră a Societății Regale a Experților Topografi și se ocupă zilnic de bugete de ordinul milioanelor, i-a ordonat să stea pe podea un băiat de șapte ani și jumătate, care exercită o autoritate fără seamăn asupra ei și care chiar în clipa asta o somează nerăbdător să coloreze câțiva arcași în versiunea pe care a realizat-o el a bătăliei de la Flodden Field.

Rabih are cadouri pentru toți (cumpărate după ce a trecut de controlul pașapoartelor). Îi spune lui Kirsten că de-aici încolo poate el să se ocupe de copii, să pregătească masa de seară și să le facă baie; e convins că e frântă de oboseală. Conștiința încărcată e un imbold util pentru un strop de bunătate.

Rabih și Kirsten se duc la culcare devreme. Ea este, de o veșnicie, primul om căruia îi dă toate veștile, oricât de banale sau de grave. Ce straniu pare, așa stând lucrurile, să fie în posesia unor informații atât de semnificative și, în același timp, atât de profund rezistente la tradiționalul principiu al aducerii la cunoștință.

Ar fi aproape firesc să înceapă prin a arăta cât de ciudat a fost să se întâlnească întâmplător cu Lauren la lifturi – dat fiind că la ora aceea el trebuia să fie deja în sală – și cât de emoționant i s-a părut când, după ce au făcut dragoste, ea i-a vorbit cu voce sugrumată despre boala și moartea unei bunici de care fusese neobișnuit de apropiată în copilărie. Adoptând aceeași abordare degajată și digresivă la care recurg cei doi când descifrează psihologia oamenilor pe care-i cunosc la recepții sau intriga filmelor pe care le văd împreună, ar putea trece în revistă cât de mișcător și de trist a fost pentru Rabih să-și ia rămas-bun de la Lauren la Aeroportul Teigel și cât de palpitant și (un pic) înfricoșător să primească un SMS de la ea la aterizare. Nimeni n-ar fi putut să reflecteze mai bine la aceste teme decât perspicacele, iscoditorul, amuzantul și atentul lui coexplorator al existenței.

Prin urmare, nu e deloc simplu să-și tot aducă aminte cât de aproape e de dezlănțuirea unei tragedii. Din câte se pare, Esther are oră de sport a doua zi dimineața pe un versant artificial în sală. Acela e locul unde povestea lor ar putea ajunge la un sfârșit decisiv și de unde ar începe nebunia și haosul. Vor fi nevoiți să plece de acasă la nouă, ca să ajungă acolo la zece fără un sfert. Rabih e conștient că ar fi suficientă o propoziție pentru ca tot ce e stabil și coerent în existența lui actuală să se încheie: creierul lui conține o informație lungă de doar șase cuvinte, care e în stare să arunce toată casa în aer. Fiica lor va avea nevoie de mănușile care sunt în cutia din pod pe care scrie „Lucruri de iarnă“. Rabih se minunează de capacitatea minții de-a nu lăsa să se scurgă nici un indiciu despre dinamita pe care o conține. Cu toate acestea, e tentat să se uite în oglinda de la baie ca să se asigure că nu se scurge nimic din el.

Înțelege – fiindcă societatea a avut grijă să-i vâre ideea asta în cap de mic – că a făcut un lucru greșit. Chiar foarte greșit. În limbajul tabloidelor, e un jeg, un curvar, un escroc și un trădător. Pe de altă parte, consemnează că natura precisă a răului pe care l-a comis nu îi este foarte limpede. Simte o anume preocupare, însă doar din motive secundare, legate de prudență – altfel spus, fiindcă vrea ca ziua de mâine să decurgă bine, la fel ca zilele și anii de după. Și totuși, în adâncul lui nu prea îi vine să creadă că lucrul care s-a întâmplat în camera de hotel din Berlin e rău ca atare, pur și simplu. Să fie asta oare, se întreabă el, doar scuza eternă a curvarului?

Din punctul de vedere al romantismului, lucrurile sunt fără echivoc: nu poate exista trădare mai mare. Chiar și pentru cei dispuși să cauționeze aproape orice alt tip de comportament, adulterul rămâne o transgresiune seismică, oripilantă prin felul în care violează câteva dintre premisele sacre ale iubirii.

Prima dintre ele este că o persoană nu poate susține că iubește *o alta – și implicit că poate pune preț pe viața lor împreună –, pentru ca pe urmă s-o șteargă pe furiș și să facă sex cu altcineva. Dacă s-ar întâmpla un asemenea dezastru, singura explicație ar fi că n-a existat iubire de la bun început.*

Kirsten a adormit. Rabih îi îndepărtează o șuviță de păr de pe frunte. Își amintește ce reacție total diferită aveau urechile și pântecul lui Lauren, chiar și prin rochie. La ora când au ajuns la bar, se părea deja că avea să se întâmple ceva între ei; bănuiala a devenit certitudine în clipa când ea l-a întrebat dacă venea des la asemenea conferințe, el a răspuns că asta părea deja foarte neobișnuită, iar ea a zâmbit călduros. Atrăgea în primul și-n primul rând prin franchețe. „A fost bun“, s-a întors și a spus când erau în pat, ca și cum ar fi gustat dintr-un preparat neobișnuit la restaurant. Însă mintea are multe încăperi și o capacitate uluitoare de-a crea paravane. Într-o altă zonă, și într-o cu totul altă galaxie, rămâne neatinsă iubirea lui pentru felul cum spune Kirsten bancuri fără perdea la petreceri, pentru tezaurul surprinzător de poezii pe care le stochează în minte (Coleridge și Burns), pentru obiceiul de-a asorta ciorapii și fustele negre la tenişi, pentru îndemânarea cu care desfundă chiuveta și pentru cunoștințele despre ce-ar putea să se întâmple sub capota unei mașini (lucruri la care femeile părăsite de tați la o vârstă fragedă par să se priceapă de minune). N-ar vrea să ia cina cu nimeni altcineva în afara soției lui, care-i este și cel mai bun prieten. Ceea ce nu l-a împiedicat totuși în nici un fel să-i distrugă, poate, viața.

A doua premisă: adulterul nu e o lipsă de loialitate ca oricare alta. O transgresiune care implică nuditate face parte dintr-o ordine fundamental diferită, spune lumea; e o trădare cataclismică și incomparabilă. Datul în bărci nu e doar un lucru rău, e cel mai rău lucru pe care-l poate face o persoană unei alte persoane pe care susține c-o iubește.

E evident că nu pe așa ceva și-a pus semnătura Kirsten McLelland cu mulți ani în urmă, în oficiul de stare civilă cu pereți roz-somon din Inverness. Pe de altă parte, au existat o serie de lucruri în căsnicia lor pe care nici Rabih nu le-a anticipat, inclusiv obiecția puternică a soției la dorința lui de-a se întoarce la arhitectură, în primul rând fiindcă nu voia ca veniturile lor să scadă nici măcar pentru câteva luni; faptul că i-a îndepărtat pe mulți dintre prietenii lui fiindcă i se păreau „plicticoși“; tendința de-a face glume pe seama lui la firmă; vina pe care trebuie să și-o asume când lucrurile merg prost la ea la serviciu; în fine, neliniștea epuizantă pe care-o simte față de toate aspectele care țin de educația copiilor... Acestea sunt poveștile pe care și le-a spus, linii de raționament la care e mai simplu să apeleze decât să se întrebe dacă nu cumva a bătut *el însuși* pasul pe loc în carieră sau dacă prietenii lui chiar nu erau atât de interesanți când el avea douăzeci și doi de ani.

Și totuși, Rabih se întreabă dacă jumătatea aceea de oră ar trebui să răstoarne concludent calculele morale în defavoarea lui, dacă s-ar cuveni, luată ca atare, să-l condamne la chinurile iadului. Deși s-ar putea să nu aibă aceeași putere de-a stârni imediat indignare, tot trădări, la fel de vătămătoare (deși mai puțin vizibile), sunt și obiceiurile ei de-a nu asculta, de-a nu reuși să ierte și de-a acuza pe nedrept, precum și dezinvoltura cu care bagatelizează lucrurile sau lungile perioade de indiferență. Rabih nu vrea să adauge la dosar, dar nu e deloc convins că, din cauza acestui act unic (ce-i drept, profund ofensator), ar trebui să se califice atât de ușor și de deplin pentru rolul personajului negativ.

A treia premisă: acceptarea monogamiei e o consecință admirabilă a iubirii, izvorând dintr-o generozitate profundă și un interes intim pentru înflorirea și binele celuilalt. Opțiunea monogamă este un indiciu sigur că unul din parteneri se gândește la interesul celuilalt.

Pentru noul fel de-a gândi al lui Rabih, este oricum, numai amabil nu, să insiști că soțul trebuie să se întoarcă singur la el în cameră ca să se uite la CNN și să mai mănânce un sendviș stând pe marginea patului, când poate că nu mai are decât câteva decenii de viață pe planetă, un fizic din ce în ce mai neatrăgător, un palmares în cel mai bun caz intermitent în ceea ce privește sexul opus și o femeie tânără din California care-i stă în față și chiar vrea să-și dea jos rochia în cinstea lui.

Dacă definim iubirea drept o preocupare sinceră pentru binele unei alte persoane, atunci ea trebuie să însemne că i se dă voie unui soț adeseori tracasat și cam ușor de timorat să iasă din lift la etajul optsprezece ca să se bucure de zece minute de cunilingus întremător cu o cvasinecunoscută. Altfel, ar putea părea că nu avem de-a face deloc cu iubirea, ci cu un fel de posesivitate obtuză și ipocrită, cu o dorință de a-l face fericit pe partener dacă – și doar dacă – fericirea respectivă te implică și pe tine.

A trecut deja de miezul nopții, dar Rabih îi dă înainte hotărât, știind c-ar putea să existe obiecții, dar ocolindu-le agil și obținând astfel un sentiment și mai viu al siguranței de sine.

A patra premisă: monogamia este starea firească a iubirii. Un om sănătos la cap nu-și poate dori să iubească doar o *persoană. Monogamia este marca sănătății emoționale.*

Dar nu cumva, se întreabă Rabih, e un idealism infantil în dorința noastră de-a găsi totul într-o singură ființă – cineva care să fie simultan cel mai bun prieten, iubita, al doilea părinte, al doilea șofer și partenerul de afaceri? Ce rețetă a dezamăgirii și a resentimentului se ascunde în această noțiune, din cauza căreia se distrug milioane de căsnicii altminteri în perfectă stare!

Ce ar putea fi mai firesc decât să simți dorința ocazională pentru o altă persoană? Cum poate cineva să crească în cercuri hedoniste și emancipate, să aibă parte de sudoarea și emoția cluburilor de noapte și a grădinilor de vară, să asculte o muzică plină de jind și de pofte, iar apoi, imediat după ce semnează un petic de hârtie, să renunțe la orice urmă de interes sexual pentru altcineva, și asta nu în numele unui zeu anume sau al unei instanțe superioare, ci pur și simplu pe baza presupunerii necercetate că e, mai mult ca sigur, ceva foarte rău? Nu cumva e tocmai pe dos – nu cumva e inuman și chiar „rău“ să *nu* fii tentat, să nu-ți dai seama cât de puțin timp mai avem și, prin urmare, cu ce curiozitate urgentă ar trebui să dorim să explorăm individualitatea carnală a mai mult decât unul dintre contemporani? Să emiți obiecții morale împotriva adulterului înseamnă să contești legitimitatea mai multor nuclee de interes senzorial – Rabih se gândește la omoplații lui Lauren – care sunt, în felul lor, atracții la fel de respectabile și chiar mai acceptabile decât ultimele note din *Hey Jude* sau tavanele din Palatul Alhambra. Nu echivalează respingerea posibilităților de adulter cu infidelitatea față de bogăția vieții înseși? Să punem problema invers: ar fi rezonabil să ne încredem în cineva pe care, în anumite împrejurări, *nu* l-a interesat teribil să fie infidel?

Contra

SMS-urile sunt, la început, strict politicoase. El s-a întors cu bine acasă? Ea s-a adaptat la diferența de fus orar? Își fac loc și câteva teme profesionale: a primit Rabih buletinul informativ de după conferință? E la curent Lauren cu munca urbanistului Jan Gehl?

Pe urmă, într-o noapte, la unsprezece, el își simte telefonul vibrând și intră în baie. Din Los Angeles ea i-a scris că, la drept vorbind, îi vine greu să uite de pula lui.

Șterge mesajul imediat, scoate cartela SIM a telefonului și o ascunde în trusa cu articole de toaletă, pitește telefonul sub un trening și se întoarce în pat. Kirsten întinde brațele spre el. A doua zi, cu telefonul asamblat la loc, îi răspunde lui Lauren din boxa de sub scară: „Mulțumesc pentru o noapte extraordinară, minunată, generoasă. N-o să-mi pară rău niciodată. Mă gândesc la vaginul tău". Din mai multe motive, șterge ultima propoziție înainte să trimită mesajul.

Cât despre faptul că n-o să-i pară rău niciodată, în realitate, înconjurat de prosoape puse la uscat, începe să i se pară mult mai complicat.

Sâmbăta următoare, într-un magazin de jucării din centrul orașului, unde a plecat cu William să-i cumpere o barcă de jucărie, primește un e-mail cu un document în *attachment*. Lângă un raft plin de mici ambarcațiuni cu pânze, citește: „Îmi place foarte mult numele tău, Rabih Khan. De fiecare dată când mi-l rostesc cu voce tare, mă satisface într-un fel.

Dar în același timp mă întristează, fiindcă îmi amintește cât timp am irosit cu bărbați care nu au firea ta autentică și pasională, și care n-au fost în stare să înțeleagă acele părți din mine care aș vrea să fie înțelese. Sper că o să-ți placă fotografia în ciorapii și pantofii mei Oxford preferați. Sunt eu cea adevărată, cea pe care mă bucur că ai văzut-o și pe care s-ar putea s-o vezi din nou nu peste multă vreme".

William îl trage de haină. În voce i se citește disperarea: barca la care visează de-o lună costă mult mai mult decât credea. Rabih simte că pălește. Autoportretul o arată stând în picioare într-o baie, cu fața spre o oglindă mare, cu capul înclinat într-o parte și purtând doar niște pantofi cu șireturi și o pereche de ciorapi până la genunchi galben cu negru. Se oferă să-i cumpere un portavion de jucărie lui William.

Mesajul rămâne fără răspuns tot weekendul. N-are nici timp și nici ocazia să se întoarcă la el până luni seara, când Kirsten e plecată la clubul de lectură.

Când deschide aplicația pentru e-mail, vede că Lauren i-a luat-o înainte: „Știu că ești într-o situație grea și n-aș vrea să fac nimic care să te pună în pericol, dar am fost cumplit de vulnerabilă și de nesăbuită în seara aceea. De obicei nu le trimit poze cu mine goală unor bărbați pe care aproape că nu-i cunosc. Am fost un pic jignită că nu mi-ai răspuns. Iartă-mă că spun asta – știu că n-am dreptul. Mă tot gândesc la figura ta blândă și drăguță. Ești un om bun, Rabih. Să nu-i crezi pe cei care spun altceva. Îmi placi mai mult decât ar trebui. Te vreau în mine chiar acum".

Pentru bărbatul cu figură blândă, lucrurile sunt din ce în ce mai delicate.

Poate că nu întâmplător, Rabih devine tot mai conștient de bunătatea soției lui. Observă cât de mult își dă silința în aproape tot ce face. În fiecare seară petrece câteva ore ajutându-i pe copii la teme; își amintește de testele de ortografie, repetă replici din piesa pentru serbare cu ei și le peticește pantalonii. Ajută cu bani un orfan cu o malformație a buzelor din Malawi. Rabih se pricopsește cu o ulcerație în interiorul unui obraz și, fără să fie rugată, soția lui cumpără un gel și i-l lasă la serviciu. Reușește cu brio să pară mult mai amabilă ca de obicei, lucru pentru care el este, pe de o parte, extrem de recunoscător, iar pe de alta, furios din cale-afară.

Generozitatea ei pare să arate cât de mare e inadecvarea lui și e tot mai puțin tolerabilă de la o zi la alta. Comportamentul lui se degradează. Se răstește la ea în fața copiilor. Se duce fără urmă de chef să arunce gunoiul și să ia hainele de la curățat. Ar vrea să se poarte și ea ceva mai urât cu el în schimb, pentru ca felul în care îl evaluează să coincidă cât mai mult cu impresia pe care-o are el despre sine.

Într-o seară târziu, după ce se duc la culcare și pe când Kirsten îi transmite ceva despre revizia anuală a mașinii, disconfortul lui atinge apogeul.

— A, și am pus să i se recalibreze roțile – cică trebuie s-o faci la fiecare șase luni, spune ea, fără să-și ridice ochii din ce citește.

— Kirsten, ce rost are să te complici cu așa ceva?

— Păi, s-ar putea să conteze. Poate fi periculos dacă *nu* o faci, așa a zis mecanicul.

— Ești înspăimântătoare, să știi.

— „Înspăimântătoare"?

— Faptul că ești atât de… *organizată*, de fanatică a planificării, de rezonabilă în tot și-n toate, dar-ar dracii să dea!

— „Rezonabilă"?

— Totul e profund logic, rezonabil, dichisit și sub control – de parc-am avea un orar în care trăim de-acum până când închidem ochii.

— Nu-nțeleg, spune Kirsten, cu o expresie de nedumerire absolută. Sub control? Mă duc să fac revizia mașinii și dintr-odată ajung personajul negativ din mai știu eu ce poveste antiburgheză care-ți trece prin cap?

— Da, ai dreptate. Ai dreptate mereu. Mă întreb doar de ce ești atât de genială în a mă face să simt că eu sunt ăla nebun și oribil. Nu pot să spun decât că toate sunt în perfectă ordine pe-aici.

— Parcă-ți plăcea ordinea.

— Așa credeam și eu.

— „Credeai", la trecut?

— La un moment dat începe să pară ceva mort. Ba chiar plictisitor.

Nu se poate abține. E îmboldit să spună cele mai urâte lucruri, să încerce să facă zob relația lor, ca să vadă dacă e autentică și demnă de încredere.

— Nu pui deloc frumos problema. Și nu mi se pare că lucrurile de-aici sunt plictisitoare. Aș vrea să fie.

— Chiar sunt. *Eu* am devenit plictisitor. Și tu la *fel*, în caz că n-ai observat.

Kirsten se uită drept în față, cu ochii mai mari ca de obicei. Se dă jos din pat cu o demnitate tăcută, cu degetul încă în cartea pe care-o citește, și iese din cameră. Rabih o aude cum coboară scările și pe urmă cum trântește ușa sufrageriei după ea.

— De ce ai talentul ăsta să mă faci atât de vinovat pentru tot ce fac? strigă el după ea. Sfânta Kirsten, futu-i!

Și bate cu piciorul în podea suficient de tare ca s-o trezească din somn câteva clipe pe fiica lui, care doarme dedesubt.

După douăzeci de minute de chibzuială, coboară după Kirsten. Ea stă într-un fotoliu, lângă veioză, cu o pătură peste umeri. Nu-și ridică ochii la intrarea lui. Rabih se așază pe canapea și își pune capul în mâini. Lângă ușa de alături, în bucătărie, frigiderul scoate un tors abia auzit când îi pornește termostatul.

— Crezi că toate chestiile astea mă distrează, nu? întreabă ea într-un târziu, tot fără să se uite la el. Că arunc la coș cea mai bună parte a carierei ca să mă ocup de doi copii frumoși, care te scot din minți și te storc zi de zi, și de un soț nemaipomenit-de-interesant-și-mereu-în-pragul-unei-căderi-nervoase? Crezi că la asta visam la cinșpe ani, când am citit afurisita aia de *Femeie eunuc* a lui Germaine Greer? Știi cu câte tâmpenii trebuie să-mi umplu capul în fiecare zi a săptămânii ca să fac coșmelia asta să reziste? Iar în vremea asta, tu ai nu știu ce resentiment misterios despre faptul că, vezi Doamne, te-aș fi împiedicat să-ți atingi potențialul maxim ca arhitect, când adevărul e că-ți faci mult mai multe griji pentru bani decât mine, doar că ți se pare util să mă arăți cu degetul ca să ieși tu basma curată. Fiindcă e mult mai ușor dacă e vina *mea*. Îți cer un singur lucru, nimic mai mult – să mă tratezi cu respect. Nu mă interesează la ce visezi cu ochii deschiși sau ce faci când ajungi mai știu eu pe unde, dar *nu* sunt dispusă să-ți accept impolitețea. Crezi că ești singurul care are perioade când se satură de toți și de toate? Dă-mi voie să-ți spun că nici eu nu cad pe spate de emoție tot timpul. Dacă nu ți-a dat prin cap, află că am momente când sunt și eu nemulțumită – și zău că n-am nevoie să mă ții *tu* sub control pe *mine*, la fel cum nu vrei să te țin nici eu pe tine.

Rabih o privește fix, surprins de ceea ce spune la sfârșit.

— Serios, să te „țin sub control"? întreabă el. Ciudat că te-ai gândit la formula asta.

— Tu ai folosit-o primul.

— N-am folosit-o.

— Ba da, în dormitor. Ai spus că totul e foarte dichisit și sub control aici.

— Sunt sigur că nu, zice Rabih și se întrerupe. Ai făcut ceva pentru care ar trebui să te țin sub control?

Bătăile de inimă ale relației lor, care se simt fără întrerupere din după-amiaza aceea din Grădina Botanică, par să se întrerupă.

— Da, mă fut cu toți bărbații din echipă, până la unul. Mă bucur că în sfârșit ai întrebat. Credeam că nu o s-o mai faci. Măcar ei știu să se poarte frumos cu mine.

— Chiar *ai* o aventură?

— Nu fi ridicol. Iau prânzul cu ei din când în când.

— Cu toți odată?

— Nu, domnule inspector, îi prefer pe rând.

Rabih stă cu umerii gârboviți la masa acoperită de temele copiilor. Kirsten se plimbă prin dreptul cămării de care e prinsă o fotografie mare a lor patru dintr-o vacanță memorabil de frumoasă din Normandia.

— Cu care dintre ei iei prânzul?

— Ce importanță are? În regulă, cu Ben McGuire din Dundee, de exemplu. E calm, îi place să se plimbe și nu pare să creadă că a fi „rezonabil" e un defect atât de mare. Mă rog, revenind de unde-am plecat, cum pot să te lămuresc mai bine? Nu e plictisitor să fii drăguț. E o realizare enormă, pe care nouăzeci și nouă la sută din omenire nu o reușește de la o zi la alta. Dacă „drăguț" e plictisitor, atunci îmi place plictiseala. Vreau să nu mai țipi niciodată la mine în fața copiilor, așa cum ai făcut ieri. Nu ai nici un haz când faci asta. Mi s-a părut că lucrul rar la tine era tocmai faptul că nu țipai.

Kirsten se ridică și se duce să-și ia un pahar cu apă.

Ben McGuire. Numele i se pare cunoscut. Kirsten l-a mai pomenit și înainte. S-a dus într-o după-amiază la Dundee – oare când o fi fost? La un fel de chermeză la consiliul local, așa i-a zis. Cum îndrăznește McGuire ăsta să-i invite soția la prânz? E sărit de pe fix? Ba mai mult, fără să-i ceară permisiunea lui Rabih, care fără îndoială că nu i-ar fi acordat-o.

Își începe investigațiile imediat.

— Kirsten, ai făcut ceva cu Ben McGuire, sau a dat el de înțeles că i-ar plăcea să-ți facă ceva sau, mai bine zis, să facă ceva *cu* tine?

— Nu lua tonul ăsta straniu, detașat și avocățesc, Rabih. Crezi c-aș vorbi așa cu tine dac-aș avea ceva de ascuns? Nu sunt atât de narcisistă încât, dacă mă consideră cineva atrăgătoare, să mă simt obligată imediat să mă dezbrac. Dar dacă observă cineva că m-am tuns sau îi place rochia pe care-o port, nici nu i-o reproșez. În mod surprinzător, nu mai sunt virgină. O să descoperi că foarte puține femei mai sunt, la vârsta mea. Și probabil c-ar fi timpul să te-mpaci cu ideea că nici măcar maică-ta nu era Madona pe care ți-ai fixat-o în imaginație. Ce crezi că făcea nopțile alea când zbura în jurul lumii – citea pasaje alese din ediția Gideon a Bibliei în camera de hotel? Orice-ar fi fost, sper de dragul ei că a fost minunat și că iubiții ei au adorat-o – și mă bucur c-a avut decența să nu te implice niciodată în povestea asta. Dumnezeu s-o aibă în pază. Atâta doar că ți-a transmis, fără să aibă vreo vină, o concepție foarte ciudată despre femei. Da, să știi că au și femeile nevoi, iar uneori, chiar dacă sunt măritate cu soți care le iubesc și sunt mame bune, le-ar plăcea să vină cineva nou și necunoscut, care să le remarce și să le dorească disperat. Ceea ce nu înseamnă că n-o să fie în același timp imagini ale preocupării rezonabile zi de zi și că n-o să se gândească la ce alimente sănătoase să le pună copiilor în pachețelele de prânz. Uneori dai impresia că ești singurul de-aici cu o viață interioară. Însă toate sentimentele tale subtile sunt în cele din urmă foarte firești și nu trădează un geniu. Asta e căsnicia și pentru ea am semnat amândoi, pe viață, cu ochii deschiși. Am de gând să-i fiu cât mai loială cu putință și sper că și tu la fel.

După asta tace. Pe tejgheaua de lângă locul unde stă se găsește o pungă mare de făină, scoasă din cămară pentru o prăjitură pe care Kirsten avea de gând să le-o facă a doua zi copiilor. Se uită la ea pentru o clipă.

— Cât despre faptul că ești nemulțumit că nu fac nimic nebunesc…

Pachetul zboară prin cameră înainte ca Rabih să aibă timp să scoată o vorbă și se izbește de perete cu atâta forță, încât explodează într-un nor alb, căruia îi trebuie surprinzător de mult să se așeze prin sufragerie și peste scaune.

— Prostovan jignitor și inadaptat – ia zi, a fost destul de nebunesc? Poate că până o să termini de curățat o să ai timp să-ți amintești cât de distractiv poate fi menajul. Și te rog să nu mai spui niciodată, dar *niciodată*, că sunt plictisitoare.

Se duce sus din nou, iar Rabih se așază în genunchi cu mătura și fărașul. E făină peste tot: are nevoie de aproape un pachet de șervețele de hârtie ca să ia grosul de pe masă, de pe scaune și din spațiile dintre plăcile de gresie, însă chiar și după aceea își dă seama că urmele acestei întâmplări vor rămâne vizibile câteva săptămâni. Pe când face curat, își aduce de asemenea aminte, așa cum n-a mai făcut de mult, că a avut motive serioase să se însoare cu femeia asta și nu cu alta.

Prin urmare, i se pare deosebit de dureros să creadă (în mod greșit) că e posibil s-o fi pierdut în favoarea unui topograf al consiliului local din Dundee – și ce e mai rău, tocmai când n-are nici un punct de sprijin și nici o autoritate morală pe care s-o poată exercita. Da, știe că e ridicol, dar gândurile i se învălmășesc în minte. De când are loc adulterul? De câte ori s-au întâlnit? Unde o fac? În mașină? O să trebuiască să verifice atent de dimineață. I se face greață. Are un fel de-a fi atât de secretos și de discret, încât ar putea bine mersi să aibă o a doua viață, își spune el, fără să aibă nici cea mai mică idee. Nu i-ar trece prin cap nici mort cum să-i intercepteze e-mailurile sau să-i pună sub ascultare telefonul. Oare chiar face parte dintr-un club de lectură? Luna trecută, când a zis că se duce să-și viziteze mama bolnavă, nu cumva și-a petrecut tot weekendul cu amantul? Dar „cafeaua“ pe care-o bea uneori sâmbăta? Poate găsește un dispozitiv de urmărire pe care să i-l furișeze în haină. E dintr-odată absolut revoltat și de-a dreptul îngrozit. Soția lui fie e pe punctul să-l părăsească, fie are de gând să rămână, dar să-l trateze glacial și supărat toată viața. Îi e cumplit de dor de viața lor din trecut, când nu se gândeau (reușește el să se autoconvingă) decât la calm, la loialitate și la stabilitate. Vrea ca ea să-l ia în brațe ca pe un bebeluș și să dea timpul înapoi. A crezut că o să petreacă o seară tihnită, iar acum totul s-a terminat.

Să fii matur înseamnă, ni se spune, să treci dincolo de posesivitate. Gelozia e pentru copilași. Un om matur știe că nimeni nu e proprietarul nimănui. Asta ne-au învățat înțelepții din cele mai vechi timpuri. Lasă-l pe Jack să se joace cu mașinuța ta de pompieri: tot a ta o să fie și dacă o să facă și el o tură. Nu te mai arunca pe jos și nu mai izbi cu pumnii în covor de furie. O fi surioara ta odorul lui tati, dar și tu ești. Iubirea nu e ca o prăjitură: dacă-i dăruiești iubire cuiva, nu înseamnă că rămâne mai puțină pentru ceilalți. Iubirea pur și simplu crește de fiecare dată când mai apare un bebeluș în familie.

Mai târziu, argumentul e și mai logic în privința sexului. De ce-ai nutri gânduri rele pentru partenerul tău dacă ar pleca de lângă tine o oră și s-ar duce să-și frece o porțiune limitată a corpului de cea a unui străin? În fond, nu te-ai înfuria dac-ar juca șah cu cineva pe care nu-l cunoști sau s-ar înscrie într-un grup de meditație unde s-ar vorbi intim despre viața fiecăruia la lumina lumânărilor, corect?

Rabih nu poate să nu-și pună anumite întrebări: unde era Kirsten joia trecută, când a sunat-o și nu i-a răspuns? Pe cine încearcă să impresioneze cu noii ei pantofi negri? De ce, când tastează „Ben McGuire“ în căsuța de căutare de pe laptopul ei (pe care l-a deschis pe furiș în baie), nu vede decât e-mailuri plictisitoare între ei, pe chestiuni de serviciu? Cum și unde mai comunică? Și-au creat conturi de e-mail ascunse? Vorbesc pe Skype? Sau pe un alt serviciu codat? Plus cea mai importantă și mai tâmpită întrebare dintre toate: cum e Ben McGuire la pat?

Stupizenia geloziei face din ea o țintă tentantă pentru cei dispuși să fie moralizatori. Ar trebui să nu-și irosească energiile. Oricât de needificatoare și de prostești ar fi crizele de gelozie, ele nu pot fi ocolite: ar trebui să acceptăm că pur și simplu nu putem rămâne întregi la cap când auzim că persoana pe care-o iubim și pe care ne bizuim și-a atins buzele, sau chiar și mâinile, de ale altcuiva. Nu are nici un sens, bineînțeles – și vine exact în răspărul gândurilor adeseori sobre și loiale pe care e posibil să le fi nutrit când am trădat pe cineva în trecut. Însă aici nu putem fi aduși la rațiune. Să fii înțelept înseamnă să recunoști când anume nu mai putem recurge la înțelepciune.

Rabih încearcă în mod conștient să-și regleze respirația. Dă impresia că e furios, însă în adâncul sufletului e doar speriat. Încearcă o tehnică despre care a citit cândva într-o revistă: „Să ne închipuim ce-a vrut să spună Kirsten, dacă a avut *într-adevăr* câteva experiențe cu Ben. Eu ce am vrut să spun când am fost cu Lauren? Am dorit s-o părăsesc pe Kirsten? Sub nici o formă. Prin urmare, probabil că nici ea n-a vrut să plece de-acasă când a fost cu Ben. Probabil că doar s-a simțit ignorată și vulnerabilă și a vrut să-și afirme sexualitatea – lucruri de care mi-a spus că are nevoie și de care am nevoie și eu. Indiferent ce-a făcut, pesemne că n-a fost mai rău decât ce s-a întâmplat la Berlin, ceea ce, luat în sine, nici măcar n-a fost atât de rău. Dacă o iert, înseamnă că mă împac eu însumi cu o parte din impulsurile pe care le-am avut și că-mi dau seama că impulsurile alea n-au fost dușmani ai căsniciei și ai iubirii noastre doar pentru că le-a simțit ea și nu eu".

Pare foarte logic și mărinimos. Cu toate acestea, nu contează absolut deloc. Rabih începe să învețe ce înseamnă „să fii bun", dar nu la mâna a doua, ascultând o predică sau respectând conștiincios moravurile sociale din lipsă de variante sau dintr-un soi de respect pasiv și laș pentru tradiție. El devine nițeluș mai amabil prin metoda cea mai autentică și eficientă cu putință: având șansa să analizeze consecințele pe termen lung ale unui comportament necorespunzător dinăuntrul lui.

Atâta timp cât suntem beneficiari inconștienți ai loialității altora, ne vine ușor să avem sânge-rece în ceea ce privește adulterul. Faptul că nu am fost trădați niciodată fixează premise slabe să rămânem fideli. Transformarea în oameni cu adevărat mai loiali ne impune să suferim prin intermediul câtorva experiențe directe, în care ne simțim o vreme peste măsură de panicați, tulburați și în pragul colapsului. Abia atunci interdicția de-a ne trăda partenerul se preschimbă dintr-o banalitate crasă într-un imperativ moral etern valabil.

Dorințe de neîmpăcat

Tânjește în primul rând după siguranță. Serile de duminică i se par adeseori deosebit de agreabile, când sunt toți patru așezați la masă mâncând pastele pregătite de Kirsten, William hlizindu-se și cu Esther cântând. Afară e întuneric. Rabih mănâncă din pâinea lui preferată cu secară. După cină se desfășoară un joc de Monopoly, o bătaie cu perne, pe urmă o baie, o poveste și ora stingerii pentru copii. Kirsten și Rabih se vâră și ei în pat, ca să se uite la un film; se țin de mână pe sub pilotă, la fel cum făceau la început, deși acum restul se reduce aproape stânjenitor la un pupic pe gură în timp ce rulează genericul de final, iar după zece minute adorm amândoi, în siguranță și tihniți.

Însă Rabih tânjește și după aventură. E șase și jumătate în după-amiezile de vară rare și perfecte din Edinburgh, când străzile miros a motorină, cafea, mâncare prăjită, asfalt încins și sex. Trotuarele gem de femei în rochii de bumbac cu imprimeuri și bărbați în jeanșii largi. Toți oamenii cu scaun la cap se duc acasă; însă pentru cei care nu vor să plece, seara promite căldură, combinații și nebunii. O tânără cu o bluză mulată trece pe lângă el (probabil o studentă sau o turistă) și-i trimite cel mai scurt și conspirativ zâmbet din câte există, iar într-o clipă totul i se pare la îndemână. În orele care vin, oamenii vor intra în baruri și discoteci, vor striga pentru a se face auziți prin ritmurile muzicii și, stimulați de alcool și adrenalină, vor sfârși prin a se îmbrățișa cu diverși străini pe întuneric. Rabih e așteptat acasă în cincisprezece minute ca să le facă baie copiilor.

Viețile noastre romantice sunt sortite să fie triste și incomplete, fiindcă suntem creaturi acționate de două dorințe esențiale, care se îndreaptă în direcții diametral opuse. Și totuși, lucrul cel mai rău este refuzul nostru de-a cauționa utopic divergența, speranța noastră naivă că am putea ajunge cumva la o sincronizare gratuită – că libertinul ar putea trăi pentru aventură reușind să evite singurătatea și haosul. Sau că romanticul căsătorit ar putea să unească sexul cu tandrețea și pasiunea cu obișnuința.

Lauren îi trimite un SMS lui Rabih ca să-l întrebe dacă ar putea să comunice online la un moment dat. I-ar plăcea să-l audă și, la modul ideal, să-l și vadă din nou: cuvintele nu ajung.

Urmează o așteptare de zece zile înainte ca un lucru planificat din timp s-o scoată pe Kirsten din casă seara. Copiii îl țin ocupat aproape până de ora stabilită, după care, din cauza semnalului slab de wi-fi, trebuie să rămână în bucătărie pe durata convorbirii. A avut grijă să se asigure de câteva ori că nici Esther și nici William n-o să vrea un pahar cu apă, dar se întoarce oricum să se uite la ușă o dată la câteva minute, pentru orice eventualitate.

N-a mai folosit Facetime până acum și-i trebuie timp pentru instalare. Două femei sunt acum în relație cu el, dar în feluri diferite. După câteva minute și trei parole, Lauren e dintr-odată acolo, de parc-ar fi așteptat în tot acest timp înăuntrul computerului.

— Mi-e dor de tine, spune ea imediat.

E o dimineață însorită în sudul Californiei. Lauren stă în sufrageria cu bucătărie deschisă și poartă o bluză albastră obișnuită, în dungi. Tocmai s-a spălat pe cap. Are ochi jucăuși și însuflețiți.

— Am făcut cafea. Vrei și tu? îl întreabă.
— Sigur, și niște pâine prăjită.
— Parcă-ți place cu unt, din câte țin minte, nu? Vine fata!
Ecranul pâlpâie și se stinge pentru o clipă. Așa o să arate aventurile sentimentale după ce-o să colonizăm planeta Marte, își spune Rabih.

Informațiile nu sunt păcăleli. Felul cum își ține capul o persoană ar putea să indice pe cineva încrezător, crispat și sensibil; se prea poate să aibă umorul și inteligența din ochi și tandrețea sugerată de gură. Eroarea îndrăgostirii e mai subtilă: eșecul de-a ține minte adevărul central al firii omenești, și anume că fiecare om – nu doar partenerii noștri actuali, în ale căror eșecuri multiple suntem atât de experți –, dar absolut *fiecare, are ceva funciarmente și înnebunitor de greșit după ce petrecem mai mult timp în preajma lui, ceva atât de greșit, încât tot extazul nostru inițial e luat în derâdere.*

Singurii oameni care încă ni se par normali sunt cei pe care nu-i cunoaștem îndeajuns. Cel mai bun leac pentru iubire e să apucăm să-i cunoaștem mai bine.

Când imaginea revine, Rabih distinge, într-un colț din spate, ceva care seamănă cu un stelaj de uscat pe care stau atârnate câteva perechi de ciorapi.
— Apropo, unde e butonul prin care te întinzi și-ți atingi iubitul la aparatul ăsta? se miră ea cu voce tare.
E într-o foarte mare măsură la mila ei. Lauren n-ar trebui decât să caute adresa de e-mail a soției lui pe pagina de web a consiliului local din Edinburgh și să-i trimită două rânduri.
— La al meu e chiar aici, răspunde el.
Într-o clipă, mintea lui se gândește fulgerător la un posibil viitor cu Lauren. Își închipuie că stă cu ea la Los Angeles, în apartamentul acela, după divorț. Ar face dragoste pe canapea,

ar ține-o în brațe, ar sta până noaptea târziu și-ar vorbi despre vulnerabilitățile și dorințele lor și ar merge cu mașina să mănânce creveți într-un mic local pe care-l știe ea lângă ocean. Însă ar trebui de asemenea să ducă hainele la curățat, să se întrebe cine-o să pună siguranțele la loc și să se supere fiindcă au rămas fără lapte.

Tocmai fiindcă îi place atât de mult Lauren, nu vrea să ducă povestea asta mai departe. Rabih se cunoaște suficient de bine ca să-și dea seama cât de nefericită ar face-o până la urmă. În lumina a tot ce înțelege despre sine și despre ce se întâmplă în iubire, se dumirește că lucrul cel mai bun pe care-l poate face pentru cineva care-i place cu adevărat e să i se dea repede din drum.

Căsnicia: un lucru extrem de bizar și, în ultimă instanță, antipatic cu care chinui pe cineva la care pretinzi că ții foarte mult.

— Mi-e dor de tine, repetă ea.

— Și mie. Pe lângă asta, mă zgâiesc la lenjeria care ți se vede peste umăr. E foarte drăguță.

— Depravat ce ești!

Dac-ar da aripi acestei povești de iubire – o consecință logică a entuziasmului său –, i-ar face până la urmă cel mai egoist și mai rău lucru cu putință lui Lauren, dincolo de ce i-ar face soției lui. Generozitatea autentică, recunoaște Rabih, înseamnă să admiri, să vezi dincolo de imboldul permanenței și s-o iei din loc.

— Vreau să-ți spun ceva... începe el.

Pe când el dă glas reținerilor pe care le are, ea e răbdătoare cu bâlbâielile lui și cu ceea ce numește tendința lui „de-a îndulci pilula ca în Orientul Mijlociu“, glumește pe seama faptului că a fost concediată din postul de amantă, dar e grațioasă, cumsecade, înțelegătoare și, mai presus de orice, bună.

— Nu sunt mulți oameni ca tine pe pământ, conchide el – și vorbește serios.

Lucrul care l-a călăuzit la Berlin a fost speranța bruscă de-a ocoli câteva dintre neajunsurile propriei căsnicii prin explorarea nouă, dar limitată, a vieții altcuiva. Însă așa cum vede lucrurile acum, o asemenea speranță n-ar fi putut să fie decât o amăgire sentimentală și totodată o formă de cruzime, în care toți cei implicați ar fi fost răniți și ar fi avut de suferit. N-ar fi putut să existe nici un aranjament curat, în care să nu se sacrifice nimic. Aventura și siguranța sunt de neîmpăcat, își dă seama Rabih. O căsnicie cu iubire și copii ucide spontaneitatea, pe când o aventură ucide iubirea. Omul nu poate fi concomitent un libertin și un romantic căsătorit, oricât de atrăgătoare ar fi ambele paradigme. Iar Rabih nu minimalizează pierderea în nici un fel. Faptul că-i spune adio lui Lauren înseamnă că-și salvează căsnicia, dar și că își refuză o sursă esențială de tandrețe și bună dispoziție. Nici curvarul, nici soțul fidel nu e mulțumit. Și nu există soluție. Rabih e în lacrimi în bucătărie, unde plânge amarnic, cum n-a mai făcut-o de mulți ani – pentru ce a pierdut, pentru ce a pus în primejdie și pentru cât de pedepsitoare i-au fost opțiunile. Abia dacă are timp să-și revină înainte să audă cheia în broască și s-o vadă pe Kirsten intrând în bucătărie.

Săptămânile care urmează vor fi un amestec de ușurare și tristețe. Soția îl va întreba de două ori dacă s-a întâmplat ceva, iar a doua oară Rabih se va strădui din răsputeri să-și schimbe atitudinea, pentru ca ea să nu fie nevoită să-l întrebe din nou.

Melancolia nu este, de bună seamă, o tulburare care trebuie vindecată. E o specie de suferință inteligentă, care se ivește când ne trezim în fața certitudinii că dezamăgirea a făcut parte din scenariu de la bun început.

Nu am fost aleșii sorții. Să te căsătorești cu cineva, inclusiv cu persoana cea mai potrivită, înseamnă în cele din urmă să descoperi pentru care dintre varietățile suferinței ai fi cel mai dispus să te sacrifici.

Într-o lume ideală, legămintele maritale s-ar rescrie în totalitate. La altar, perechea ar vorbi după cum urmează: „Acceptăm să nu intrăm în panică peste câțiva ani, când ceea ce facem acum va părea cea mai proastă decizie din viața noastră. Și totuși, promitem nici să nu ne fugă ochii după altcineva, fiindcă acceptăm că nu există opțiuni mai bune. Fiecare dintre noi este mereu imposibil. Suntem o specie de nebuni".

După repetarea solemnă a ultimei propoziții de către enoriași, perechea ar continua: „Ne vom strădui să rămânem fideli. În același timp, suntem convinși că faptul de a nu ni se da voie să ne culcăm cu nimeni altcineva este una dintre tragediile existenței. Cerem iertare că geloziile noastre au făcut ca această constrângere stranie, dar sănătoasă și nenegociabilă, să fie foarte necesară. Fiecare din noi promite să facă din celălalt singurul depozitar al regretelor lui, în loc să le distribuim printr-o viață de donjuanism sexual. Am studiat diferitele variante ale nefericirii și am ales să ne legăm unul de celălalt".

Soțiile și soții care au fost înșelați n-ar mai avea dreptul să se plângă furibund că se așteptaseră ca partenerul lor să se mulțumească doar cu el (ea). În schimb, ei ar putea să strige mai tare și pe bună dreptate „Mă bazam pe tine să fii loial(ă) acelei variante de compromis și nefericire pe care-o reprezintă căsnicia pentru care am tras atât de mult".

Prin urmare, o aventură nu ar fi trădarea bucuriei intime, ci a unei promisiuni reciproce de îndurare a dezamăgirilor căsniciei cu vitejie și cu detașare stoică.

Secrete

Nici o relație n-ar putea începe fără promisiunea unei intimități depline. Însă pentru ca iubirea să dureze, e de asemenea imposibil să ne imaginăm parteneri care nu învață să-și păstreze o bună parte din gânduri pentru ei.

Suntem atât de impresionați de onestitate, încât uităm de virtutea politeții – o dorință de a nu-i pune întotdeauna pe oamenii la care ținem față în față cu aspectele depline și neplăcute ale felului nostru de-a fi.

Reprimarea, o anume rezervă și capacitatea de-a te automodela aparțin iubirii exact în măsura în care o face capacitatea pentru mărturisirea explicită. Persoana care nu poate să tolereze secretele, care, în numele onestității, pune în circulație informații atât de vătămătoare pentru celălalt, încât nu poate fi iertată, ei bine, această persoană nu este un prieten al iubirii. Iar dacă bănuim (cum ar trebui să facem frecvent dacă avem o relație meritorie) că și partenerul nostru minte (în legătură cu lucrurile la care se gândește, în legătură cu ce crede despre munca noastră și despre unde a fost aseară...), atunci am face bine să nu intrăm în pielea inchizitorului aprig și implacabil. Ar putea fi mai bine, mai înțelept și mai aproape de spiritul iubirii adevărate să ne prefacem pur și simplu că n-am observat.

Pentru Rabih, nu există alternativă: trebuie să mintă pentru totdeauna cu privire la ce s-a întâmplat la Berlin. E silit s-o facă fiindcă știe că spunerea adevărului ar da naștere unei și mai mare ordini a trădării: convingerea profund greșită că n-o mai iubește pe Kirsten sau că e un bărbat în care nu se mai poate avea încredere în nici un domeniu al vieții. Adevărul riscă să deterioreze relația mult mai grav decât neadevărul.

În siajul aventurii, Rabih adoptă un alt punct de vedere despre scopul căsătoriei. Când era mai tânăr, vedea în ea consacrarea unui set special de sentimente: tandrețe, dorință, entuziasm, jinduire. Cu toate acestea, el își dă seama acum că este, la fel de important, o instituție care te obligă să rămâi pe aceeași poziție an după an, fără legătură cu fiecare schimbare pasageră din emoțiile celor implicați. Căsătoria își are justificarea mai mult în fenomene decât în sentimente stabile și durabile – într-un angajament inițial care nu ține cont de revizuirile ulterioare și, mai cu seamă, în copii, o categorie de ființe constitutiv dezinteresate de satisfacțiile zilnice ale celor care i-au adus pe lume.

În cea mai mare parte a istoriei oficiale, oamenii au rămas căsătoriți fiindcă au ținut să corespundă așteptărilor societății, fiindcă aveau câteva valori de protejat și fiindcă voiau să păstreze unitatea familiilor. Pe urmă, treptat, a început să funcționeze un alt standard: perechile trebuiau să rămână împreună, susținea această școală de gândire, doar atâta timp cât mai existau anumite sentimente între membrii lor – sentimente de împlinire, dorință și entuziasm autentic. În această nouă ordine romantică, soților li se permitea să se despartă dacă rutina conjugală devenea împovărătoare, dacă-i călcau pe nervi copiii, dacă sexul nu le mai producea nici o plăcere sau dacă una din părți se simțise cam nefericită în ultima vreme.

Cu cât Rabih apreciază mai mult cât de haotice și de fără direcție îi sunt sentimentele, cu atât se atașează mai strâns de ideea căsătoriei ca instituție. La o conferință, ar putea să tragă cu ochiul la o femeie frumoasă și să-și dorească să renunțe la tot de dragul ei, pentru ca după două zile să admită c-ar prefera să moară decât să trăiască fără Kirsten. Sau, în weekendurile prelungite și ploioase, și-ar putea dori ca micuții să crească și să-l lase definitiv în treaba lui, ca să-și poată citi ziarul în pace – iar o zi mai târziu, la serviciu, i s-ar strânge inima de durere fiindcă o ședință amenința să se prelungească, făcându-l să ajungă acasă prea târziu ca să-i mai culce.

Pe un fundal atât de schimbător, recunoaște cât de importantă e arta diplomației, disciplina de-a nu spune neapărat ce crezi și de-a nu face ce vrei, pusă în slujba unor scopuri mai mari și mai strategice.

Rabih ține minte forțele contradictorii, sentimentale și hormonale care trag constant de el în o sută de direcții nebunești și neconcludente. Dac-ar fi să le onoreze pe toate, ar trebui să-și anuleze orice șansă de-a duce o viață coerentă. Știe că n-o să facă niciodată progrese la proiectele mai mari dacă n-o să accepte să fie, măcar pentru o vreme, nesatisfăcut pe dinăuntru și neautentic pe dinafară – măcar în relație cu anumite senzații trecătoare, cum ar fi dorința de a-și părăsi copiii sau de-a pune punct căsniciei în schimbul unei distracții de o noapte cu o urbanistă americană cu niște ochi verzi-cenușii extraordinar de atrăgători.

Asta fiindcă Rabih conferă o greutate prea mare sentimentelor lui ca să le lase să fie reperele în funcție de care trebuie să-și călăuzească dintotdeauna viața. Este o formulă chimică haotică, într-o nevoie disperată de principii de bază la care să poată adera în timpul scurtelor lui perioade raționale. Știe să fie recunoscător pentru că împrejurările lui externe nu se vor potrivi uneori cu ceea ce simte în adâncul inimii. E probabil un semn că se află pe drumul bun.

DINCOLO DE ROMANTISM

Teoria atașamentului

Cu vârsta, dezvoltă amândoi o nouă conștiință a propriei lor imaturități și, în același timp, sentimentul că imaturitatea n-are cum să se reducă la ei. Sunt siguri că există și alții care-i înțeleg mai bine pe ei decât se înțeleg pe sine.

Au tot glumit pe seama terapiei de-a lungul anilor. La început, poantele au fost pe seama disciplinei ca atare: terapia era domeniul exclusiv al oamenilor nebuni, cu prea mult timp liber și prea mulți bani; toți psihologii erau ei înșiși nebuni; oamenii cu probleme ar trebui pur și simplu să stea de vorbă mai mult cu prietenii; „a vedea pe cineva" în legătură cu o problemă era un lucru pe care-l făcea lumea în Manhattan, nu în Lothian. Însă cu fiecare ceartă pe care au avut-o, aceste clișee liniștitoare au ajuns să convingă din ce în ce în ce mai puțin, iar în ziua când Rabih dărâmă furios un scaun și-i rupe un braț, ca reacție la întrebarea lui Kirsten despre o plată făcută cu cardul, își dau seama imediat amândoi, fără să scoată un cuvânt, că e cazul să facă o programare.

E greu să găsești un psiholog ca lumea, mult mai greu, de pildă, decât să dai peste un frizer competent, adică un furnizor de servicii care poate că solicită cu mai puțină ambiție atenția omenirii. Să ceri recomandări în stânga și-n dreapta e delicat, fiindcă oamenii au tendința să interpreteze întrebarea în sine ca pe un semn că ai probleme mari în căsnicie, în loc să vadă în ea un indiciu al trăiniciei și al probabilei sale longevități. La fel ca majoritatea lucrurilor care au rolul de-a veghea la ce se întâmplă în iubire, consilierea pare profund neromantică.

În cele din urmă găsesc pe cineva după o căutare online – un practicant individual, cu un birou în centrul orașului, pe a cărui pagină de web se face trimitere la experiența în „problemele de cuplu“. Formula pare liniștitoare: problemele lor particulare nu sunt fenomene izolate, ci doar parte din ceea ce se întâmplă în cadrul unei unități bine studiate și universal problematice.

Camera de consultații e la etajul trei al unui bloc mohorât, cu apartamente de închiriat, de la sfârșitul secolului al XIX-lea. Însă înăuntru e cald și primitor, plin de cărți, ziare și peisaje pictate. Psihologul, doamna Fairbairn, poartă o rochie bleumarin simplă și are o coamă mare de păr cărunt și foarte creț, care încadrează o figură modestă, ce sugerează sinceritatea. Când se așază, picioarele îi rămân la o distanță semnificativă de podea. Mai târziu, Rabih va reflecta cu ingratitudine că „hobitul“ nu prea pare să se fi bucurat la prima mână de pasiunile în care susține că e expertă.

Observă o cutie mare de batiste de hârtie pe o măsuță aflată între el și Kirsten – și simte impulsul să protesteze la ceea ce sugerează. N-are chef să accepte invitația să-și încredințeze suferințele complexe în public unui teanc de batiste de hârtie. În timp de doamna Fairbairn le notează numerele de telefon, e la un pas să întrerupă procedurile și să anunțe că venirea lor acolo a fost de fapt o greșeală, o reacție exagerată și relativ melodramatică după câteva certuri pe care le-au avut, și că, dacă se gândeau mai bine, relația lor era perfect normală, iar uneori chiar foarte bună. Vrea să se năpustească afară din cameră înapoi în lumea normală, în localul de la colț, unde el și Kirsten ar putea să mănânce un sendviș cu ton și să bea un pahar de socată, iar apoi să-și vadă de viața lor de zi cu zi din care s-au exclus atât de ciudat, și din proprie inițiativă, din cauza unui sentiment deplasat al inadecvării.

— Pentru început, dați-mi voie să vă explic câteva lucruri, spune psihologul cu o voce îngrijită, cu accentul clasei de sus din Edinburgh. Avem cincizeci de minute, pe care le veți putea cronometra cu ajutorul ceasului de deasupra șemineului. S-ar putea ca în faza asta să vă simțiți un pic temători. Ar fi neobișnuit dacă nu v-ați simți. S-ar putea să credeți fie că știu totul despre voi, fie că nu știu absolut nimic. Nici una din variante nu prea e adevărată. Explorăm lucrurile împreună. Și ar trebui să vă felicit pentru că ați venit. E nevoie de un pic de curaj, știu. Prin simplul fapt că ați ajuns aici, ați făcut unul dintre cei mai mari pași pe care-l pot face doi oameni care încearcă să rămână împreună.

În spatele ei se vede un raft cu cărți de interes profesional: *Eul și mecanismele lui de apărare*, *Acasă e locul de unde începem*, *Anxietatea despărțirii*, *Ecoul iubirii în psihoterapia de cuplu* și *Eul și ceilalți în teoria relațiilor cu obiectele*. Ea însăși a scris o jumătate din prima ei carte, cu titlul *Atașamentul de siguranță și de anxietate în relațiile conjugale*, care va fi publicată de o editură mică din Londra.

— Spuneți-mi, ce v-a făcut să vreți să veniți la mine? continuă ea, pe un ton mai apropiat.

S-au cunoscut cu șaptesprezece ani în urmă, povestește Kirsten. Au doi copii. Fiecare din ei și-a pierdut un părinte când era mic. Viețile lor sunt aglomerate, răsplătitoare și uneori infernale. Au exact genul de certuri care ei îi displac profund. În ochii ei, se întâmplă foarte des ca soțul să nu mai fie bărbatul de care s-a îndrăgostit. Se înfurie pe ea, trântește ușa. I-a spus că e o pizdă.

Doamna Fairbairn își ridică ochii din notițe cu o expresie imperturbabilă, pe care cei doi vor ajunge s-o cunoască bine.

Toate astea sunt adevărate, recunoaște Rabih, dar există în Kirsten o răceală și uneori un dispreț tăcut care-l aduc la disperare și care par să-și propună să-l scoată din pepeni. Felul cum răspunde ea la griji – ale lui sau ale ei – e tăcând și făcându-l să înghețe. Adeseori chiar se întreabă dacă-l mai iubește.

Teoria atașamentului, dezvoltată de psihologul John Bowlby și de colegii lui în Anglia anilor '50, merge înapoi pe firul tensiunilor și conflictelor relaționale până la prima situație în care am avut de-a face cu grija părintească.

Se estimează că o treime din populația Europei Occidentale și a Americii de Nord a trecut printr-o formă de dezamăgire părintească timpurie (vezi C. B. Vassily, 2013) și, ca urmare, au fost activate mecanisme primitive de apărare – pentru a se evita teama de o anxietate intolerabilă –, iar capacitățile pentru încredere și intimitate au fost perturbate. În importanta lui lucrare *Anxietatea despărțirii* (1959), Bowlby susține că persoanele care au fost decepționate timpuriu de mediul familial vor avea în general două tipuri de reacție când vor crește și vor avea de înfruntat dificultățile ambiguității dintr-o relație: prima va fi tendința spre un comportament temător, care se cramponează și vrea să dețină controlul – tipar căruia Bowlby îi spune „atașamentul de anxietate" –, iar a doua va fi înclinația spre o manevră de retragere în defensivă, pe care tot el o numește „atașamentul de evitare". Persoana anxioasă are tendința să-și verifice partenerul în mod constant, să aibă izbucniri de gelozie și să-și petreacă o bună parte din viață regretând că relația dintre ei nu este „mai apropiată". La rândul ei, persoana care evită va vorbi despre nevoia de „spațiu", se va simți bine singură și i se va părea uneori că pretențiile la intimitate sexuală au darul s-o sperie.

Până la șaptezeci la sută dintre pacienții care caută terapie de cuplu prezintă fie tendințe de comportament anxios, fie tendințe de comportament de evitare. Cuplurile conțin destul de des un partener evitant și unul anxios, în care fiecare set de reacții ale unuia îl exasperează pe celălalt într-o spirală descendentă a încrederii.

Dr. Joanna Fairbairn, *Atașamentul de siguranță și de anxietate în relațiile conjugale: o perspectivă asupra relațiilor cu obiectele*
(Karnak Books, Londra, în curs de apariție)

E umilitor să accepți că n-o să se înțeleagă unul pe celălalt spontan. Dacă au ajuns aici, înseamnă că au renunțat să *intuiască* ce-ar putea să se întâmple înăuntrul așa-numitului suflet pereche. S-a renunțat la visurile romantice, pentru a fi înlocuite – pe durata multor luni – cu examinări minuțioase a câteva momente aparent minore de viață domestică, deși în ochii doamnei Fairbairn noțiunea de momente minore nu există; remarca nedreaptă, nerăbdarea pasageră și bruschețea jignitoare sunt materia primă a meseriei sale.

Doamna Fairbairn ajută la dezafectarea bombelor. Poate părea prostesc să dai cincizeci de minute din viață (și șaptezeci și cinci de lire) ca să vezi cum a răspuns Rabih când Kirsten i-a strigat pentru a doua oară să coboare și să pună masa, sau cum a reacționat Kirsten la rezultatele dezamăgitoare ale lui Esther la geografie... Dar aici germinează problemele care, dacă sunt lăsate fără supraveghere, ar putea să se transforme în genul de catastrofe pe care societatea e mai pregătită să-și concentreze atenția: violență domestică, despărțiri, intervenții ale serviciilor sociale, dispoziții judecătorești... Totul începe cu mici umiliri și decepții.

Astăzi Rabih se referă la o ceartă din seara trecută. A fost despre serviciu și despre bani: există pericolul ca firma lui să fie silită să înghețe sau să reducă salariile semestrul următor, ceea ce ar putea să le provoace întârzieri la plata ipotecii. Kirsten a părut aproape indiferentă. De ce, ori de câte ori e pus în fața unor situații atât de serioase, soția lui reacționează atât de puțin liniștitor? N-ar fi putut găsi ceva încurajator de spus – orice? Măcar l-o fi ascultat cum trebuie? De ce-i răspunde cu un „hmm“ nedumeritor tocmai când are mai mare nevoie de sprijinul ei? De aceea a țipat la ea și i-a vorbit urât, după care a luat-o din loc. N-o fi fost cel mai elegant lucru, însă și ea l-a dezamăgit crunt.

Un indiciu despre o persoană cu ataşament de anxietate este intoleranţa la situaţiile ambigue (o tăcere, o amânare sau o remarcă neutră), precum şi reacţia spectaculoasă în faţa lor. Aceste situaţii sunt interpretate rapid într-un registru negativ, ca insulte sau atacuri răuvoitoare. Pentru persoana cu ataşament de anxietate, orice abatere măruntă, cuvânt pripit sau omisiune poate fi trăită ca o ameninţare intensă, care vesteşte destrămarea unei relaţii. Cele mai obiective explicaţii nu mai sunt la îndemână. Înăuntrul lor, oamenii cu ataşament de anxietate se simt adeseori ca şi cum s-ar lupta pentru viaţă – deşi sunt de obicei incapabili să-şi explice fragilitatea celor din jur, care, pe bună dreptate, ar putea să-i ştampileze ca arţăgoşi, irascibili sau cruzi.

Ce prostie să spui așa ceva, protestează Kirsten. Iar exagerează, cum tinde să facă în privința atâtor lucruri, de la cât de rău plouă la ce proastă e mâncarea dintr-un restaurant – ca atunci când s-au dus în Portugalia și singurul lucru pe care a găsit de cuviință să-l pomenească luni în șir a fost despre cât de jegos era hotelul, de parc-ar fi fost sfârșitul lumii, deși copiilor li s-a părut în regulă.

Bineînțeles că reacția ei, adaugă Kirsten, n-a justificat-o în nici un fel pe a lui. Merita să ieși valvârtej din cameră pentru așa ceva? Ce fel de adult are un asemenea temperament? Îi oferă implicit doamnei Fairbairn invitația s-o considere partenerul rezonabil al cuplului și, fiind femeie, la fel ca ea, să se minuneze împreună ce nebunii și melodrame trăiesc bărbații.

Însă doamnei Fairbairn nu-i place să fie presată să ia partea cuiva. Parțial, în asta constă geniul ei. N-o interesează câtuși de puțin cine „are dreptate". Vrea să descopere ce simte fiecare parte și pe urmă să se asigure că partea cealaltă o ascultă empatic.

— Ce simți pentru Kirsten în perioadele astea, când nu vorbește foarte mult? îl întreabă ea pe Rabih.

E o întrebare absurdă, își zice el; iritarea de azi-noapte este pe punctul să-l cuprindă din nou.

— Simt exact lucrul la care v-ați aștepta, că e oribilă.

— „Oribilă"? Doar fiindcă nu spun exact ce vrei s-auzi, sunt oribilă? intervine Kirsten.

— Un minut, te rog, Kirsten, îi atrage atenția doamna Fairbairn. Vreau să explorez ceva mai mult ce simte Rabih în clipele astea. Cum te simți când crezi că te-a dezamăgit Kirsten?

Rabih nu mai pune nici o frână rațională, lăsându-și măcar de data asta subconștientul să vorbească:

— Speriat. Părăsit. Neputincios.

Se lasă tăcerea, cum se întâmplă frecvent după ce unul din ei spune ceva semnificativ.

— Simt că sunt singur. Că nu contez. Că nu-i pasă nici cât negru sub unghie de mine.

Se oprește. În ochi încep să-i joace – poate pe neașteptate – lacrimi.

— Pare complicat, rostește doamna Fairbairn, pe un ton neutru, dar în același timp implicat.

— Mie *nu* mi se pare speriat, spune Kirsten. E greu să te gândești la un bărbat care-și înjură soția și țipă la ea ca la un posibil mielușel speriat.

Însă doamna Fairbairn a prins ferm problema cu penseta ei de psiholog și n-are de gând să-i dea drumul. Vede aici un tipar: într-o chestiune unde are nevoie de mângâiere, Rabih o consideră pe Kirsten distantă și glacială. Se sperie, își pierde cumpătul și pe urmă o găsește pe Kirsten și mai distantă. Frica și furia sporesc, ca de altfel și distanța. Kirsten îl consideră arogant și agresiv. Experiența a învățat-o că bărbații au tendința să se comporte tiranic – iar rolul femeii e să li se opună prin forță și pedanterie. În acest punct, iertarea nu face parte din meniu. Însă înăuntrul lui Rabih nu există strop de tărie, el e pur și simplu șovăielnic, la capătul puterilor și umilit de indiferența ei aparentă. Prin urmare, e regretabil, ba chiar la granița cu tragicul, că acest fel de-a reacționa la vulnerabilitățile lui ia o formă care le maschează în întregime și pare s-o înstrăineze indiscutabil tocmai pe persoana de care vrea atât de mult să fie consolat.

Numai că acum, o dată pe săptămână, miercuri la prânz, există o șansă de distrugere a cercului vicios. Cu doamna Fairbairn protejând-o pe Kirsten de iritarea lui Rabih, și pe Rabih de răceala lui Kirsten, fiecare soț e invitat să se uite dincolo de suprafața dureroasă a celuilalt, ca să-l vadă pe copilul demn de milă și înfricoșat dinăuntru.

— Kirsten, crezi că strigătele și uneori vorbitul urât sunt acțiunile unui bărbat care se simte puternic? se încumetă doamna Fairbairn într-una dintre tentativele ei de dirijare, când simte că observația pătrunzătoare e la îndemâna clienților.

Știe să calce foarte ușor. Or avea cărțile de pe raft titluri greoaie, dar în decursul ședinței psihologul miniatural se mișcă aidoma unei balerine.

Dinamica anevoioasă a cuplului se extinde și asupra sexului. Când Kirsten e obosită sau cu mintea în altă parte, Rabih cade repede, mult prea repede, pradă deznădejdii. Mintea lui se cramponează de o narațiune puternică despre faptul că e respingător. Acest sentiment al silei de sine, care e mult mai vechi decât relația cu Kirsten, are printre caracteristicile de bază neputința de-a li se explica altora, chiar dacă le provoacă o anume amărăciune celor care o evocă. În acest fel, o seară fără sex va fi un imbold deghizat pentru remarci sarcastice sau jignitoare din partea lui Rabih a doua zi – care la rândul lor vor declanșa eforturi mai mari (și la fel de nerostite) de-a da înapoi din partea lui Kirsten. După câteva zile în care nu i se vorbește, Rabih se satură și-o acuză pe Kirsten că e rece și ciudată – la care ea răspunde că probabil îi produce o mare plăcere s-o supere, dat fiind că o face atât de des. Se retrage într-un loc trist, dar straniu de consolator și de familiar din mintea ei, unde se ascunde când o dezamăgesc ceilalți (așa cum au tendința s-o facă), și se refugiază în cărți și muzică. E expertă în autoprotecție și autoapărare; s-a pregătit pentru asta în cea mai mare parte a vieții.

Stilul ataşamentului de evitare e marcat de o dorinţă puternică de ocolire a conflictului şi de reducere a expunerii la partener când nevoile emoţionale nu au fost satisfăcute. Persoana care evită presupune rapid că ceilalţi ţin morţiş s-o atace şi că nu se poate discuta cu ei. Trebuie doar să scapi, să ridici puntea mobilă şi să devii sloi. Din păcate, persoana care evită nu-i poate explica normal atitudinea temătoare şi defensivă partenerului, în aşa fel încât motivele comportamentului său distant şi absent rămân neclare şi e uşor să crezi despre el că e nepăsător şi neimplicat, când de fapt lucrurile stau exact pe dos: persoanei care evită îi pasă chiar foarte mult, numai că iubirea a ajuns să fie percepută ca fiind mult prea riscantă.

Deși nu impune niciodată concluzii, doamna Fairbairn ridică o oglindă imaginară, în așa fel încât Kirsten să înceapă să-și dea seama ce impact are asupra celorlalți. Ea o ajută să devină conștientă de tendința de-a se feri și de-a răspunde stresului prin tăcere, și o încurajează să se gândească la felul cum poate să-i afecteze aceste strategii pe cei care depind de ea. La fel ca Rabih, Kirsten are obiceiul de a-și exprima dezamăgirea într-un fel care cu siguranță că nu se bucură de compasiunea celor de a căror iubire are neapărată nevoie.

Rabih nu aduce în discuție noaptea petrecută cu Lauren în mod direct. Își dă seama că prioritatea lui e să priceapă ce s-a întâmplat, nu să-și mărturisească fapta într-un fel care ar putea să declanșeze acele tipuri de nesiguranță care ar distruge definitiv încrederea dintre Kirsten și el. Se întreabă, între ședințele cu doamna Fairbairn, de ce și-a rănit soția atât de inconștient și de nepăsător, și își dă seama că există de fapt o singură explicație: probabil că fusese atât de jignit de lucrurile care se petreceau înăuntrul relației, încât ajunsese în punctul unde nu-i mai păsase c-ar fi putut s-o rănească grav pe Kirsten. Nu s-a culcat cu Lauren din dorință, ci de furie – acel fel de furie care nu-și recunoaște existența, o mânie mohorâtă, reprimată și mândră. Dacă va ști să-i explice lui Kirsten, într-un fel pe care ea să-l priceapă, că a dezamăgit-o, va putea spera să-și salveze căsnicia.

În centrul luptelor dintre ei se găsește o problemă de încredere – o virtute care nu e la îndemâna nici unuia. Sunt creaturi rănite, care au fost silite să facă față unor dezamăgiri nepotrivite în copilărie și, ca urmare, au devenit niște adulți aflați pe poziții puternic defensive și stânjeniți în fața oricăror denudări emoționale. Sunt experți în strategiile de atac și în construirea de fortărețe; lucrul la care se pricep mai puțin, la fel ca luptătorii care se adaptează greu la viața civilă după un armistițiu, este tolerarea anxietăților provocate de faptul că lasă garda jos și își recunosc propriile fragilități și suferințe.

Rabih atacă anxios; Kirsten se repliază prin evitare. Sunt doi oameni care au o nevoie disperată unul de celălalt, dar în același timp le e groază să arate cât de mare e nevoia. Nici unul nu rămâne rănit suficient ca să ia cu adevărat cunoștință de lovitură, s-o simtă sau s-o explice persoanei care i-a aplicat-o. E nevoie de resurse de încredere de care nu dispun ca să se bazeze în continuare pe cel care i-a ofensat. Ar avea nevoie să aibă suficientă încredere unul în altul ca să se lămurească reciproc că nu sunt „supărați" sau „reci", ci trec în schimb, ca de atâtea ori, prin ceva mult mai simplu, înduioșător și demn de afecțiune: sunt răniți. Și nu-și pot oferi unul altuia cel mai profund romantic și necesar dintre daruri: ghidul propriilor vulnerabilități.

Un chestionar întocmit inițial de Hazan şi Shaver (1987) a fost folosit pe larg la măsurarea stilurilor de ataşament. Pentru a se stabili căror tipuri ar putea aparţine, respondenţilor li se cere să arate care dintre următoarele trei afirmaţii cred că-i reprezintă mai bine:

1. „Îmi doresc relaţii strânse emoţional, dar constat că alţi oameni sunt în mod frecvent dezamăgitori sau josnici fără un motiv întemeiat. Îmi fac griji că voi fi rănit dacă-mi voi permite să mă apropii prea mult de alţii. Nu mă deranjează să petrec mult timp singur." (Ataşament de evitare)

2. „Vreau să am parte de intimitate emoţională cu alţii, dar constat că adeseori nu sunt dispuşi să se apropie pe cât de mult mi-ar plăcea. Îmi fac griji că ceilalţi nu mă apreciază atât de mult cât îi apreciez eu. Asta mă poate face să mă simt foarte supărat şi enervat." (Ataşament de anxietate)

3. „Pentru mine e relativ simplu să mă implic emoţional în raport cu alţii. Mă simt în largul meu când depind de alţii şi când depind şi ei de mine. Nu-mi fac probleme că aş putea să rămân singur sau că nu m-ar accepta ceilalţi." (Ataşament de siguranţă)

Cu siguranță că etichetărilor le lipsește strălucirea. Eul primește o lovitură când e obligat să nu se considere un personaj infinit de nuanțat, pe care un romancier ar putea să-l captureze cu mari eforturi în opt sute de pagini, ci mai degrabă un tip generic, care poate să se înscrie ușor în parametrii câtorva paragrafe dintr-un manual de psihanaliză. Termenii „de evitare" și „de anxietate" nu au ce să caute într-o poveste de iubire, dar dacă „romantic" e definit drept „util pentru progresul iubirii", atunci se dovedesc a se număra printre cuvintele cele mai romantice peste care vor da Kirsten și Rabih, fiindcă îi ajută să descifreze tipare care au avut un efect distrugător asupra lor în fiecare zi de când s-au căsătorit.

Ajung să aprecieze neobișnuita rețea diplomatică de psihoterapie care le-a înlesnit accesul la un nou tip de discurs, un sanctuar unde pot mărturisi săptămânal că sunt furioși sau triști, sub supravegherea binevoitoare a unui arbitru despre care pot fi siguri că va ține în el reacția celuilalt suficient de mult ca să asigure un grad necesar de înțelegere și poate chiar de empatie. Mii de ani de pași șovăielnici spre civilizație au dus în cele din urmă la un forum unde doi oameni pot discuta în amănunt despre cât de mult l-a jignit unul din ei pe celălalt vorbind despre pusul mesei, spunând ceva la o petrecere sau aranjând o vacanță, fără ca vreuna din părți să aibă voie să se ridice pur și simplu, să iasă valvârtej sau să arunce vorbe urâte. Într-un fel, conchid Kirsten și Rabih, mersul la psiholog este cea mai mare invenție a epocii.

Discuțiile pe care le poartă în prezența doamnei Fairbairn încep să coloreze felul cum își vorbesc acasă. Încep amândoi să interiorizeze vocea blândă și chibzuită a psihologului. „Ce ar zice Joanna (un nume pe care nu-l folosesc niciodată în prezența ei)?“ devine pentru ei o întrebare ritualică și glumeață – așa cum poate că au încercat cândva catolicii să-și imagineze reacția lui Isus la un fapt de viață.

„Dac-o să fii și de-acum încolo enervat pe mine, o să sfârșesc prin a deveni evitantă“, ar putea să avertizeze Kirsten ca reacție la o divergență cu Rabih.

Glumesc în continuare despre mersul la psiholog, dar n-o mai fac pe socoteala lui.

Ca urmare, e păcat că tâlcurile puse la dispoziție în sala de consultații sunt atât de neglijabile în cultura largă. Conversațiile lor te fac să te simți într-un mic laborator al maturității dintr-o lume îmbătată de ideea iubirii ca instinct și sentiment de necercetat. Faptul că încăperea doamnei Fairbairn e ascunsă la capătul câtorva trepte dintr-un bloc cu apartamente de închiriat pare simbolic pentru caracterul marginalizat al ocupației sale. E campioana unui adevăr cu care Rabih și Kirsten s-au familiarizat, dar despre care știu că e regretabil de predispus să se rătăcească în hărmălaia din jur: acela că iubirea e deprindere, nu entuziasm.

Maturitate

Toată iarna Rabih lucrează la proiectarea unei săli de sport. Se întâlnește de mai bine de zece ori cu membrii autorităților locale din învățământ, care i-au comandat lucrarea. Clădirea promite să fie o construcție excepțională, cu un sistem de ferestre rabatabile care o va face luminoasă chiar și în zilele cele mai mohorâte. Profesional vorbind, ar putea fi începutul unei realizări substanțiale pentru el. Pe urmă, primăvara, îl convoacă din nou și, în felul acela agresiv pe care-l adoptă uneori oamenii care se simt atât de vinovați pentru că produc o deziluzie cuiva, încât trec la atac, îi spun fără ocolișuri că proiectul a picat – și că s-au hotărât să încredințeze lucrarea unui birou mai experimentat. Atunci începe nedormitul.

Când ține cu săptămânile, insomnia poate fi infernală. Însă în doze mai mici – o noapte ici, o alta colo –, ea nu are întotdeauna nevoie de remediu. Ba chiar ar putea fi un bun de preț, util pentru anumite tulburări sufletești majore. Observațiile cruciale pe care avem nevoie să ni le transmitem pot fi primite adeseori doar noaptea, aidoma clopotelor bisericii din oraș, care trebuie să aștepte întunericul ca să se facă auzite.

Ziua, Rabih trebuie să se arate îndatoritor cu ceilalți. Singur în bârlog, după miezul nopții, se poate întoarce la o datorie mai mare și mai personală. Fără îndoială că procesele lui mintale li s-ar părea ciudate lui Kirsten, Esther și William.

Au nevoie să fie într-un anumit fel, iar el nu vrea să-i dezamăgească sau să-i sperie prin stranietatea propriilor percepții; au dreptul să beneficieze de pe urma previzibilității lui. Însă acum atenția lui se confruntă cu alte cerințe lăuntrice. Insomnia e răzbunarea minții lui pentru toate gândurile delicate pe care le-a evitat cu grijă peste zi.

Viața obișnuită recompensează concepția practică și neintrospectivă. E prea puțin timp și prea multă teamă pentru orice altceva. Ne lăsăm călăuziți de instinctul de conservare: ne împingem în față, ripostăm când suntem loviți, dăm vina pe alții, suprimăm întrebările fără sens și ne ținem strâns de o imagine măgulitoare a direcției în care am pornit. Cam singura opțiune e să fim neîntrerupt de partea noastră.

Doar în rarele momente când ies stelele și nu mai e nevoie de nimic de la noi până în zori putem să slăbim un pic lesa eului nostru de dragul unei perspective mai oneste și mai puțin obtuze.

Cercetează faptele familiare într-un alt mod: e un laș, un visător, un soț infidel și un tată exagerat de posesiv, care se cramponează de copii. Viața lui e ținută laolaltă de un fir. A trecut de jumătatea carierei și n-a realizat aproape nimic, prin comparație cu speranțele care s-au pus cândva în el.

E în stare, la trei noaptea, să fie ciudat de nesentimental când își enumeră vinovățiile: o încăpățânare care provoacă neîncrederea superiorilor, tendința de-a se simți jignit prea ușor, o preferință pentru precauția provocată de groaza de-a fi respins. Nu a avut încrederea în sine care să-l ajute să se țină de una sau de alta. La vârsta lui, alții au progresat și și-au deschis propriile firme de arhitectură, în loc să aștepte să fie rugați și pe urmă să dea vina pe lumea întreagă fiindcă nu l-a rugat destul. Există o singură clădire – un spațiu de depozitare din Hertfordshire – pe care a proiectat-o personal.

Se pregătește să moară cu cea mai mare parte a talentelor încă neexploatate, văzute ca simple puseuri de inspirație pe care le are uneori cu coada ochiului minții, în timp ce face duș sau merge singur cu mașina pe autostradă.

În acest punct, e dincolo de autocompătimire, de convingerea superficială că lucrurile care i se întâmplă sunt rare sau nemeritate. Și-a pierdut încrederea în propria inocență și unicitate. Asta nu e o criză a vârstei de mijloc; pur și simplu se desparte în cele din urmă – cu vreo treizeci de ani prea târziu – de adolescență.

Își dă seama că e un bărbat cu o jinduire exagerată pentru iubirea romantică, și care totuși înțelege puțin despre bunătate și chiar *mai* puțin despre comunicare. E un om care se teme să aspire pe față la fericire și care se refugiază într-o atitudine de cinism și de dezamăgire anticipativă.

Prin urmare, asta înseamnă să fii un ratat. S-ar putea ca trăsătura de bază să fie tăcerea: telefonul nu sună, nu e invitat în oraș, nu se întâmplă nimic. În cea mai mare parte a vieții lui adulte, Rabih a perceput ratarea sub forma unei catastrofe spectaculoase, doar ca să-și dea seama, până la urmă, că de fapt i s-a cocoțat în cârcă imperceptibil, printr-o inactivitate lașă.

Și totuși, în mod surprinzător, e bine. Te obișnuiești cu toate, inclusiv cu umilirea. Ceea ce pare insuportabil are obiceiul să se înfățișeze în cele din urmă drept ceva nu chiar atât de rău.

S-a înfruptat deja prea mult din abundența vieții, fără vreun profit anume și fără consecințe bune. S-a aflat pe pământ prea multe decenii; n-a trebuit niciodată să muncească pământul sau să se culce flămând, și totuși aproape că nu s-a atins de aceste privilegii, ca un copil răzgâiat.

A avut cândva visuri cu adevărat mărețe: avea să fie un nou Louis Kahn sau Le Corbusier, Mies van der Rohe sau

Geoffrey Bawa. Avea să întemeieze un nou tip de arhitectură: cu specific local, elegantă, armonioasă, foarte avansată tehnologic, progresivă.

În loc de asta, e directorul adjunct aproape falit al unei firme de proiectare urbană, care a conceput o singură clădire – la drept vorbind, mai degrabă un depozit.

Natura sădește în noi visuri insistente despre succes. Pentru specie, probabil că e un avantaj evolutiv dacă ești programat genetic pentru asemenea strădanii; neastâmpărul ne-a dăruit orașe, biblioteci, nave spațiale.

Însă acest impuls nu lasă mult loc echilibrului individual. Prețul câtorva opere de geniu din istorie e o parte substanțială a cursei umane șubrezite zilnic de dezamăgire și anxietate.

Rabih obișnuia să presupună că merita să ai doar varianta perfectă a lucrurilor. Era perfecționist din fire. Dacă i se zgâria mașina, nu-i mai plăcea s-o conducă; dacă era dezordine în cameră, nu putea să se odihnească; dacă iubita nu-i înțelegea anumite părți, întreaga lor relație era o șaradă. Acum însă, „îndeajuns de bun" chiar devine îndeajuns de bun.

Remarcă un interes sporit pentru anumite reportaje de la știri despre bărbați între două vârste. Un tip din Glasgow s-a aruncat în fața trenului fiindcă s-a înglodat în datorii și fiindcă l-a prins soția cu amanta. Altul a intrat cu mașina în mare lângă Aberdeen după un scandal online. Până la urmă, își dă seama Rabih, nici nu e nevoie de foarte mult: doar câteva greșeli și te trezești dintr-odată pe tărâmul catastrofei. Cu două-trei apăsări pe buton, cu suficientă presiune din afară, ar putea fi și el capabil de orice. Faptul care-i permite să se considere întreg la minte e doar o șansă chimică fragilă, dar știe că l-ar paște tragedia dacă viața ar alege să-l pună cu adevărat la încercare.

În orele când nu e nici pe deplin treaz, nici adormit de-a binelea, călătorind prin zonele interstițiale ale conștienței, la două sau la trei noaptea, Rabih își dă seama cât de multe imagini și amintiri răzlețe are în minte, așteptând toate să li se acorde atenție după ce nu se mai aude zumzetul paraziților: crâmpeie dintr-o călătorie la Bangkok cu opt ani în urmă, priveliștea suprarealistă a câteva sate din India după o noapte petrecută cu obrazul lipit de o fereastră de avion, pardoseala cu plăci reci de gresie din baia casei din Atena, unde locuia familia lui, prima ninsoare de care a avut parte, într-o vacanță din estul Elveției, cerul plumburiu și norii joși observați într-o plimbare pe câmpurile din Norfolk, un coridor care duce spre o piscină la universitate, noaptea petrecută la spital cu Esther, când au operat-o la deget... Se prea poate ca logica unor lucruri să pălească, însă nici una dintre imagini nu dispare cu adevărat vreodată.

În nopțile când nu doarme, se gândește uneori la mama lui și i se face dor de ea. Își dorește cu o intensitate jenantă să aibă iar opt ani și să stea ghemuit sub pătură, cu o febră ușoară, iar ea să-i aducă de mâncare și să-i citească. Vrea s-o audă cum îl liniștește cu privire la viitor, îl absolvă de păcate și-i piaptănă părul cu grijă, cu cărare pe stânga. Bine măcar că e suficient de matur să-și dea seama că există ceva important care ar trebui să se opună cenzurii imediate la apariția acestor stări regresive. Și constată că, în ciuda semnelor exterioare, n-a avansat foarte mult.

Își dă seama că anxietatea îl va urmări mereu. S-ar putea ca fiecare nou val al ei să fie provocat de un lucru precis – petrecerea unde nu cunoaște mulți oameni, drumul complicat pe care trebuie să-l facă într-o țară nefamiliară, o dilemă la serviciu –, dar dacă privești dintr-o perspectivă mai largă, problema e de fiecare dată mai mare, mai acuzatoare și mai importantă, chiar fundamentală.

A fantazat cândva că și-ar potoli grijile dacă ar trăi altundeva, dacă și-ar atinge câteva obiective profesionale, dacă ar avea familie. Dar nu s-a întâmplat nimic spectaculos. Își dă seama că e anxios până în străfunduri, în plămada lui elementară: o creatură înfricoșată și neadaptată.

În bucătărie are o fotografie la care ține foarte mult, cu Kirsten, Esther, William și cu el în parc, într-o zi de toamnă, aruncând unul în altul cu frunze dintr-o grămăjoară împrăștiată de vânt. Bucuria și degajarea li se văd limpede pe chipuri, la fel ca încântarea de-a putea face dezordine fără consecințe. Însă își amintește și cât a fost de răvășit pe dinăuntru în ziua aceea; era ceva la serviciu cu o companie de inginerie tehnică, abia aștepta să ajungă acasă și să sune un client englez, depășise cu mult limita cărții de credit. Rabih e cu adevărat în stare să se bucure de evenimente abia după ce se încheie de-a binelea.

E conștient că soția lui puternică și capabilă nu e cel mai indicat om în preajma căruia să ai o cădere nervoasă. A fost o vreme când povestea asta l-ar fi amărât. „Insomnia n-are nimic atrăgător. Treci în pat", se mărginea să-i spună Kirsten dacă se trezea și vedea lumină la el în bârlog. A aflat, prin intermediul multor episoade dureroase, că soția asta frumoasă și inteligentă *nu* se ocupă de liniștiri.

Și, mai bine, a început să înțeleagă de ce. Nu fiindcă ar fi meschină, ci din cauza experiențelor pe care le-a avut cu bărbații și a felului cum i se activează mecanismele de apărare împotriva dezamăgirii. Ăsta e felul ei de-a prelucra provocările. Pe Rabih îl ajută să înțeleagă aceste lucruri; își construiește alternativa la răzbunare și furie.

Puțini oameni pe lume sunt pur și simplu nesuferiți; cei care rănesc sunt la rândul lor răniți. În aceste condiții, reacția cuvenită nu e niciodată cinismul sau agresiunea, ci, în rarele momente când suntem în stare de ea, iubirea.

Mama lui Kirsten e în spital. E internată de două săptămâni. Totul a început cu o mică problemă la rinichi; acum însă, prognoza e dintr-odată mult mai gravă. De obicei foarte tare, Kirsten e pământie la față și pierdută.

S-au dus amândoi duminică s-o vadă. Era extrem de slăbită, vorbea încet și doar pentru cerințe simple: un pahar cu apă, veioza înclinată puțin, ca să nu-i intre lumina în ochi. La un moment dat, i-a luat mâinile lui Rabih într-ale ei și i-a zâmbit. „Să ai grijă de ea, bine?“ i-a spus, adăugând, cu ascuțimea de altădată, „Dacă te lasă“. Într-un fel, l-a iertat.

Știe că doamna McLelland nu l-a privit niciodată cu ochi buni. La început treaba asta i-a displăcut; acum, fiind el însuși părinte, înțelege mai bine. Nici el nu arde de nerăbdare să-l cunoască pe soțul lui Esther. Cum ar putea un părinte să fie cu adevărat de acord? Cum ar putea să se aștepte lumea de la el ca, după optsprezece ani în care s-a ocupat cam de toate nevoile copilului, să reacționeze entuziast la apariția unei surse de iubire noi și concurente? Cum ai putea să faci de-adevăratelea tumbele emoționale cuvenite și să nu bănuiești în sufletul tău (ba chiar să dai de înțeles, printr-o serie de remarci mai mult sau mai puțin acre) că odorul ți-a căzut în ghearele cuiva cu totul nepotrivit pentru sarcina complexă și unică de-a se ocupa de el?

Kirsten plânge nestăvilit după prima lor vizită la Spitalul Raigmore. Înapoi acasă, își trimite copiii să se joace cu prietenii; nu poate fi părinte (ea, care încearcă să nu-i sperie niciodată pe alții dezvăluindu-și durerea) chiar în clipa asta, are nevoie să fie din nou copil o vreme. Nu-și poate domina groaza simțită când și-a văzut mama palidă și emaciată pe cearșafurile albastre ale spitalului. Cum se poate întâmpla una ca asta? Într-un fel, încă e profund legată de impresia, pe care și-a format-o în clasa a cincea sau a șasea, că mama ei e un om puternic, capabil și stăpân pe situație. Kirsten era micuța care putea fi ridicată în aer, spunându-i-se apoi ce urma să se întâmple mai departe. Și a tânjit după această autoritate în anii de după plecarea tatălui ei. Cele două femei McLelland au știut cum să rămână împreună; au format o echipă implicată în cel mai bun tip de răzvrătire. Acum Kirsten e din nou în coridorul de la Raigmore, întrebând un medic îngrijorător de tânăr cam câte luni mai are de trăit mama ei. Lumea s-a făcut țăndări.

În copilărie începem prin a crede că părinții ar putea să aibă acces la un tip superior de cunoaștere și de experiență. O vreme, ei arată uluitor de competent. Stima noastră e înduioșătoare, dar și profund problematică, fiindcă face din ei țintele ultime ale învinovățirii, după ce descoperim treptat că sunt imperfecți, uneori neomenoși, ignoranți în anumite zone și cu totul incapabili să ne scape din anumite buclucuri. Durează destul de mult, până la al patrulea deceniu de viață sau până la scenele finale din spital, până să adopte o atitudine mai iertătoare. Noua lor condiție, fragilă și înspăimântată, dezvăluie într-o modalitate pronunțat fizică un lucru care a fost dintotdeauna valabil în plan psihologic: că sunt creaturi nesigure și vulnerabile, pe care le motivează nu atât înțelepciunea zeiască și limpezimea morală, cât mai les anxietatea, teama, iubirea stângace și constrângerile inconștiente – și prin urmare nu pot fi făcute răspunzătoare nici pentru defectele lor, nici pentru numeroasele noastre dezamăgiri.

În stările de spirit când reușește în cele din urmă să se emancipeze de sub tutela propriului eu, Rabih simte că poate să ierte mai ușor nu doar una sau două persoane. Împingând lucrurile la extrem, se poate spune că nici o ființă omenească nu se mai află dincolo de raza compasiunii lui.

Vede bunătatea în locuri neașteptate. E mișcat de bunăvoința administratoarei de la birou, o văduvă de vreo cincizeci și cinci de ani, al cărei fiu tocmai s-a dus la universitate la Leeds. E veselă și puternică – o realizare extraordinară, pe care o arată în fiecare oră a fiecărei zi de lucru. Are grijă să-i întrebe pe toți angajații cum se simt. Ține minte zilele de naștere și umple clipele de răgaz cu observații care sunt întotdeauna încurajatoare și tandre. Dacă ar fi fost mai tânăr, nici măcar n-ar fi remarcat o dovadă de grație atât de măruntă, numai că între timp viața l-a pus de suficiente ori cu botul pe labe ca să știe să fie modest și să accepte micile bucurii ori de câte ori îi ies în cale. A devenit, fără să încerce și fără să-și calce pe mândrie, ceva mai amabil.

Totodată e gata să fie mai generos, dându-și seama cât de mult are la rândul lui nevoie de mărinimia celorlalți. Când alții sunt răzbunători, îl interesează mai mult circumstanțele atenuante și fărâmele de adevăr care aruncă o lumină moralizatoare asupra răutății și comportamentului necorespunzător. Cinismul e o soluție prea simplă și nu duce nicăieri.

Devine conștient, pentru prima oară în viață, de frumusețea florilor. Își amintește că în adolescență aproape că le ura. Părea absurd să te bucuri de ceva atât de mic și de vremelnic, când fără îndoială că existau lucruri mărețe și permanente de care merita să-ți legi ambițiile. În ce-l privește, voia glorie și intensitate. Să rămâi în admirația unei flori era simbolul unei resemnări primejdioase. Acum începe să priceapă despre ce e vorba. Iubirea pentru flori e o consecință a modestiei și o acomodare la deziluzie. Unele lucruri trebuie să meargă prost în permanență înainte să începem să admirăm tulpina unui trandafir sau petalele unui clopoțel. Însă după ce ne dăm seama că visurile mai mari sunt întotdeauna compromise într-un fel, cu câtă recunoștință ne putem întoarce spre aceste insule minuscule de încântare și perfecțiune senină.

Raportată la anumite idealuri ale succesului, viața lui Rabih a fost o dezamăgire profundă. Însă, în același timp, Rabih își dă seama în cele din urmă că simpla fixare pe ideea de eșec nu e o ispravă. E curajos cel care poate să identifice o perspectivă iertătoare și plină de speranță a vieții, cel care știe cum să fie prieten cu el însuși, fiindcă ține de răspunderea lui față de alții să îndure.

Uneori face o baie fierbinte în toiul nopții și își evaluează corpul în lumina puternică. Îmbătrânirea seamănă puțin cu oboseala, dar într-un fel pe care nu-l poate repara, oricât de mult ar dormi. Va fi un pic mai rău de la un an la altul. Așa-zisa fotografie nereușită de azi va fi fotografia izbutită de anul viitor. Șiretlicul amabil al naturii este să facă să se întâmple totul atât de încet, încât să nu ne speriem atât de tare pe cât s-ar cuveni. Într-o zi Rabih o să aibă pete de ficat pe mâini, la fel ca unchii bătrâni pe care-i cunoscuse în copilărie. Tot ce li s-a întâmplat altora i se va întâmpla și lui. Nu scapă nimeni.

E o colecție de țesuturi și de celule îmbinate delicat și complicat, și aduse la viață doar pentru o clipă. E suficientă o ciocnire bruscă sau o cădere ca să redevină neînsuflețite. Toată seriozitatea planurilor lui depinde de fluxul stabil al sângelui prin creier, printr-o rețea vulnerabilă de vase capilare. Dacă oricare dintre ele suferă până și cea mai mică deteriorare, felul fragil în care a început să-și înțeleagă viața va fi șters. Rabih e doar o constelație fortuită de atomi care au ales să se opună entropiei preț de câteva clipe dinăuntrul veșniciei cosmice. Se întreabă care dintre organe o să-l lase primul.

E doar un vizitator care a reușit să-și confunde eul cu lumea. Pornise de la ideea că era la rândul lui o entitate stabilă, ca orașul Edinburgh, un copac sau o carte, pe când în realitate seamănă mai degrabă cu o umbră sau un sunet.

Moartea n-o să însemne mare lucru, își spune: părțile lui componente vor fi redistribuite și se vor întoarce pe pământ. A trăit destul, și nu peste multă vreme, într-un moment pe care începe deja să-l intuiască, va trebui să se retragă și să-i lase pe alții.

Într-o seară, întorcându-se acasă pe niște străzi întunecoase, zărește o florărie. Pesemne că a trecut de foarte multe ori pe lângă ea, fără s-o fi observat vreodată. Vitrina e iluminată puternic și plină cu sumedenie de flori. Trece pragul și o femeie vârstnică îi surâde cald. Ochii lui Rabih sunt atrași de primele flori băștinașe ale începutului de primăvară: ghioceii. Se uită la mâinile femeii care împachetează buchețelul într-un voal alb și delicat.

— Pentru cineva drăguț, bag de seamă, nu? îi zâmbește ea.

— Pentru soție, răspunde el.

— Norocoasa, spune ea și-i dă florile și restul.

Speră să ajungă acasă și, de data asta, să-i dea dreptate florăresei.

Gata de căsătorie

Sunt căsătoriți de șaisprezece ani și totuși Rabih se simte gata de căsătorie abia acum, în ultima vreme. Și nu e paradoxul la care vă gândiți. Dat fiind că o căsătorie își predă lecțiile importante doar celor care s-au înscris la întreaga programă, e normal să nu fii pregătit înaintea ceremoniei, ci după – eventual după un deceniu sau două.

Rabih recunoaște că doar un artificiu de exprimare îi permită să susțină că a fost căsătorit o singură dată. Ceea ce a părut în mod convenabil doar o relație acoperă de fapt atât de multe evoluții, deconectări, renegocieri, distanțări și întoarceri emoționale, încât, la drept vorbind, a trecut prin cel puțin zece divorțuri și recăsătoriri – dar cu aceeași persoană.

E în mașină și face un drum lung până la Manchester, pentru o întâlnire cu un client. Aici gândește cel mai bine, dis-de-dimineață, în mașină, pe drumurile aproape pustii, și neputând să vorbească decât cu el însuși.

Într-o vreme, se considera că erai gata de căsătorie după ce atingeai anumite praguri financiare și sociale: când aveai o casă pe numele tău, un trusou cu haine de olandă, o serie de diplome pe șemineu sau câteva vaci și un petic de pământ.

Pe urmă, sub influența ideologiei romantice, aceste chestiuni practice au ajuns să fie considerate prea mercantile și calculate, iar accentul s-a mutat pe calitățile emoționale. A ajuns să fie important să ai sentimentele *potrivite; printre ele, sentimentul că ți-ai găsit sufletul pereche, credința în faptul că te faci înțeles perfect, certitudinea că n-o să mai vrei niciodată să te culci cu altcineva.*

Ideile romantice, constată Rabih acum, sunt rețeta dezastrului. Disponibilitatea lui pentru căsătorie se bazează pe cu totul alte criterii. E gata de căsătorie fiindcă – spre a cita primul lucru de pe listă – a renunțat la perfecțiune.

Să spui despre un iubit că e „perfect" poate fi doar un semn că n-ai reușit să-l înțelegi. Putem susține că am început să cunoaștem pe cineva abia după ce ne-a dezamăgit substanțial.

Și totuși, problemele nu sunt doar ale lor. Pe oricine am întâlni, ar fi cu totul imperfect: străinul din tren, vechea cunoștință din școală, noul prieten online... De asemenea, putem fi siguri că fiecare ne-ar dezamăgi. Faptele de viață au deformat felul de-a fi al tuturor. Nici unul dintre noi n-a scăpat teafăr. Am devenit cu toții (în mod necesar) părinți nici pe departe ideali. Ne luptăm în loc să explicăm, sâcâim în loc să-i învățăm pe alții, ne agităm în loc să ne analizăm îngrijorările, mințim și arătăm cu degetul spre cine nu e cazul.

Șansele ca din mașinăria periculoasă a vieții să iasă o ființă omenească perfectă sunt nule. Nu e cazul să cunoaștem foarte bine un străin înainte să ne dăm seama de asta. Felul lui de-a fi care te scoate din minți n-o să iasă la iveală imediat (poate să dureze până la doi ani), dar existența acestui fel poate fi presupusă teoretic din capul locului.

Așa stând lucrurile, când îl alegi pe omul cu care te căsătorești, decizi de fapt ce fel de suferință preferi să înduri, în loc să-ți închipui că ai găsit o metodă prin care să ocolești regulile existenței emoționale. Vom sfârși cu toții, prin definiție, alături de personajul clasic al coșmarurilor noastre: „persoana nepotrivită".

Cu toate acestea, n-ar trebui să fie un dezastru. Pesimismul romantic luminat pornește pur și simplu de la premisa că un om nu poate reprezenta absolut totul pentru un altul. Ar trebui să căutăm căi prin care să ne acomodăm pe cât de blând și de bine putem la realitățile stingheritoare ale traiului alături de o altă creatură căzută. Singurul lucru care poate să existe este o căsnicie „îndeajuns de bună“.

Ca să-ți dai seama de asta, e bine să fi avut deja câteva iubite (câțiva iubiți) înainte de-a te așeza la casa ta, dar nu ca să fi avut o șansă de-a da peste „persoana potrivită“, ci ca să beneficiezi de marea ocazie de-a descoperi la prima mână, și într-o sumedenie de contexte, adevărul că nu există o asemenea persoană – și că de fapt fiecare dintre noi e destul de nepotrivit când îl cercetezi îndeaproape.

Rabih se simte gata de căsătorie fiindcă și-a pierdut speranța că va fi înțeles vreodată pe deplin.

Iubirea începe cu experiența de-a fi înțeles în modalități extrem de încurajatoare și neobișnuite. Partenerul se agață de partea singuratică a celuilalt; nu e nevoie să explicăm de ce ni se pare o anumită glumă atât de amuzantă; detestăm aceiași oameni; vrem amândoi să testăm scenariul sexual relativ specializat.

Dar asta nu poate să continue. Când ne lovim de limitele rezonabile pe care le au iubiții noștri la capitolul înțelegere, nu avem voie să dăm vina pe ei pentru că ne abandonează. Nu au fost tragic de absurzi. N-au înțeles pe deplin cine eram – și nici noi n-am putut face mai mult. Iar asta e normal. Nimeni nu se confundă întru totul cu altcineva și nu-i arată compasiune sută la sută.

Rabih se simte gata de căsătorie fiindcă își dă seama că e nebun.

E profund contraintuitiv să credem despre noi că am luat-o razna. Părem foarte normali și, în general, foarte buni – în propriii noștri ochi. Cei care au pierdut cadența sunt ceilalți... Și totuși, maturitatea începe de la capacitatea de-a ne conștientiza și de-a ne recunoaște, la momentul potrivit și fără replieri vinovate, propria nebunie. Dacă nu suntem aproape tot timpul profund jenați de cine suntem, călătoria spre autocunoaștere încă n-a început.

Rabih e gata de căsătorie fiindcă a înțeles că nu Kirsten e persoana dificilă.

Par „dificili", bineînțeles, în colivia căsătoriei, când își pierd cumpătul din cauza unor fleacuri: chestiuni de logistică, neamuri, rândul la dus hainele la curățat, petreceri, cumpărături de la băcănie... Dar nu e vina celuilalt, ci ceea ce încercăm să facem cu el. Instituția căsătoriei e în principal imposibilă, nu indivizii implicați.

Rabih e gata de căsătorie fiindcă e pregătit să iubească în loc să fie iubit.

Vorbim despre „iubire" ca și cum ar fi un lucru întreg și nediferențiat, pe când în realitate el cuprinde două module foarte diferite: a fi iubit și a iubi. Ar trebui să ne căsătorim când suntem în stare să ni-l asumăm pe al doilea și după ce ne-am dat seama de fixațiile nefirești și periculoase asupra primului.

Pornim la drum știind doar ce înseamnă „să fii iubit". Asta ajunge să pară, în mod greșit, norma. Copilul are impresia că părinții îi sunt aproape în mod spontan ca să-l aline, să-l călăuzească, să-l distreze, să-l hrănească și să curețe în urma lui, rămânând aproape în permanență calzi și veseli.

Luăm această idee despre iubire și o ducem cu noi în viața adultă. Ajunși la maturitate, sperăm să se recreeze mecanismul ajutorării și răsfățului. Într-un colț secret al minții, ne închipuim o persoană iubită care ne va anticipa dorințele, ne va citi în suflete, va acționa altruist și va face ca totul să fie bine. Pare „romantic"; cu toate acestea, este un proiect pentru dezastru.

Rabih e gata de căsătorie fiindcă înțelege că sexul și iubirea vor avea întotdeauna probleme de coabitare.

În concepția romantică, iubirea și sexul trebuie să meargă împreună. Suntem pregătiți cu adevărat pentru căsătorie abia când suntem îndeajuns de puternici ca să începem o viață de frustrare.

Trebuie să acceptăm că adulterul nu e un răspuns plauzibil, fiindcă nimeni nu-i poate cădea victimă fără să se simtă rănit veșnic până în străfunduri. O singură aventură fără importanță are obiceiul repetat de-a pune capăt tuturor lucrurilor. E imposibil pentru victimele adulterului să-și dea seama ce i-ar fi putut trece de fapt prin minte partenerului în timpul „trădării", când a stat în pat ținând în brațe o persoană străină câteva ore. N-avem decât să-l auzim apărându-se de o mie de ori, dar în inima noastră vom fi convinși de un lucru: că a ținut cu tot dinadinsul să ne umilească și că fiecare strop din iubirea lui s-a evaporat, laolaltă cu statutul lui de om demn de încredere. A pleda pentru orice altă concluzie înseamnă a înota contra curentului.

E gata de căsătorie fiindcă (în zilele bune) îi place să învețe lucruri și le primește cu calm.

Suntem gata de căsătorie când acceptăm că într-o serie de zone importante partenerul e mai înțelept, mai rezonabil și mai matur decât noi. S-ar cuveni să vrem să învățăm de la el. Ar trebui să avem răbdare să ni se arate lucruri. Iar alteori ar fi bine să fim gata să ne modelăm după cei mai buni pedagogi și să ne formulăm sugestiile fără să ridicăm vocea sau să ne așteptăm de la celălalt să știe *pur și simplu. Doar dac-am fi deja perfecți am putea să respingem ideea educării reciproce și s-o considerăm neiubitoare.*

Rabih și Kirsten sunt gata să se căsătorească fiindcă își dau seama, în forul lor lăuntric, că nu sunt compatibili.

Viziunea romantică despre căsătorie subliniază cât de important e să găsești „persoana potrivită", adică pe cineva care manifestă înțelegere pentru multitudinea noastră de interese și valori. Nu există o asemenea persoană pe termen lung. Suntem prea diverși și prea ciudați. Nu poate exista congruență durabilă. Partenerul cu adevărat cel mai potrivit nu e cel care are, întâmplător și miraculos, aceleași gusturi ca noi, ci cel care poate să trateze diferențele de gust cu inteligență și amabilitate.

Adevăratul marker al „persoanei potrivite" nu e ideea pur teoretică a complementarității perfecte, ci capacitatea de-a tolera deosebirile. Compatibilitatea e o realizare a iubirii; n-ar trebui să fie precondiția ei.

Rabih e gata de căsătorie fiindcă s-a săturat de majoritatea poveștilor de iubire; și fiindcă versiunile iubirii prezentate în filme și în romane se potrivesc atât de rar cu ceea ce știm acum din experiența trăită.

Raportate la standardele celor mai multe povești de iubire, relațiile noastre reale sunt aproape toate deteriorate și nesatisfăcătoare. Nu e de mirare că despărțirea și divorțul par atât de des inevitabile. Însă ar trebui să avem grijă să nu ne judecăm relațiile prin așteptările care ne sunt impuse de un mediu estetic care induce frecvent în eroare. Greșeala este a artei, nu a vieții. În loc să ne despărțim, poate c-am avea nevoie să ne spunem povești mai bine alcătuite – povești care nu insistă atât de mult asupra începutului, care nu ne promit înțelegere deplină, care se străduiesc să ne normalizeze supărările și să ne arate o cărare tristă și, cu toate acestea, plină de speranță, pe care s-o parcurgem ca să vedem ce se întâmplă în iubire.

Viitorul

E ziua de naștere a lui Kirsten și Rabih a aranjat să-și petreacă noaptea într-un hotel nebunesc de luxos și de scump din Highlands. Îi lasă pe copii cu o verișoară de-a ei din Fort William și merg cu mașina la castelul din secolul al XIX-lea. Locul promite creneluri, cinci stele, serviciu la cameră, sală de biliard, piscină, un restaurant francez și o fantomă.

Copiii și-au făcut cunoscută nefericirea. Esther și-a acuzat tatăl că a stricat ziua de naștere a mamei. „Știu c-o să vă plictisiți fără noi și c-o să-i lipsim lui mami", insistă ea. „Nu cred c-ar trebui să fiți plecați atât de mult" (se vor revedea în după-amiaza următoare). William își liniștește sora spunându-i că părinții lor pot să se uite la televizor și chiar ar avea șanse să găsească o sală de jocuri cu un computer.

Camera lor este într-un foișor din partea de sus a clădirii. În centru e o cadă mare, iar ferestrele dau spre o serie de piscuri muntoase dominate de Ben Nevis, care încă are în vârf o pudră fină de zăpadă chiar și acum, în iunie.

După ce băiatul de serviciu le aduce bagajele, fiecare se simte stingher în prezența celuilalt. Au trecut ani, ani mulți, de când au fost singuri într-o cameră de hotel, fără copii și fără nimic de făcut timp de douăzeci și patru de ore.

Se simt ca și cum ar avea o aventură, într-atât de diferit se poartă unul cu altul în acest decor. Încurajați de solemnitatea și de liniștea camerei mari, cu tavan înalt, sunt mai protocolari și mai respectuoși. Kirsten îl întreabă pe Rabih cu o solicitudine neobișnuită ce fel de ceai i-ar plăcea să comande pentru serviciul la cameră – iar el îi dă drumul la apa caldă.

Poate că șmecheria nu e să începi o viață nouă, ci să înveți s-o reconsideri pe cea pe care-o aveai, cu niște ochi mai puțin blazați și rutinieri.

Rabih se întinde pe pat și se uită la Kirsten, care își înmoaie oasele în cadă: și-a prins părul și citește o revistă. Îi pare rău și se simte vinovat pentru supărările pe care și le-au pricinuit unul altuia. Se uită la un set de broșuri pe care le-a luat de pe masă. Vede o ofertă de vânătoare în septembrie și opțiuni pentru pescuitul de somon în februarie. Când Kirsten termină, iese din cadă cu brațele încrucișate peste sâni. Rabih e mișcat, și un pic stârnit, de reținerea ei.

Coboară împreună la cină. Restaurantul e luminat de lumânări, cu scaune cu spătar înalt și coarne de cerb atârnând pe pereți. Șeful de sală le prezintă meniul compus din șase feluri într-o manieră absurd de pompoasă, dar de care constată totuși amândoi că sunt foarte plăcut impresionați. Au aflat între timp destule despre sordidul mediului domestic ca să nu se opună șansei de-a se desfăta cu un pic de ospitalitate supraîncărcată.

Încep prin a vorbi despre copii, prieteni și serviciu, iar apoi, după al treilea fel – vânat pe un pat de *mousse* de țelină –, ajung într-un teritoriu mai puțin familiar, unde discută despre ambiția ei reprimată de-a se reapuca de cântat la un instrument și de dorința lui de-a o invita la Beirut. În cele din urmă, Kirsten începe să vorbească până și despre tatăl ei. Îi explică lui Rabih că de fiecare dată când ajunge într-un loc nou, se întreabă dacă n-ar fi cu putință ca el să trăiască prin apropiere. Vrea să încerce să ia legătura cu el. Ochii îi strălucesc de lacrimi nevărsate, iar ea spune că s-a săturat să stea supărat pe el toată viața. Poate c-ar fi făcut la fel, dac-ar fi fost în locul lui. Aproape. I-ar plăcea să-și cunoască nepoții și (adaugă zâmbind) pe soțul ăla oribil și ciudat din Orientul Mijlociu.

Rabih a comandat un vin franțuzesc nesăbuit de scump, care costă aproape cât camera și care începe să-și facă efectul. Mai vrea să ia o sticlă, uite-așa, de-al naibii. Simte rolul psihologic și moral al vinului, capacitatea lui de-a deschide canale afective și de comunicare care altminteri sunt blocate – și nu doar ca să ofere pur și simplu o sustragere primară din fața greutăților, ci ca să dea frâu liber acelor emoții pe care viața de zi cu zi le nedreptățește nelăsându-le să se desfășoare. E multă vreme de când nu i s-a mai părut atât de important să se îmbete.

Își dă seama că sunt în continuare o mulțime de lucruri pe care nu le știe despre soția lui. I se pare aproape o străină. Își închipuie că sunt la prima întâlnire, iar ea a acceptat să vină și să se fută cu el într-un castel scoțian. Și-a lăsat copiii și pe soțul ăla oribil. Îl atinge pe sub masă, privindu-l cu ochi inteligenți și sceptici și vărsând un strop de vin pe fața de masă.

Le e foarte recunoscător ospătarilor în uniforme negre, mielului crescut în împrejurimi, care a murit pentru ei, *moelleux*-ului de ciocolată cu trei straturi, prăjiturelelor și ceaiului de mușețel fiindcă au conspirat la crearea unui decor care înfățișează farmecul și misterul fundamental ale soției lui așa cum se cuvine.

Kirsten nu se pricepe să accepte complimente, bineînțeles, însă Rabih e deja la curent, știe de unde vin independența și reticența care l-au deranjat atât de mult în trecut, dar nu o s-o mai facă la fel de mult pe viitor, așa că nu se lasă și-i spune cât e de frumoasă, ce ochi superbi are, cât de mândru e de ea și ce rău îi pare pentru tot. Și în loc să-i contracareze cuvintele cu una dintre obișnuitele ei remarci nepăsătoare, îi zâmbește – un surâs calm, larg și tăcut –, îi mulțumește, îi strânge mâna și chiar ar putea să-i mai joace niște lacrimi în pupile, tocmai când ospătarul se apropie și o întreabă dacă poate să-i aducă și altceva doamnei. Ea răspunde, ușor afumată, „înc-un pic de drăgălășenie", după care își ia seama.

Vinul i s-a suit și ei la cap și i-a dat curaj; e suficient de vitează ca să-și arate slăbiciunea. Are impresia că i s-a rupt un stăvilar pe dinăuntru. S-a săturat să i se tot împotrivească; vrea să i se dăruiască din nou, așa cum făcuse pe vremuri. Știe că va supraviețui, orice s-ar întâmpla. Nu mai e de mult o fetișcană. E o femeie care și-a îngropat mama în pământul cleios din cimitirul Tomnahurich și a adus pe lume doi copii. A născut un băiat, așa că știe cum sunt bărbații înainte să le poată face rău într-un fel sau altul femeilor. Știe că răutatea bărbătească se reduce în mare parte la teamă. De pe poziția ei de forță recent descoperită, se simte generoasă și indulgentă față de slăbiciunea lor care rănește.

— Îmi pare rău, domnule Sfouf, că n-am fost întotdeauna așa cum m-ai vrut.

El îi mângâie brațul gol și răspunde:

— Dar ai fost incomparabil mai mult.

Simt o loialitate abțiguită față de ce au construit împreună: o căsnicie conflictuală, capricioasă, plină de râsete, nesăbuită și frumoasă, pe care o iubesc fiindcă este atât de marcat și de dureros a lor. Sunt mândri că au ajuns până aici, că au rămas pe poziții, fiecare încercând întruna să priceapă nebuniile din mintea celuilalt, întocmind un acord de pace după altul. Ar fi putut avea o mulțime de motive să nu mai fie împreună. Despărțirea ar fi fost lucrul firesc, aproape inevitabil. Isprava bizară și exotică e că au rămas împreună – așa că simt loialitate pentru versiunea plină de cicatrici și trecută prin multe a iubirii lor.

Înapoi în cameră și în pat, Rabih îi mângâie semnele de pe pântec pe care i le-au făcut copiii, felul în care au sfârtecat-o, au vătămat-o și au vlăguit-o cu egoismul lor inocent și primordial. Iar ea observă la el o moliciune nouă și învăluitoare. Afară plouă cu găleata; vântul șuieră peste creneluri. După ce termină, se țin în brațe la fereastră și beau o apă minerală din regiune la lumina unui felinar din curtea de dedesubt.

Hotelul și-a asumat o importanță metafizică pentru ei. Iar efectele nu se vor mărgini la acest așezământ exotic; ele vor fi purtătoarele unor lecții despre apreciere și împăcare în camerele mai reci și mai simple ale vieții lor de zi cu zi.

În după-amiaza următoare, verișoara lui Kirsten îi aduce pe copii. Esther și William dau fuga să-și întâmpine părinții în sala de biliard de lângă recepție. Esther îl duce pe Dobbie cu ea. Pe ambii părinți îi doare capul de parc-ar fi coborât dintr-un zbor transatlantic.

Copiii se plâng cât se poate de vehement că au fost abandonați ca niște orfani și siliți să doarmă într-un dormitor unde mirosea a câine. Cer amândoi confirmarea explicită a faptului că acest tip de excursie n-o să se repete niciodată.

Pe urmă, conform planului, cei patru pleacă la plimbare. Merg o vreme de-a lungul unui râu și apoi urcă pe versantul care duce spre Ben Nevis. După o jumătate de oră ies din pădure, iar în fața li se deschide o priveliște întinsă pe kilometri buni sub soarele de vară. Jos de tot, văd o turmă de oi și niște ferme ca de jucărie.

Ridică tabăra de bază într-un loc unde crește iarbă neagră. Esther își scoate ghetele și aleargă de-a lungul unui pârâu. Peste câțiva ani o să fie femeie și povestea o să înceapă de la capăt. William urmărește un șir de furnici până la mușuroi. Până acum, e cea mai călduroasă zi a anului. Rabih se întinde pe jos, cu picioarele desfăcute, și urmărește drumul unui nor mic și neamenințător pe albastrul cerului.

Dornic să imortalizeze momentul, îi strigă pe toți să se adune pentru o fotografie, după care fixează aparatul pe o piatră și fuge să intre și el în cadru. Știe că fericirea perfectă vine în bucățele care cresc treptat și că e posibil să nu dureze mai mult de cinci minute. Iată lucrurile pe care trebuie să le înșfaci cu amândouă mâinile și să le prețuiești.

Nu va trece mult și vor reapărea luptele și conflictele: unul din copii va fi nefericit, Kirsten va face o remarcă furioasă la adresa unei scăpări a lui Rabih, iar el își va aminti de provocările cărora trebuie să le facă față la serviciu și se va simți speriat, sătul, agasat și obosit.

Știe că nimeni nu va putea să prevadă soarta finală a fotografiei: cum va fi citită pe viitor, ce va căuta privitorul în ochii lor. Oare va fi ultima lor fotografie împreună, făcută cu doar câteva ore înainte de accidentul de mașină în drum spre casă, sau cu o lună înainte ca Rabih să afle de aventura lui Kirsten și ea să plece, sau cu un an înainte de prima menstruație a lui Esther? Sau va rămâne pur și simplu într-o ramă prăfuită de pe o poliță din sufragerie, așteptând să fie luată cu un gest dezinvolt de William când se va întoarce acasă ca să-și arate părinții logodnicei?

Faptul că e conștient de această nesiguranță îl face pe Rabih să vrea să se cramponeze cu atât mai mult de lumină. Acum totul are sens, fie și pentru o clipă. Știe cum s-o iubească pe Kirsten, cum să aibă suficientă încredere în sine și cum să manifeste înțelegere și răbdare pentru copii. Însă totul este deznădăjduitor de fragil. Își dă seama perfect că nu are dreptul să se considere un bărbat fericit; e pur și simplu o ființă omenească obișnuită, care trece printr-o mică fază de mulțumire.

Foarte puține lucruri pot fi aduse la perfecțiune, o știe acum. Își dă seama cât curaj îți trebuie ca să duci chiar și o viață mediocră ca a lui. Să păstrezi totul în funcțiune, să fii privit mai departe ca o persoană aproape întreagă la minte, să ai capacitatea de a-ți întreține financiar familia, să asiguri supraviețuirea căsniciei și dezvoltarea armonioasă a copiilor – aceste proiecte oferă la fel de multe prilejuri de eroism ca o epopee. E puțin probabil să fie chemat vreodată să-și slujească țara sau să se lupte cu dușmanul, însă până și în aceste domenii de care se ocupă are nevoie de curaj. Curajul de-a nu fi înfrânt de anxietate, de-a nu-i răni pe alții din frustrare, de-a nu se înfuria prea mult pe lume pentru rănile vizibile pe care le provoacă nepăsătoare, de-a nu înnebuni și de-a reuși cumva să treacă, mai bine sau mai rău, prin greutățile căsniciei – acesta e adevăratul curaj, acesta e eroismul care nu poate fi comparat cu nimic. Pentru o clipă, aflat pe versantul unui munte scoțian în lumina soarelui care începe să apună – și din când în când după aceea –, Rabih simte că ar putea, având-o pe Kirsten alături, să fie suficient de puternic pentru tot ce i-ar cere viața.

Cuprins

La prețul de vânzare se adaugă 2%,
reprezentând valoarea timbrului literar.

În seria de autor **Eric-Emmanuel Schmitt** au apărut

Milarepa
Domnul Ibrahim și florile din Coran
Oscar și Tanti Roz
Copilul lui Noe
Viața mea cu Mozart
Secta Egoiștilor
Evanghelia după Pilat
Pe când eram o operă de artă
Cea mai frumoasă carte din lume și alte povestiri
Concert în memoria unui înger
Visătoarea din Ostende
Cei doi domni din Bruxelles
Femeia în fața oglinzii
Elixirul dragostei
Otrava iubirii
Noaptea de foc
Adolf H. Două vieți
Omul care vedea dincolo de chipuri
Răzbunarea iertării
Doamna Pylinska și secretul lui Chopin
Félix și izvorul invizibil
Jurnalul unei iubiri pierdute

În seria de autor **Herta Müller** au apărut

Leagănul respirației
Încă de pe atunci vulpea era vânătorul
Călătorie într-un picior
Omul este un mare fazan pe lume
Mereu aceeași nea și mereu același neică
Ținuturile joase
Astăzi mai bine nu m-aș fi întâlnit cu mine însămi
Animalul inimii
Patria mea era un sâmbure de măr
Regele se-nclină și ucide

În seria de autor **Isabel Allende** au apărut

Casa spiritelor
Zorro
Fiica norocului
Eva Luna
Povestirile Evei Luna
Paula
Despre dragoste și umbră
Portret în sepia
Țara mea inventată
Inés a sufletului meu
Planul infinit
Suma zilelor
Insula de sub mare
Caietul Mayei
Dragoste
Jocul RIPPER
Amantul japonez
Dincolo de iarnă
O lungă petală de mare
Ce vrem noi, femeile? Despre dragostea nerăbdătoare, viața lungă și ursitoarele bune

În seria de autor **Mario Vargas Llosa** au apărut

Mătușa Julia și condeierul
Lituma în Anzi
Orașul și câini
Rătăcirile fetei nesăbuite
Cinci colțuri
Istoria lui Mayta
Casa Verde
Băieții și alte povestiri
Chemarea tribului
Elogiu mamei vitrege
Povestașul
Paradisul de după colț
Vremuri grele

În seria de autor **Amos Oz** au apărut

Scene de viață campestră
Rime despre viață și moarte
Poveste despre dragoste și întuneric
Cum să lecuiești un fanatic
Odihnă desăvârșită
Cutia neagră
Să nu pronunți: noapte
Muntele Sfatului Rău
Soțul meu, Michael
Pantera din subterană
Între prieteni
Sumki
Evreii și cuvintele (coautoare: Fania Oz-Salzberger)
Să cunoști o femeie
Iuda
Fima
Deodată în adâncul pădurii
Dragi fanatici
Din ce este făcut un măr? Convorbiri cu Shira Hadad
Aceeași mare

În seria de autor **Milan Kundera** au apărut

Insuportabila ușurătate a ființei
Lentoarea
Identitatea
Cartea râsului și a uitării
Iubiri caraghioase
Gluma
Ignoranța
Nemurirea
Valsul de adio
Viața e în altă parte
Sărbătoarea neînsemnătății

În colecția **Raftul Denisei** au apărut

Guzel Iahina, *Zuleiha deschide ochii*
Sarah Dunant, *În numele familiei*
David Mitchell, *Visul numărul 9*
Antoine Laurain, *Pălăria Președintelui*
Anthony Burgess, *Omul din Nazaret*
Yukio Mishima, *Viață de vânzare*
Ismail Kadare, *Păpușa*
A Cheng, *Cei trei regi*
J.M. Coetzee, *Zilele de școală ale lui Isus*
António Lobo Antunes, *Pe râurile ce duc...*
Francisc Miralles, *Wabi-Sabi*
George Saunders, *Lincoln între vieți*
Tracy Chevalier, *Băiatul cel nou*
Etgar Keret, *Și, deodată, cineva bate la ușă*
Alessandro Baricco, *Această poveste*
Yasunari Kawabata, *Țara zăpezilor*
Marguerite Yourcenar, *Obolul visului. Poveste albastră*
Hanif Kureishi, *Intimitate și alte povestiri*
Arundhati Roy, *Dumnezeul lucrurilor mărunte*
Christoph Ransmayr, *Cox sau Mersul timpului*
Anna Hope, *Sala de bal*
Yasunari Kawabata, *Povestiri de ținut în palmă*
J.M. Coetzee, *Scene de viață provincială*
François-Henri Désérable, *Un anume domn Piekielny*
Romain Gary, *Promisiunea zorilor*
Yōko Ogawa, *Suspine tandre*
Lorenzo Marone, *Tentația de a fi fericit*
Boualem Sansal, *Satul neamțului sau Jurnalul fraților Schiller*
Ludmila Ulițkaia, *Scara lui Iakov*
Robert Musil, *Omul fără însușiri*
Heather Morris, *Tatuatorul de la Auschwitz*
Nikos Kazantzakis, *Grădina de piatră*
Dario Fo, *Ca din întâmplare, femeie. Regina Cristina a Suediei*
Ismail Kadare, *Palatul Viselor*

Ludmila Ulițkaia, *Soniecika. Înmormântare veselă. Minciunile femeilor*
Hanif Kureishi, *Nimicul*
Kurt Vonnegut, *Bun venit printre maimuțe*
Ann Patchett, *Comuniune*
Kate Morton, *Fiica ceasornicarului*
Paula McLain, *Hemingway și cu mine*
Rose Tremain, *Sonata Gustav*
Maja Lunde, *Istoria albinelor*
Nikolai Leskov, *Pelerinul vrăjit*
Didier Decoin, *Biroul pentru Grădini și Iazuri*
J.M. Coetzee, *Ținuturi în crepuscul*
Mo Yan, *Un lup atârna în cais, cu capul în jos*
Ludmila Ulițkaia, *Al dumneavoastră sincer, Șurik*
Vesna Goldsworthy, *Monsieur Karenin*
Jo Nesbø, *Macbeth*
António Lobo Antunes, *Până ce pietrele vor deveni mai ușoare ca apa*
Yi In-Hwa, *Imperiul fără de sfârșit*
Arundhati Roy, *Ministerul fericirii supreme*
Michel Houellebecq, *Serotonină*
Romain Gary, *Dincolo de limita aceasta biletul își pierde valabilitatea*
Ismail Kadare, *Mesagerii ploii*
Ryūnosuke Akutagawa, *Paravanul-Iad și alte povestiri*
R.J. Gadney, *Alo? Albert Einstein la telefon*
Matteo Strukul, *Giacomo Casanova. Sonata inimilor frânte*
Lionel Duroy, *Eugenia*
Susana Fortes, *Septembrie poate aștepta*
Care Santos, *Tot binele și tot răul*
Evgheni Vodolazkin, *Brisbane*
Eshkol Nevo, *Simetria dorințelor*
Yukio Mishima, *O dimineață de iubire pură*
Pauline Delabroy-Allard, *Povestea asta este despre Sarah*
Władysław Szpilman, *Pianistul. Amintiri din Varșovia 1939–1945*
James Salter, *Tot ce este*
Colson Whitehead, *Intuiționista*
Melanie Benjamin, *Soția aviatorului*
Diane Setterfield, *A fost odată un râu*
Romain Gary, *Zmeie de hârtie*
Liu Zhenyun, *Nu mi-am omorât bărbatul*
Ismail Kadare, *Călărețul cu șoim*

Kurt Vonnegut, *Tabachera din Bagombo*
Zeruya Shalev, *Viața amoroasă*
David Foenkinos, *Către frumusețe*
Karen Viggers, *Soția paznicului de far*
Lorenzo Marone, *Mâine poate am să rămân*
Holly Ringland, *Florile pierdute ale lui Alice Hart*
Anuradha Roy, *Toate viețile pe care nu le-am trăit*
Melanie Benjamin, *Femei de Oscar*
Guzel Iahina, *Copiii de pe Volga*
Hiro Arikawa, *Memoriile unui motan călător*
Romain Gary, *Educație europeană*
Heather Morris, *Călătoria Cilkăi*
Ismail Kadare, *Generalul armatei moarte*
Yu Hua, *Ziua a șaptea*
Yōko Ogawa, *Înotând cu elefantul, în brațe cu pisica*
Roddy Doyle, *Zâmbește*
Sara Gruen, *Apă pentru elefanți*
Frances Mirrales, *Biblioteca de pe Lună*
Alan Hlad, *Lungul zbor spre casă*
George Saunders, *Pastoralia*
Paula McLain, *Soția din Paris*
Lisa Strømme, *Doamna Nobel*
Colson Whitehead, *Băieții de la Nickel*
Ji-min Lee, *Eu și Marilyn*
Grigori Slujitel, *Zilele lui Savelie*
Maja Lunde, *Istoria apelor*
Jeanette Winterson, *Frankisstein*
Boualem Sansal, *Trenul de Erlingen*
Annette Hess, *Casa germană*
Núria Pradas, *Aroma timpului*
Ludmila Ulițkaia, *Cazul doctorului Kukoțki*
Melanie Benjamin, *Doamna de la Ritz*
David Mitchell, *Conacul Slade*
Italo Svevo, *Viitorul amintirilor*
Ismail Kadare, *Dimineți la Café Rostand*
Eddy de Wind, *Auschwitz, ultima stație*
Jessie Burton, *Confesiunea*
Matteo Strukul, *Michelangelo ereticul*
Daniela Krien, *Iubirea în caz de urgență*

Anaïs Nin, *Henry și June*
Romain Gary, *Lady L.*
Ann Patchett, *Casa Olandeză*
Lev Tolstoi, *Anna Karenina*
Kate Morton, *Grădina uitată*
Laura Imai Messina, *Ce încredințăm vântului*
Kate Morton, *Casa de lângă lac*
Maria Stepanova, *În amintirea memoriei*
Christian Escribà, Sílvia Tarragó, *Cofetăria cu miracole*
Ludmila Ulițkaia, *A fost doar ciumă*
J.M. Coetzee, *Moartea lui Isus*
Norris von Schirach, *Cei mai frumoși ani din viața lui Anton*
Evgheni Vodolazkin, *Istoria Insulei*
Cho Nam-joo, *Kim Jiyeong, născută în 1982*
Simona Lo Iacono, *Albatrosul*
Anaïs Nin, *Delta lui Venus*
Nikos Kazantzakis, *Ascensiunea*
Heather Morris, *Povești despre speranță*
Nick Bradley, *Pisica și orașul*
Anthony Doerr, *Despre Grace*
Kate Morton, *Casa de la Riverton*
Julie Orringer, *Portofoliul fugii*
Susana Fortes, *Iubirea nu e un vers liber*
Paula McLain, *Când stelele se întunecă*
Narine Abgarian, *Din cer au căzut trei mere*
Susan Choi, *Exercițiu de încredere*
Akira Mizubayashi, *Inimă frântă*
Laura Lindstedt, *Prietena mea Natalia*
Romain Gary, *Marele vestiar*
Yōko Ogawa, *Poliția Memoriei*
Etgar Keret, *Haide, zboară odată*
Care Santos, *Voi merge pe urmele pașilor tăi*
Guzel Iahina, *Trenul spre Samarkand*
Avni Doshi, *Zahăr ars*
Lorenzo Marone, *Un băiat ca toți ceilalți*
Chris Cander, *Greutatea unui pian*
Zülfü Livaneli, *Serenadă pentru Nadia*
Thomas Mann, *Moarte la Veneția. Povestiri 1893–1912*
Clarice Lispector, *Cea mai mica femeie din lume. Proză scurtă 1940–1964*
Alain de Botton, *Ce se întâmplă în iubire*